王度庐作品大系　言情卷

风尘四杰·香山侠女

王度庐·著／王芹·点校

山西出版传媒集团
北岳文艺出版社·太原

图书在版编目（CIP）数据

风尘四杰·香山侠女 / 王度庐著．— 太原：北岳文艺出版社，2018.1
（王度庐作品大系 / 王度庐主编）
ISBN 978-7-5378-5451-1

Ⅰ．①风… Ⅱ．①王… Ⅲ．①侠义小说—中国—当代 Ⅳ．① I247.5

中国版本图书馆 CIP 数据核字（2017）第 296531 号

书名：风尘四杰·香山侠女
著者：王度庐
点校：王　芹

策　　划：续小强
　　　　　刘文飞
责任编辑：张　丽

书籍设计：张永文
印装监制：巩　璠

出版发行：山西出版传媒集团·北岳文艺出版社
地址：山西省太原市并州南路 57 号
邮编：030012
电话：0351-5628696（发行部）　0351-5628688（总编办）
传真：0351-5628680
网址：http://www.bywy.com　E-mail：bywycbs@163.com
经销商：新华书店　印刷装订：山西人民印刷有限责任公司

开本：890mm×1240mm　1/32　字数：218 千字
印张：7.125　版次：2018 年 1 月第 1 版　印次：2018 年 1 月山西第 1 次印刷
书号：ISBN　978-7-5378-5451-1
定价：34.00 元

出版前言

王度庐（1909—1977），原名葆祥（后改葆翔），字霄羽，出生于北京下层旗人家庭。“度庐”是1938年启用的笔名。他是中国现代文学史上著名的武侠言情小说家，独创“悲剧侠情”一派，成为民国北方武侠巨擘之一，与还珠楼主、白羽（宫竹心）、郑证因、朱贞木并称为“北派五大家”。

20世纪20年代，王度庐开始在北京小报上发表连载小说，包括侦探、实事、惨情、社会、武侠等各种类型，并发表杂文多篇。20世纪30年代后期，因在青岛报纸上连载长篇武侠小说《宝剑金钗》《剑气珠光》《鹤惊昆仑》《卧虎藏龙》《铁骑银瓶》（合称“鹤-铁五部”）而蜚声全国；至1948年，他还创作了《风雨双龙剑》《洛阳豪客》《绣带银镖》《雍正与年羹尧》等十几部中篇武侠小说和《落絮飘香》《古城新月》《虞美人》等社会言情小说。

王度庐熟悉新文学和西方现代文化思潮，他的侠情小说多以性格、心理为重心，并在叙述时投入主观情绪，着重于“情”“义”“理”的演绎。“鹤-铁五部”既互有联系又相对独立，达到了通俗武侠文学抒写悲情的现代水平和相当的人性深度，具有“社会悲剧、命运悲剧、性格心理悲剧的综合美感”。他的社会言情小说的艺术感染力也很强，注重营造诗意的氛围，写婚姻恋爱问题，将金钱、地位与爱情构成冲突模式，表现普通人对个性解放、爱情自由和婚姻平等的追求与呼唤。这些作品注重写人，写人性，与“五四”以来“人的文学”思潮是互相呼应的。因此，王度庐也成为通俗文学史乃至整个中国现代文学史研究中绕不过去的作家，被写入不同类型的文学史。许多学者和专家将他及其作品列为重点研究对象。

王度庐所创造的“悲剧侠情”美学风格影响了港台“新派”武侠小说的创作，台湾著名学者叶洪生批校出版的《近代中国武侠小说名著大系》即收录了王度庐的七部作品，并称“他打破了既往‘江湖传奇’（如不肖生）、‘奇幻仙侠’（如还珠楼主）乃至‘武打综艺’（如白羽）各派武侠外在茧衣，而潜入英雄儿女的灵魂深处活动；以近乎白描的‘新文艺’笔法来描写侠骨、柔肠、英雄泪，乃自成‘悲剧侠情’一大家数。爱恨交织，扣人心弦！”台湾著名武侠小说作家古龙曾说，“到了我生命中某一个阶段中，我忽然发现我最喜爱的武侠小说作家竟然是王度庐”。大陆学者张赣生、徐斯年对王度庐的作品进行了大量的整理、发掘和研究工作，并给予了很高的评价。徐斯年称其为“言情圣手，武侠大家”，张赣生则在《王度庐武侠言情小说集》的序言中说：“从中国文学史的全局来看，他的武侠言情小说大大超过了前人所达到的水平”，“他创造了武侠言情小说的完善形态，在这方面，他是开山立派的一代宗师。”

此次出版的《王度庐作品大系》收录了王度庐在不同时期的代表作和有影响力的作品，还收录了至今尚未出版过的新发掘出的作品，包括他早期创作的杂文和小说。此外，为了满足不同领域的读者的需求，此版还附有张赣生先生的序言、已知王度庐小说目录和王度庐年表，以供研究者参考。这次出版得到了王度庐子女的大力支持和密切配合，王度庐之女王芹女士亲自对作品进行了点校。可以说，他们的支持使得《王度庐作品大系》成为王度庐作品最完善、最全面的一次呈现。在此，我们表达最诚挚的谢意。

在编辑过程中，我们依据上海励力出版社，参考报纸连载文本及其他出版社的原始版本，对作品中出现的语病和标点进行了订正；遵循《第一批异形词整理表》（GF1001-2001），对文中的字、词进行了统一校对；并参照《现代汉语大词典》《汉语方言大词典》《北京方言词典》《北京土语辞典》等工具书小心求证，力求保持作品语言的原汁原味。由于编辑水平和时间有限，难免有疏漏之处，敬请广大读者批评指正！

北岳文艺出版社

二〇一五年六月三十日

总　序

王度庐是位曾被遗忘的作家。许多人重新想起他或刚知道他的名字，都可归因于影片《卧虎藏龙》荣获奥斯卡奖的影响。但是，观赏影片替代不了阅读原著，不读小说《卧虎藏龙》（而且必须先看《宝剑金钗》），你就不会知道王度庐与李安的差别。而你若想了解王度庐的“全人”，那又必须尽可能多地阅读他的其他著作。北岳文艺出版社继《宫白羽武侠小说全集》《还珠楼主小说全集》之后推出这套《王度庐作品大系》（以下简称《大系》），对于通俗文学史的研究，可谓功德无量!

王度庐，原名王葆祥，字霄羽，1909年生于北京一个下层旗人家庭。幼年丧父，旧制高小毕业即步入社会，一边谋生，一边自学。十七岁始向《小小日报》投寄侦探小说，随即扩及社会小说、武侠小说。1930年在该报开辟个人专栏《谈天》，日发散文一篇；次年就任该报编辑。八年间，已知发表小说近三十部（篇）。1934年往西安与李丹荃结婚，曾任陕西省教育厅编审室办事员和西安《民意报》编辑。1936年返回北平，继续以卖稿为生，次年赴青岛。青岛沦陷后始用笔名“度庐”，在《青岛新民报》及南京《京报》发表武侠言情小说（同时继续撰写社会小说，署名则用“霄羽”）。十余年间，发表的武侠小说、社会小说达三十余部。1949年赴大连，任大连师范专科学校教员。1953年调到沈阳，任东北实验中学语文教员。“文革”时期，以退休人员身份随夫人“下放”昌图县农村。1977年卒于辽宁铁岭。

早在青年时代，王度庐就接受并阐释过“平民文学”的主张。他的文学思想虽与周作人不尽相同，但在“为人生”这一要点上，二者的观念是基本一致的。

从撰写《红绫枕》(1926年)开始，王度庐的社会小说(当时或又标为“惨情小说”“社会言情小说”)就把笔力集中于揭示社会的不公、人生的惨淡，以及受侮辱、受损害者命运的悲苦。

恋爱和婚姻是“五四”新文学的一大主题。那时新小说里追求婚恋自由的男女主人公面对的阻力主要来自封建家庭和封建礼教，作品多反映“父与子”的冲突——包括对男权的反抗，所以，易卜生笔下的娜拉尤被觉醒的女青年们视为楷模。到了王度庐的笔下，上述冲突转化成了“金钱与爱情”的矛盾。

正如鲁迅所说：娜拉冲出家庭之后，倘若不能自立，摆在面前的出路只有两条——或者堕落，或者“回家”。王度庐则在《虞美人》中写道：“人生”“青春”和“金钱”，“三者之间是相互联系着的”，而在当时的中国社会里，金钱又对一切起着主导性的作用。他所撰写的社会言情小说，深刻淋漓地描绘了“金钱”如何成为社会流行的最高价值观念和唯一价值标准，如何与传统的父权、男权结合而使它们更加无耻，如何导致社会的险恶和人性的异化。

王度庐特别关注女性的命运。他笔下的女主人公多曾追求自立，但是这条道路充满凶险。范菊英(《落絮飘香》)和田二玉(《晚香玉》)付出了生命的代价；虞婉兰(《虞美人》)终于发疯，生不如死。唯有白月梅(《古城新月》)初步实现了自立，但她的前途仍难预料；至于最具“娜拉性格”，而且也更加具备自立条件的祁丽雪，最终选择的出路却是“回家”。

这些故事，可用王度庐自己的两句话加以概括：“财色相欺，优柔自误”(《〈宝剑金钗〉序》)。金钱腐蚀、摧毁了爱情，也使人性发生扭曲。人是“社会关系的总和”，他的社会小说正是通过写人，而使社会的弊端暴露无遗。

在社会小说里，王度庐经常写及具有侠义精神的人物，他们扶弱抗强，甚至不惜舍生以取义。这些人物有的写得很好，如《风尘四杰》里的天桥四杰和《粉墨婵娟》里的方梦渔；有些粗豪角色则写得并不成功，流于概念化，如《红绫枕》里的熊屠户和《虞美人》里的秃头小三。

上述侠义角色与爱情故事里的男女主人公一样，也是现代社会中的弱者。作者不止一次地提示读者，这些侠义人物“应该”生活于古代。这种提示背后隐含着一个问题：现代爱情悲剧里的那些痴男怨女，如果变成身负绝顶武功的侠士和侠女，生活在快意恩仇的古代江湖，他们的故事和命运将会怎样？这个问题化为创作动机，便催生出了王度庐的侠情小说，这里也昭示着它们与作者所撰社会小说的内在联系。

《宝剑金钗》标志着王度庐开始自觉地把撰写社会言情小说的经验融入侠情小说的写作之中，也标志着他自觉创造“现代武侠悲情小说”这一全新样式的开端。此书属于厚积薄发的精品，所以一鸣惊人，奠定了作者成为中国现代武侠悲情小说开山宗师的地位。继而推出的《剑气珠光》《鹤惊昆仑》《卧虎藏龙》《铁骑银瓶》[①]（与《宝剑金钗》合称“鹤-铁五部”）以及《风雨双龙剑》《彩凤银蛇传》《洛阳豪客》《燕市侠伶》等，都可视为王氏现代武侠悲情小说的代表作或佳作。

作为这些爱情故事主人公的侠士、侠女，他们虽然武艺超群，却都是“人”，而不是“超人”。作者没有赋予他们保国救民那样的大任，只让他们为捍卫“爱的权利”而战；但是，“爱的责任”又令他们惶恐、纠结。他们驰骋江湖，所向无敌，必要时也敢以武犯禁，但是面对“庙堂”法制，他们又不得不有所顾忌；他们最终发现，最难战胜的“敌人”竟是“自己”。如果说王度庐的社会小说属于弱者的社会悲剧，那么他的武侠悲情小说则是强者的心灵悲剧。

王度庐是位悲剧意识极为强烈的作家。他说：“美与缺陷原是一个东西。”“向来‘大团圆’的玩意儿总没有‘缺陷美’令人留恋，而且人生本来是一杯苦酒，哪里来的那么些‘完美’的事情？”（《关于鲁海娥之

---

①这里叙述的是发表次序。按故事时序，则《鹤惊昆仑》为第一部，以下依次为《宝剑金钗》《剑气珠光》《卧虎藏龙》《铁骑银瓶》。

死》)《鹤惊昆仑》和《彩凤银蛇传》里的“缺陷”是女主人公的死亡和男主人公的悲凉;《宝剑金钗》《卧虎藏龙》《铁骑银瓶》里的“缺陷”都不是男女主角的死亡,而是他们内心深处永难平复的创伤;《风雨双龙剑》和《洛阳豪客》则用一抹喜剧性的亮色,来反衬这种悲怆和内心伤痕。

王度庐把侠情小说提升到心理悲剧的境界,为中国武侠小说史做出了一大贡献。正如弗洛伊德所说:“这里,造成痛苦的斗争是在主角的心灵中进行着,这是一个不同冲动之间的斗争,这个斗争的结束绝不是主角的消逝,而是他的一个冲动的消逝。”[①]这个“冲动”虽因主角的“自我克制”而消逝了,但他(她)内心深处的波涛却在继续涌动,以致成为终身遗恨。

李慕白,是王度庐写得最为成功的一个男人。

有人说,李慕白是位集儒、释、道三家人格于一身的大侠;这是该评论者观赏电影《卧虎藏龙》的个人感受。至于小说《宝剑金钗》里的李慕白,他的头上绝无如此“高大上”的绚丽光环——古龙说得好:王度庐笔下的李慕白,无非是个“失意的男人”。

在《宝剑金钗》里,李慕白始终纠结于“情”和“义”的矛盾冲突之中,他最终选择了舍情取义,但所选的“义”中却又渗透着难以言说的“情”。手刃巨奸如囊中取物,李慕白做得非常轻易;但是他却主动伏法,付出的代价极其沉重。他做这些都是自愿的,又都是不自愿的。出发除奸之前,作者让他在安定门城墙下的草地上做了一番内心自剖,这段自剖深刻地展示着他的“失意”,这种心态可以概括为三个字——“不甘心”。

在本《大系》所收“早期小说与杂文”卷中,读者可以见到王度庐用笔名“柳今”所写的一篇杂文《憔悴》,其中有段文字,所写心态与上述李慕白的自剖如出一辙。读者还可见到,《红绫枕》里男主角戚雪桥为爱

---

①弗洛伊德:《戏剧中的精神变态人物》,张唤民译,载《二十世纪西方美学名著选》(上),复旦大学出版社,1987,第410页。

人营墓、祭扫时的一段内心独白，其心态又与柳今极其相似。于是，我们看到了王度庐、柳今、戚雪桥（还有一些其他角色，因相关作品残缺而未收入《大系》）与李慕白之间的联系——李慕白的故事，是戚雪桥们的白日梦；戚雪桥、李慕白们的故事，则是柳今、王度庐的白日梦。

不把李慕白这个大侠写成一位“高大上”的“完人”，而把他写成一个“失意的男人”，这是王度庐颠覆传统“侠义叙事”，为中国武侠小说史做出的又一贡献。

玉娇龙，是王度庐写得最为成功的一个女人。

玉娇龙的性格与《古城新月》里的祁丽雪有相似之处，但是她的叛逆精神更加决绝、更加彻底。为了自由的爱情，她舍弃了骨肉的亲情。同时，她也舍弃了贵胄生活，选择了荆棘江湖；舍弃了城市文明，选择了草莽蛮荒。

对玉娇龙来说，最难割舍的是亲情；最难获得的，是理想的婚姻。她发现自己选择罗小虎未免有点莽撞，所以又离开了他。她获得了自由的爱情，却在事实上拒绝了自由的婚姻。这与其说反映着“礼教观念残余”“贵族阶级局限”，不如说是对文化差异的正视。尽管如此，这位“古代娜拉”并未“回家”，而是毅然决然地踏上一条不归路。这条路是悲凉的，同时又是壮美的。

玉娇龙和李慕白都是“跨卷人物”。《剑气珠光》里的李慕白写得不好，因为背离了《宝剑金钗》中业已形成的性格逻辑。《铁骑银瓶》里的玉娇龙则写得很好，她青年时代的浪漫爱情，此时已经升华为伟大的、无私的母爱。她青年时代的梦想，终于在爱子和养女的身上得以成真，但是他们携手归隐时的心态，也与母亲一样充满遗憾。

王度庐的上述成就，都是源于对传统武侠叙事的扬弃，这也使他的武侠悲情小说拥有了现代精神。

王度庐又是一位京旗作家。

清朝定都北京之后，即将内城所居汉人一律迁出，由八旗分驻内城八区。王度庐家住地安门内的“后门里”，属于镶黄旗驻区，其父供职于内务府的上驷院。内务府是一个由满洲上三旗（镶黄、正黄、正白旗）内“从龙包衣”[1]组成的机构，专门管理皇家事务。由此可知，王氏当属编入满洲镶黄旗的“汉姓人”，这一族群不同于“汉人”“汉军”，满人把他们视为同族[2]。

满人崛起于白山黑水之间，性格刚毅尚武，自立自强，粗犷豪放。入关定鼎之后，宴安日久，八旗制度的内在弊端开始呈现，“八旗生计”问题日益突出，以致最终导致严重的存亡危机。王度庐出生时，恰逢取消“铁杆庄稼”（即旗人原本享受的“俸禄”），父亲又早逝，全家陷于接近赤贫的境地。他的早期杂文经常写到“经济的压迫”，“身世的漂泊，学业的荒芜”，疾病的“缠身”，始终无法摆脱“整天奔窝头”的境况。他的许多社会小说及其主人公的经历、心境，也都寄托着同样的身世之感和颓丧情绪。这种刻骨铭心的痛楚，蕴含着当时旗人不可避免的噩运，汉族读者是难以体会这种特殊的苦痛的。

同时，王度庐又十分景仰旗族优秀的民族精神。他的作品，明确书写旗人生活的有十多部；他所塑造的许多旗籍人物身上，都寄托着他对民族精神的追忆和期许。

从这个角度考察玉娇龙，首先令人想到满族的“尊女”传统。满族文史专家关纪新认为，这一传统的形成，至少有四点原因：一、对母系民族社会的清晰记忆；二、以采集、渔猎为主的传统经济，决定了男女社会分工趋于平等；三、入关之前未经历很多封建化过程；四、旗族少女在理论上都有“选秀入宫”机会，所以家族内部皆以“小姑为大”。[3]玉娇龙那昂扬的生命力，正是满族少女普遍性格的文学升华。《宝刀飞》可能是第一部把入宫前的慈禧，作为一位纯真、浪漫而又不无“野心”的旗族姑娘加以描绘的小说。作者以“正笔”书写入宫前的她，用“侧笔”续写成为“西宫娘娘”之后的她，沉重的历史

---

①“包衣”，满语，意为“家里人”，在一定语境下也指“世仆”“仆役”；“从龙”，指从其祖先开始就归皇帝亲领。王度庐在一份手写的简历里说：父亲在清宫一个“管理车马的机构”任小职员，这个机构当即内务府所属之上驷院。

②按：“满人”专指满族；“旗人”这一概念则涵括满洲、蒙古、汉军三个八旗的所有成员，其内涵大于“满人”。

③参阅关纪新：《多元背景下的一种阅读——满族文学与文化论稿》，辽宁民族出版社，2013，第219页。

感里蕴含几分惋惜，情感上极具“旗族特色”。

在《宝剑金钗》和《卧虎藏龙》里，德啸峰虽非主人公，却可视为旗籍“贵胄之侠”的典型。他沉稳、老练，善于谋划，善于掌控全局，比李慕白更加“拿得起、放得下”。他的身上比较完整地体现着金启孮所说京城旗人游侠的三个特征：一、凌强而不欺下，一般人对他们没有什么恶感。二、多在八旗人居住的内城活动，没什么民族矛盾的辫子可抓。三、偶或触犯权势，但不具备“大逆不道”的证据，故多默默无闻。①铁贝勒、邱广超和《彩凤银蛇传》里的谢慰臣都属此类人物。

进入民国之后，由于政治、经济原因，京中旗人的精神状态呈现更趋萎靡甚至堕落之势（《晚香玉》里的田迂子即为典型），但是王度庐从闾巷之中找到了民族精神的正面传承。《风尘四杰》实际写了五个“闾巷之侠”——那位“有学有品而穷光蛋”②的“我”，也算一个“不武之侠”。作者清楚地认识到：虽然早非“侠的时代”，但是天桥“四杰”③身上那种捍卫正义，向善疾恶，刚健、豁达、坚韧、仗义、乐观的民族精神，却是值得弘扬光大的。这已不仅仅是对旗族的期许，更是对重振中华民族传统美德的期许。

凡是旗人，都无法回避对于清王朝的评价。王度庐在杂文里认为，“大清国歇业，溥掌柜回老家”④乃是历史的必然，人民期盼的是真正实现“五族共和”。他更在两部算不上杰作的小说中，以传奇笔法描绘了两位清朝“盛世圣君”的形象。《雍正与年羹尧》里的胤祯既胸怀雄才大略，又善施阴谋诡计。他利用“江南八侠”的“复明”活动实现自己夺嫡、登基的计划，又在目的达到之后断然剪除“八侠”势力。但是，他对汉族的“复明”意志及其能量日夜心怀惕惧，以至“留下密旨，劝他的儿子登基以后，要相机行事，而使全国

①参阅关纪新：《老舍与满族文化》，辽宁民族出版社，2008，第80页。

②语见王度庐早期杂文《中等人》，原载于北平《小小日报》1930年4月5日“谈天”栏，署名“柳今”。

③民国初年，“天坛附近的天桥大多数的女艺人、说书人、算命打卦者都是满人”。转引自关纪新：《老舍与满族文化》，辽宁民族出版社，2008，第122页。

④语见王度庐早期杂文《小算盘》，原载于《小小日报》1930年5月20日“谈天”栏，署名“柳今”。

恢复汉家的衣冠”。书中还有一位不起眼的小角色——跟着胤祯闯荡江湖的“小常随”，他与八侠相交甚密，又很忠于胤祯。“两边都要报恩”的尖锐矛盾，导致他最终撞墙而殉。作者展示的绝不限于“义气”，这里更加突出表现的是对汉族的负疚感和对民族杀伐史的深沉痛楚。王度庐对历史的反思已经出离于本民族的“兴亡得失”，上升为一种“超民族”的普世人文关怀。《金刚玉宝剑》中的乾隆，则被写成一个孤独落寞的衰朽老人，这一形象同样透露着作者的上述历史观。

满族入关后吸收汉族文化，“尚武”精神转向“重文”，涌现出了纳兰性德、曹雪芹、文康等杰出满族作家，其中对王度庐影响最大的是纳兰性德。“摇落后，清吹那堪听。淅沥暗飘金井叶，乍闻风定又钟声。”[①]纳兰词的凄美色调，融入北京城的扑面柳絮和戈壁滩的漫天风沙，形成了王度庐小说特有的悲怆风格。

旗人的生活文化是“雅”“俗”相融的，王度庐继承着旗族的两大爱好：鼓词（又称“子弟书”“落子”）和京剧。他十七岁时写的小说《红绫枕》，叙述的就是鼓姬命运，其中还插有自创的几首凄美鼓词。至于京剧，据不完全统计，仅在《落絮飘香》《古城新月》《晚香玉》《虞美人》《粉墨婵娟》《风尘四杰》《寒梅曲》七部小说中，写及的剧目已达九十六折[②]之多！作为小说叙事的有机内涵，王度庐写及昆曲、秦腔、梆子与京剧的关系，“京朝派”（即京派）与“外江派”（即海派）的异同，“京、海之争”和“京、海互补”，票社活动及其排场，非科班出身的伶人、票友如何学戏，戏班师傅和剧评家如何为新演员策划“打炮戏”，各色人等观剧时的移情心理和审美思维……他笔下的伶人、票友对京剧的热爱是超功利的，而她（他）们的社会角色和物质生活则是极功利的——唯美的精神追求与惨淡的现实生活构成鲜明反差，映射着

①纳兰性德：《忆江南》——当年王度庐与李丹荃相爱，曾赠以《纳兰词》一册，李丹荃女士七十余岁时犹能背诵这首词。

②由于现存《虞美人》和《寒梅曲》文本均不完整，所以这一数字是不完整的。而未列入统计对象的《宝剑金钗》《燕市侠伶》等作品中，也常含有京剧演出、观赏等情节，涉及剧目亦复不少。

人性的本真、复杂和异化。他又善于利用剧情渲染故事情节和人物情感，例如《粉墨婵娟》中，凭借《薛礼叹月》和《太真外传》两段唱词，抒发女主人公不同情境下的不同心绪，展示着“戏如人生、人生如戏”的微妙契合，极大地增强了小说的诗意。

入关以后，旗人皆认“京师”为故乡，京旗文学自以“京味儿”为特色。王度庐的小说描绘北京地理风貌极其准确，所述地名——包括城门、街衢、胡同、集市、苑囿、交通路线等等，几乎均可在相应时期的地图上得到印证。《宝剑金钗》《卧虎藏龙》主人公的活动空间广阔，书中展示清代中期北京的地理风貌相当宏观，又非常精细。玉娇龙之父为九门提督，府邸位置有据可查，作者由此设计出铁贝勒、德啸峰、邱广超府第位置，决定了以内城正黄旗、镶黄旗（兼及正红旗、正白旗）驻区为“贵胄之侠”的主要活动区域。李慕白等为江湖人，则决定了以“外城”即南城为其主要活动区域。两类侠者的行动则把上述区域连接起来，并且扩及全城和郊县。《落絮飘香》《古城新月》《晚香玉》《虞美人》等社会小说中，主人公的活动空间相对狭小，所以每部作品侧重展示的是民国时期北平城的某一局部区域：或以海淀—东单—宣内为主，或以西城丰盛地区—东单王府井地区为主，等等。拼合起来，也是一幅接近完整的“北平地图”。上述小说之间所写地域又常出现重合，而以鼓楼大街、地安门一带的重合率为最高。作者故居所在地“后门里”恰在这一区域，在不同的作品里，它被分别设置为丐头、暗娼等的住地。这里反映着作者内心深处存在一个“后门里情结”，他把此地写成天子脚下、富贵乡边的一个小小“贫困点”，既体现着平民主义的观念，又是一种带有幽默意味的自嘲。

王度庐小说里的“北京文化地图”，是“地景”与“时景”的融合，所以是立体的、动态的。这里的“时景”，指一定地域中人们的生活形态，包括节俗、风习。无论是妙峰山的香市、白云观的庙会、旗族的婚礼仪仗、富贵人家的大出丧、“残灯末庙”时的祭祖和年夜饭、北海中元节的“烧法船”，乃至京旗人家的衣食住行，王度庐都描写得有声有色，细致生动。这些“时景”与故事情节融为一体，成为展示人物性格、心理的重要手段；同时也颇具独立的民俗学价值。王度庐在小说里常将富贵繁华区的灯红酒绿与平民集市里的杂乱喧闹加以对比，而对后者的描绘和评论尤具特色。例如，《风尘四杰》里是这样介绍天桥的："天桥，的确景物很多，让你百看不厌。人乱而事杂，技艺丛集，藏龙卧虎，新旧并列。是时代的渣滓与生计的艰辛交织成了这个地方，在无情的大风里，秽土的弥漫中，令你啼笑皆非。"他笔下的天桥图景，喷发着故都世俗社会沸沸扬扬的活力和生机，嘈杂喧嚣而又暗藏同一的内在律动；它与内城里的"皇气""官气"保持着疏离，却又沾染着前者的几分闲散和慵懒。这又是一种十分浓厚、相当典型的"京味儿"！

"京味儿"当然离不开"京腔"。王度庐的语言大致是由两部分组成的：叙事以及文化程度较高角色的口语，用的是"标准变体"，即经过"标准化处理"的北京话，近似如今的"普通话"；底层人物的语言，则多用地道的北京土语，词汇、语法都有浓厚的地域特色，比一般的"京片儿"还要"土"。故在"拙""朴"方面，他比一些京派作家显得更加突出。

由于众所周知的原因，王度庐的作品散佚严重，这部《大系》编入了至今保存完整或相对完整的小说二十余种，另有一卷专收早期小说和杂文。

笔者认为，1949年前促使王度庐奋力写作的动力当有三种：一曰"舒愤懑"；二曰"为人生"；三曰"奔窝头"。三者结合得好，或前二者起主要作用时，写出来的作品质量都高或较高；而当"第三动力"起主要作用时，写出来的作品往往难免粗糙、随意。当然，写熟悉的题材时，质量一般也高或较高，否则，虽欲"舒愤懑""为人生"，也难以得到理想的效果。是否如此，还请读者评判、指正。

徐斯年

二〇一四年十一月于姑苏香滨水岸

凡 例

1.《落絮飘香》

1939 年 4 月至 1940 年 2 月连载于《青岛新民报》,署名“霄羽”。1948 年 9 月由上海励力出版社印行单行本,分为 4 册:《落絮飘香》《琼楼春情》《朝露相思》《翠陌归人》。本版恢复为一册,据单行本排印。

2.《古城新月》

1940 年 2 月至 1941 年 4 月连载于《青岛新民报》,署名“霄羽”。1948 年至 1950 年由上海励力出版社印行单行本, 分为四册:《朱门绮梦》《小巷娇梅》《碧海狂涛》《古城新月》。本版恢复为一册,据单行本排印。

3.《海上虹霞》

1941 年 4 月至 8 月连载于《青岛新民报》,署名“霄羽”。1949 年由上海励力出版社印行单行本,分为两册:《海上虹霞》《灵魂之锁》。本版恢复为一册,据单行本排印。

4.《晚香玉》

1947 年 5 月至 1948 年 1 月连载于《青岛时报》,署名“绿芜”。1948 年由上海励力出版社印行单行本,分为两册:《绮市芳葩》《寒波玉蕊》。本版恢复原名,据单行本排印。

5.《粉墨婵娟》

1948年2月至7月连载于《青岛时报》,署名"绿芜"。1948年由上海元昌印书馆印行单行本,分为两册:《粉墨婵娟》《霞梦离魂》。本版恢复为一册,据单行本排印。

6.《风尘四杰·香山侠女》

《风尘四杰》,1948年2月起,连载于《岛声旬刊》,署名"佩侠"。1949年由上海励力出版社出版单行本。本版据单行本排印。

《香山侠女》,1949年由上海励力出版社出版单行本,未见连载。本版据单行本排印。

目录◆风尘四杰

◆香山侠女

风尘四杰

第一回　天桥之雄

北平天桥是个鼎鼎有名的地方，无论去过的或没有去过的人，总都知道那是一个好玩的地方。它甚至比杭州的西湖还要有名，因为西湖不过只有“十景”，天桥却有成千成百的“景”。西湖的“景”是山水，天桥的“景”却完全是人，真的，假若除去了人，天桥便什么“景”也没有了。

在北平城，三月间常刮起来弥天的风沙，您就尝尝这滋味儿吧！那尘土就像撒胡椒面似的往您的嘴里灌。除非您不呼吸，只要是一呼吸，这些土，包含着垃圾堆里和车辙里的土，也许还连同着成千成万不知名的细菌，就都送入了尊唇。你没法讲卫生，然而你却不一定得病，因为天桥的人就成年地在这种风沙里活着，而且健康活泼地活着。

天桥在正阳门外，正阳门也就是“大前门”的香烟盒上画着的那个伟大建筑的前门，这是北平最繁华热闹的地方。货栈林立，称得起是商业之区；旅店无数，皆为各地客人栖息之所；戏园相望，是“国剧”艺术之源泉；绮巷回折，又是纸醉金迷的地方。除此之外，还是流浪者的天堂、下等人的娱乐场、卖假货的交易区、小偷儿骗子的横行地，此即所谓之天桥了。

天桥有“无水之桥”之称，这里确有一座桥，建筑得也很坚固而美丽。桥下可不是完全无水的，常常有一些积下的雨水，或是融化了的雪水，以及人们倾倒的秽水。总之，这里的气味不大好。

东边是一些估衣，卖破烂货物的摊棚，这且不提；西边除了一些卖较新的衣服鞋袜的摊棚之外，则是戏园，演着一些上不了大台的劣等戏；落子馆，有如花的歌女在那里卖唱，阔少在那里挥金；小饭馆，卖着锅贴、肉饼、饺子、灌肠，还有什么豆汁摊。另外又有茶馆，名士麇集在那里摆象棋，无业的游民则在那里闲谈天，或是拉房纤。这些建筑得极简单的摊棚以外，又有命馆、镶牙馆、相士、卖野药的，有拉洋片的、说书的，有唱滑稽戏、铁板大鼓书的，有说相声、变戏法、耍狗熊的，还有摔跤、打拳卖膏药、真刀真枪卖艺的……更有席棚搭设的电影院，以及"人头讲话"、巨蟒、箭猪、鳄鱼、小人国的大展览，和洋鼓洋号，还有卓别林样子的小丑出了场，穿着西服在表演魔术。

天桥，的确景物很多，百看不厌，人乱而事杂，技艺丛集，藏龙卧虎，新旧并列，是时代的渣滓与生计的艰辛交织成了这个地方。在无情的大风里，秽土弥漫中，而令您亦笑亦啼。

民国六年间，我初次到北平，住在"长巷头条"的一家旅店内。因为谋事未成，更兼生了病，虽然还不至于像秦二爷似的，遭受店主东家的白眼，可是也怪无聊的。幸喜天桥离此甚近，于是我就几乎是天天地到天桥去，学学北平人之所谓"溜达，溜达"。

到天桥的一起初，我真睁不开眼，而且有一些胆怯。看到那惨无人道、硬叫小孩弯腰扳腿变戏法的，我真恨不得打他两拳；那说相声的，我想控他有伤风化；见那比我还病弱的姑娘唱着铁板书，我又想资助她一些，劝她改行。那相面的拦住我，大喊一声："别走！你印堂发暗，我送给你几句话，指你一条明路！"这鲁莽的举动和威胁的意味，又时常吓我一跳。但是来过了几次之后，久而久之，我对于这里的一切，也就觉着熟悉了，而且还很感觉亲切。虽然风常是那么大，土还是这么脏，而我就像全都忘了似的，时常在此流连而忘返。

在这许多人当中，我最钦佩而崇拜的就是一个卖“大力丸”的，他的名字叫刘宝成，因为他的“场子”里，就地放着一张纸，写着这三个字，所以把他介绍给了我。他三十岁上下的年纪，生得身高约六尺，肩膀又宽又厚。在这初春的天气，北平犹然寒冷，但他却是光着上身，露着只有用石头或是钢铁才能譬喻的、肌肉发达健壮无比的胸脯和双臂。腰系着结实的宽宽的“板儿带子”，上面扎着花，跟他双臂上刺着的花纹红紫相映。他那两条健壮而又灵便的腿，用脚一跺，地面就是一个深坑。他所表演的与其说是技术，不如说是力气，因为他把一块大石头，用掌一击，立时便能粉碎；百十斤重的一把“青龙偃月刀”，单臂便能举起，就凭着这个，他才卖“大力丸”。

“大力丸”是一种黑丸子的药，约有黄豆大小，用极粗糙的纸，包成一小包一小包的，纸上还盖着一颗字迹不清的红色图章，放在擦得发亮的铜盘里。每次，他练毕了几手儿表现大力的功夫，看见周围一层一层的人已经聚集了不少啦，他就该卖这个药了，总要先说这个药都治什么病，反正，无论是跌打损伤，或是五劳七伤，以及痰喘咳嗽、大便不通、小便不利，诸般杂症，吃了他这个药，绝没有个不见效的。药价定得很低，只要一个小铜板，相当于一个小烧饼的价钱。他就托着铜盘，一个人一个人地挨着次序让着来买。其实这等于是变相儿地练把式求钱，药的成本恐怕连一文钱都许不值，而且人也都知道是吃了虽然无害，却也绝不会治疗什么病的，不过是以这买卖的方式遮一遮羞脸儿，根本还是告帮。但帮他钱的人，即买他药的人，究竟算是最少数，大半都是围上他，看他卖了一些蛮力，等到他端起药盘子来的时候，大家就回身走开。这种人是他所最痛恨的，每次总要惹他发一回脾气。在这些人未去之前，他总要先说：“诸位！要是没带着钱不要紧，家有万贯，还有一时不便呢！喜欢我这药的，随便拿上两包，有钱的扔两个，没钱的咱们交个朋友，可就是给我助助威，别走！”然而他这些话是绝对无用的，到时，那些聪明的——白看玩意不掏钱的人，还是一哄而散。

他就要骂了："他妈的！走什么？家里有人等着你回去收尸吗？妈的！什么德行？……"他骂的时候，脸都气得发紫了，脑门子上的青筋也都暴露了出来，真如一头发了怒的狮子，但这可怜的狮子，无论他一天要发出多少次怒吼，其结果，也是挣不了几个钱。

我时常于中午等着他来了，开始演技卖药，直站着看到他到了晚间收摊，替他估计他的收入，太寥寥了！我不禁为他这个人惋惜，而觉得世事的不公。

我总是不忍得不买他的药，我怜悯这个"强者"。其实，药我也并不吃，在我的旅店房间的柳条箱里，已经有七八十包"大力丸"。这些药，当然对于我也算是一笔消费，然而我只要一到天桥来，就必给他一些钱，就算是"资助"吧。他渐渐认识我了，铜盘就很少往我的眼前来递，有时我预先掏出了钱，伸手要从他那铜盘里拿药，他常是客气地说："您带着钱吧！"这时好像我就是给他元宝，他也能够正色拒收，他就是这么一个倔强、有骨气的人。于今，我才证实了我念过的古文上那句"燕赵古称多慷慨悲歌之士"。世界上的人，不都是无耻、坏蛋、豆腐块儿和小花脸，有英雄好汉，但是不幸，沦落在天桥了！

在一天夕阳西下的时候，春风已有些暖意了，天桥的各项艺人，都已息了他们的锣鼓和过劳的动作，游人散尽，刘宝成也在点他的钱了。我可还没有走，站在旁边看他把一天的收入——放在小钱板上的一叠小铜圆，拿在他那大手掌里，真看不出来什么。他数着：一五，一十，十五，二十，二十五，三十，三十五……我真希望他再数下去，可是除了余下的两枚钱外，他已经无的可数了。

他抬眼看看我，现出一种无可奈何的笑，自言自语地说："今儿个还不如昨儿个呢，才挣了三吊多钱。杂合面都一吊二一斤了，我一顿就得吃斤半，这么大的窝窝头……"他向我用手比着。这么大的窝头，我可连一个也吃不了，他说就得三个！

他擦了擦头上和脊梁上的汗，拿起地下扔着的一件小汗衫，套着小夹袄——倒还整齐。接着又对我说："卖的是力气，不吃还行吗？可是吃，简直就难奔！”他并不叹气，只是已对他这“行业”表示出消极，也许是忿语。他说：“老要是像今天这样儿，真得改行拉车啦！”

我没法子找出适当的话去安慰他，我只是笑一笑。这个笑，或者还可以表示点同情吧？

我向他搭讪着来问：“家里还有什么人？”我是关心他有无家口的负担，计算他这点钱怎样才能够支配。

他反问说：“有人还行？”接着说，“一个人还够混的啦！再有个夹（家）板儿，那可真就玩儿完了！”他笑着，又接着郑重其事地向我下注解说：“我们练功夫的，别说没有钱，就是有钱也不能成家……因为身子骨儿就是本钱，跟唱戏的嗓子一样，唱戏的怕倒嗓，我们是怕……酒、色、财、气。”他在讲着健身之道，我呢？我这个病夫，倒好像对他有些惭愧似的。

我们正在谈着话，那边就有个人来了，是个中年妇人，髻儿也没梳，衣服还很旧，两只鞋趿拉着，气忿忿地就找了他来，说：“你为什么不去？”问得很严厉。刘宝成——这条倔强的汉子，当时就现出一种畏惧的神色，连连说：“我，我这两天真没工夫。”妇人瞪着眼说：“你人没有工夫，难道钱也没有工夫吗？你真算有良心就得了！”

刘宝成赶紧把那三吊多钱给了妇人，说：“这是今儿我挣的，您都拿了去吧！”妇人便毫不客气地接了钱，转身就走。

第二回　怪老人

我不由得对于这刘宝成有些疑惑了，不明白那妇人跟他的关系，尤其奇怪他为什么这样的怕，莫非那是他的姘妇？他怕老婆？如果这样，我眼目中的这位“英雄”，可就打了折扣。

此时刘宝成紧紧地拢起浓眉，由地下提起那杆沉重的大刀，沉重地叹道：“真没有法子！”我赶紧问他：“那位堂客是谁呀？你欠她的债吗？”

刘宝成说：“债倒不欠，可是，只要我手里挣来三头五百的，她来要，我还能够不给她吗？”

“你为什么要给她呢？你挣的钱也不容易。再说，你把钱都给了她，你可拿什么吃饭？”我有点替他觉得不平。

他又叹息，说：“她是我的师娘！”

我这才明白了一点，又问：“难道，你这位师娘，还长指着你来养活吗？”他点头承认，说：“虽说不是全仗着我养活，可是我每月挣的钱，至少得叫她拿去多一半。下大雨，我不能出来做买卖，只要她家里等着米下锅，就是剥下我的衣裳来，也得当了钱给她！”

我要说：“你太冤啦！”

他却又微微地叹息，说：“这可有什么法子？谁叫她是我师父家里的人。俗语说‘天地君亲师’，她既是我的师娘，就跟我的妈一样啊！”

我有点怔住了，觉着这个人，不但是个江湖的英雄，还是十足的一位道义君子，越发地使我钦佩了。

他提着大刀，拿着他的那份货物包儿，就无精打采地往北走去。我依然跟着他，见他把他的东西都寄存在离这里不远的一个小饭馆里，他像是天天这样办的，他跟这小饭馆里的人都很熟。不过，这小饭馆这时座位已都坐满了人，三四个堂倌正在忙碌着，把那新出笼的包子、油煎喷香的锅贴，还有精白面做的、里面涂着大油夹着猪肉、鸡子等美味的馅儿的北平特有的肉饼，都正给顾客们往上去端。灶旁边还刀勺乱响地炒着各样的菜，香气惹得人流馋涎。但是这位壮士刘宝成，却把他的大刀平放在人家一个存煤炭的地方，药盘儿等物搁在人家的一张桌子底下，他就向一个掌柜的似的人，不好意思地笑着说：“明儿见吧！您！”

他就要走。我已经随着他进来了，当时我就把他拦住，我说：“你不是没有什么要紧的事情了吗？咱们在这儿吃点什么好不好？”他先是发了发怔，旋即，难为情地说：“不用！不用！我还得到别处找个朋友，谢谢您的美意了，改日我再叨扰您。”我说：“你不要客套，咱们两人虽没有怎么交往过，可认识也不是一天半天啦。我身上现在还带着富余的钱，咱们就在这儿随便吃点，谈谈，不必客气。我这个人最爱交实在的朋友！”

他被我的诚恳的意思感动了，倒显出有些无可奈何的神情，堂倌在旁边已经给我们找了座位，我们两人就对面坐着。我问他要吃什么，他却一句话也不肯讲，拘拘束束地，这个卖大力丸的大汉子这时倒好像一位大姑娘。我只好先要来两壶烧酒，斟给他，他却也不肯喝。我知道他必定是饿极了，于是赶紧就叫给切肉饼，切来了三大盘子，整整是一斤半。我希望他把这些都吃了，还许不够，可是他却怕生人似的，拿着筷子一点一点地吃，弄得我的心里很不痛快，这哪儿像个英雄好汉呀？英雄好汉应当是爽快率直，拿起酒来就大口吃，拿起肉来就往肚子里填，跟花和尚鲁智深一样，那才痛快。他简直一点豪爽气儿也没有，但是我原谅他，他是个要脸面的人，想必是觉着我跟他萍水相逢，尤其我也不像什么有钱的人，所以他不肯放开量吃喝，而教我多多地破费。

我对他说了我的经历，表示我好交朋友，因为我的身体弱，所以我敬佩有力气而身体好的人。接着我又问他的那个师娘，问他的师父现在还在世不在世；师父，当然也是个有力气而且会要大刀、卖大力丸的了？

他一边吃着，一边向我回答说："我这位师父，可称得起是我的恩师！说起来话长。"这时，他的神色变为愁惨，所差的就是眼边还没有挂出眼泪。他又说，"您的身体不好，也不用发愁，我师父他老人家会用推拿的法子治病。一半天……今儿您要有工夫，我也可以带着您去，他就住在东边，不远，那地方叫金鱼池，只是他的家里地方太狭窄。可是像您的这个病，也不用吃药，叫我的师父推拿一下子，就准能够见效。"

我听了很觉着喜欢，其实我不相信什么推拿，也不指望我的病一下就好，不过这卖大力丸的师父，我倒得趁此机会见他一见，索性我还可调查出他们之间的这种感情、道义发生的原因。反正我也是闲着没事儿，来了一趟北京，若能交上这么几个朋友，也算不错。

于是我就说："好极啦！那么待一会，你就带着我去见见令师吧？他要是能把我的病治好了，我将来一定要重谢他！"

"那倒用不着！"当下这刘宝成，因为他要给我去办事，也就不再那么感觉着拘束了。

少时我们吃完了，我又说："这肉饼做得很好吃，咱们再切两斤，给令师带了去，就算是你给他买的，好不好？"刘宝成想了一想，就点头说："也行。"于是我就叫堂倌又给切了二斤肉饼，并用纸包好，拿绳儿捆上，就由刘宝成用手提着，由我付了钱，我们两人就走出了这家饭馆，往金鱼池去了。

东方已挂出了椭圆形的月亮，天青得像深蓝布的大褂，风微微地吹着，还有点凉。天桥的晚间是寂静的，只有些个棚子里还有暗暗的煤油灯，饭馆还在做着生意，书场的“晚场”还没开台。——在这个下等的地方辛苦劳作的那许多下等而辛苦的人，现在都已不知在何处找到了他们的栖息之所，去恢复他们的体力去了。

我同着刘宝成到了金鱼池，这个地方哪里有金鱼呀？有的只是臭水坑。这是天桥的一个角落，还没有出了天桥的范围，有稀稀的几家土墙和土屋，更有用木板、芦席搭盖的，这在北京城的别处很少看见。这是贫民窟、大杂院，每家的门上连门牌都没有。

刘宝成就领着我进了一个破板的小门，院里很窄，放着一辆破洋车，还有一份没挑出做买卖去的馄饨担子，这就说明了这里人家所做的营生。院里的房屋统共不过七八间，可至少也像住着七八家子的人，都是用那焦黄的破纸和旧报纸黏糊着那歪歪拧拧的窗户，映着黯淡极了，似贫穷的人生命那么黯淡的灯光。有的屋里有人咳嗽，一听就知是肺痨。这里还养着一只夹着尾巴的浑身是癞的狗，汪汪地吠了几声，但它来到临近，拿鼻子闻了闻刘宝成，立时就不吠了。

从个小屋里走出一位姑娘，喊着狗：“黑儿！别咬！”一眼看见了刘宝成，就说：“哦！大哥！”同时她就看见了我，就顿然觉得很是惊异。我正在玩味着由这位姑娘口中说出来的宛转而动听的“北平话”，刘宝成就给我介绍了：“这位是……先生，这是我师妹，我师父的女儿。”

姑娘让我们进了屋，我这时倒有点局促不安了。我先看了看这位姑娘，我可立时就不敢再看了，因为这姑娘长得模样儿很美。北平的姑娘，大致说长得都不丑，而这位姑娘长得尤美，她是个细条的标准的苗条身子，穿的衣裳可是虽然干净，但破旧；不，衣服上并没有什么破窟窿，只是有不少块缝得很细致的补丁，她穿的本是蓝布小褂和长裤，颜色却不能算是蓝的了，早已糟旧不堪。我不能笑话人家穷，因为人家本是个穷人家。这屋里没有一件整齐的东西，可以说是萧然四壁，简直就可以说是没有东西。墙壁也没一块没有灰尘和手指头抹的臭虫血，炕上露着破席头，有一只狸花的大猫咪咪直叫。

刘宝成先问："师娘没回来吗？"

姑娘答："回来啦，又出去买东西去啦！"买什么东西去了，她可没有说明。姑娘的态度是很矜持的，她不断地用眼看着我。刘宝成就跟她说明了我的来意，并把那块肉饼放在炕头上，说是："这位先生给买的。"

姑娘并不管这肉饼的事，虽然看这屋里一点火也没有的情形，她未必是已经吃了饭。她先说："我爸大概是睡了吧？我看看去。"她一转身的工夫，我看见了她脑后梳着的一条大松辫，不由暗赞她的好头发。

在这西墙，悬挂着一条用好几种破烂花布补成的门帘，那里边自然另是一间屋，姑娘就拿着那小煤油灯走进去了。

姑娘说话的声音很细，在里屋说了些什么，我在外屋听不大清楚，可是里面那个人回答的声音是十分高的，说："什么？找我来治病的？他拿钱来啦吗？宝成也没跟他讲讲价钱吗……"

我一听，要糟，原来找这个卖大力丸的师父给行推拿术还得先给钱，我刚才付的饭钱，现在口袋里连一吊也不够了。刘宝成赶紧也进去了，就听里屋的人说："有肉饼？好，先拿来给我吃！"也幸亏买来这二斤肉饼，刘宝成出来拿肉饼，就同时把我也带了进去。

这屋里，我简直不能呼吸，因为气味太难闻，地上就放着屎盆，几乎被我的脚踢翻了。炕上坐着一位七八十岁的老头子，吓了我一大跳，这不是个人，简直是一个鬼！

这就是卖大力丸的刘宝成的师父了，瘦得简直像用秫秸秆支成的一个人，那脸上的皱纹，堆积得和干粗的老橘皮一样。胡子、头发都白苍苍、乱团团的，只能说是一些烂草，可是两只眼睛却瞪得溜圆，像是两只灯笼。他的牙是一个也没有了，发出的声音可很大，说："快拿肉饼来！"

他不容打开包儿，就抢到手里那二斤肉饼往嘴里塞。他虽没有牙却吃得真快，吃得真狠，他拱起来双肩抱紧了肉饼，全身地用着力。我向来也没见过这种情形，我觉着很难受，又忧虑这肉饼会把他撑死的，我可也不好拦。等他吃了有一斤多，他似乎饱了，身体似乎松弛了，精神似乎盛旺了。他把肉饼可是还不放手，一边用手颤颤地由他那破烂的衣服上、破棉絮上，细细地拾起来掉落的肉末和饼屑，往嘴里放，使力地咽下喉去。这时他才抬头看着我，说："嘿！我怎么瞧着你眼熟呀?"

我觉着见了鬼啦，我何尝见过他？我还没有答言，这老人忽又问我说："你是不是在河南道上保过镖?"这简直是做梦，我还保过镖呀？我还许盗过御马呢！这真是没影儿的事。我不由得笑了，说："老爷子！你认错了人啦！我这回是第一次到北京来，来了才不多日子啊!"

这老人点了点头，似乎是明白了。可是紧接着又问我说："你是由河南来吗?"

弄得我真连笑也不能笑。我说："没有的事，河南我连去也没去过。老爷子，你大概是眼岔了！上年纪的人，难免有时把人认错，可是也不要紧。我是因为跟这位刘宝成刘大哥新近才认识的，他提起了老爷子会推拿术，我正在害着病，这才来求求老爷子!"

我把话说得很婉转，声音也不高不低。这老人就倾耳静听，他的耳朵倒还不聋。他的面容往下沉，严肃、郑重，而渐渐萌露出了悲惨之色。他长吁了一口气，说："还有人来求我吗？二十多年啦，没有人再登我的门槛，竟还有人来求我吗？……当年，有多少人都来求我？求我给说合事，求我收弟子，求我去给讨回来被劫去的镖银，求我替人报仇雪恨，都求我，送金送银、摆席摆酒、磕头作揖、托亲央友地都来求我！可是后来，我倒了运，就一个也不再来求我，我去求人都不行。二十多年啦！想不到今天还有人来求我，还知道我'双刀太岁'没有死……"

我一听"双刀太岁"，我就明白了！这位老人早先原是个保镖的，一定是好武艺，江湖之上颇有威名。现在落到这般地步，是因为年头已经改变，他又老了，身手全无用处，生计才这样艰难。

此时，老人忽然哭起来了，说："我不能够给你推拿！我本来只懂得点穴道，那是为点穴用的，为对付江湖强霸、绿林盗贼用的，却不能够治病。我不能给你胡治，那我就对不起你啦！因为你还看得起我，你是个好朋友！得啦，你请吧！这屋里太脏。你以后得多帮宝成的忙，他人太忠厚、老实，我们这家里又累着他，顶好给他找个一月能挣十几块钱的事。还有我这女儿，有合适的人家，你给她找一个，只要不是当二房，比我们家里好一点就行，省得叫她跟着我受罪……"

第三回　客里青春

才见这么一面，这老人就把他的身后大事全都托付了我，我能说什么呢？满应满许么？我办不到，而且没那么大的交情。若是摇头谢绝，可是这时刘宝成低着头在深深地发着愁，那姑娘已发出了悲哽。

我简直要犯病，要晕倒！我真后悔，无缘无故地来见了这么个当年的老保镖的，可是我也不能不说什么，所以只说："我尽力而为吧！老爷子你放心！"

他点点头，表示万分地感谢，并问我的姓名和现在的住址。我不知是怎么一阵糊涂，就都实说了。老人说过几天叫人看我去，同时又嘱咐我有工夫时就来：因为既交了朋友，以后就别再客气，可是再来的时候，千万别忘了给他带肉饼。得啦，我就全答应吧！

当下姑娘拿着小煤油灯儿，我们就又到了外屋。姑娘还有些抽搭，可又向我笑着说："您瞧！我们这儿连个叫您坐的地方也没有。"我说："不要紧！不要客气！"

我本来当时就想走，可是那刘宝成的师娘又回来了，手里拿着一个旧报纸黏糊的小纸口袋，里面是约有二斤的玉米面。刘宝成就先给我向她介绍，她对我也很是感谢，并说："您可真别笑话我们，这个破家！"指着里屋又说，"老头子早先有钱的时候，把钱都交了朋友啦！一受穷，当时就穷到底！”

我笑着说：“老爷子总是个好人！”

这妇人说：“什么好人吧！这年头儿，好人又值几个大钱？”她发起牢骚来了。这个妇人仿佛是老于世故，所以愤世嫉俗，很能够说话。

可是她那女儿却默默地只管用眼睛看着我，话也不多说一句。我觉得她长得很美，这么美的女子为什么偏偏生在穷人家？我有些可怜她，她的眼边这时还挂着眼泪呢，肉饼都让她的爸爸给吃了，她一点也没有落着。我恨不得再去给她买点，同时再用言语安慰安慰她，但我知道那是不应当做的，我对人家的姑娘不应当特别地关心。

姑娘的母亲现在就开始用凉水和那玉米面，并说：“您别走！我做好了窝窝头请您尝尝！您大概还没吃过，这是我跑了三里多地才买来的好玉米面，蒸出窝窝头来真比馒头还香！”

我说：“谢谢啦！我不吃，我已经跟刘大哥在一块儿吃过啦！我要走啦，改日我再瞧您来吧！”我往外去走，刘宝成跟姑娘妈都一直送我到门外。刘宝成很感激不尽，而又抱歉地说：“您瞧！也没给您治病，我师父脾气古怪，叫您白来了一趟。”我说：“不要紧！本来我也没什么大病，明儿见！”刘宝成就说：“那么明儿我在场子里等您。”我点了点头，说：“请回！请回！”我就走了。

回到了我住的店房，我不愿意让这件事情再搅我的脑筋。虽然这件事，尤其是那怪老人，那可怜的姑娘，给我的印象很深，可是我会想法子把他们忘掉，我得想一想我自己的困难，本来么，现在我是自顾不暇，有什么力量再去帮助别人？天天叫我去送肉饼，我也送不起；给姑娘找婆婆家，我来到北京除了认识这个店里的“小二”，还认识谁呢？

我的事情到底也没有谋成，病也是说好吧，总觉着没有十分好。幸亏家里又给我寄来了点钱，并在来信上勉励我：“别急！谋事得等机会，须有耐心。饮食注意，少交胡乱的朋友，千万千万！”我也不能够就“襆被还乡”，还得在这儿耐着。

天桥那地方，我也不想去了。我已知道了刘宝成是怎样的一个人，我对他钦佩，然而很惭愧，我又对他是“爱莫能助”。可是只要见了面，我不帮助他点，我就心里不安；倒不如少见他的面，还省了我的烦恼，也不至于拿三五个钱或一二斤肉饼，就买人家贫苦而懂得礼义的人的人情。

春天，北京城落着连绵不断的细雨，把院子下得永远是湿的，我又没有一双胶皮鞋，简直我索性除了上毛房，连屋子也不出了。店门外就是一条狭窄的胡同，这一下雨，不定多么湿，多么脏了，可是清晨早起，便有人用曼长的声音叫卖着：“榆叶梅——花来，买花！”这诗意的卖花声，引起来了我客中病里的诗兴。我拿了几百钱，叫店中的伙计出去给我买来了几枝，并跟他借了个瓶儿，舀了点清水，将花供在案头，安慰我的寂寞。

这榆叶梅，带着碧绿的像榆树的小叶，可是又累累地挂着许多含苞欲放的红色美丽的花，它比桃花的颜色还娇艳，恐怕也更为命薄。我生平不喜欢富贵的牡丹，常爱这类的“小家子气”的东西。现在我这客舍里只有这一瓶花和一个我，寂寞相对，窗外是春雨如丝。

就在这天落雨的黄昏，忽然有个人来找我。隔着窗上的玻璃我就看见了，因为院里有一只电灯，照着很清楚的雨丝，还照着这找我来的人，正是刘宝成的师妹。我这时很惊讶，想着：我叫不叫她进屋来呀？进我屋来，未免不大方便，因为这里是个客店，我又是个独身，倘若碰到查店的来了，也得盘问一阵。但是，她既然在这时候来找我，恐怕就有事，多半是她的爸爸！不，一定是她妈叫她来的，说不定是她的爸爸，那怪老人双刀太岁，有什么不好，死了？她才来找我，许是要借钱……

终于我开了屋门，把她让进来了。此时我屋里的那只电灯也亮了，我先观察着她的神色，就觉出来我所猜想的大概不对，因为她完全没有一丝紧急和悲哀的神情。她的头上蒙着一块半旧的花手巾，可是进了屋，遂即就除了下来；穿的是花道儿的短布褂，还整齐，没什么补丁，只是已被雨淋湿了。她的神态有些羞涩、腼腆，但一眼看见了灯光下瓶儿里的榆叶梅，她忽然笑了，说：“这是什么？是榆叶梅吧？您是哪儿掐来的呀？”

我听了，心里不禁生了一点轻微的反感：掐的？可真瞧不起我，我上哪儿掐去，上公园里去掐？公园里有牌子：禁折花木！我就说：“这是我在门口儿买的。”

她又笑了，似乎觉着我是个……说上海话叫“阿木林”，北平大概是叫“冤大头”。她有点笑话我说：“这还用花钱买？有的是！我桂玲姐姐的家里有三四棵这样的树，爱掐多少掐多少，我都懒得要！”

我自从到北京来，除了上天桥，别处简直就都没有去过，听说北京各人家的院子里花木都很多，我简直连一朵也没看见过呢！我也觉得是花了冤枉钱了，但是我立即为自己解嘲，说：“好在很便宜，买几枝，摆在瓶儿里，就是这么个意思。”

她仍微微地倩然地笑着，走近了瓶花，在灯光下，她美丽的红颜与娇艳的花儿相映。我不敢多看她，因为她长得太美了，她又是一个大姑娘。

花儿好像引动了她的芳心，她不住地细看着，她是看花儿吗？她是故意借着这个好不瞧我，同时躲避我的视线吧？但，我心里疑闷，这细雨黄昏时候，她是干什么来呢？我不能不问，双刀太岁既与我论了交，我也算是她个老大叔，我须要拿出长辈的样子，我得问她，好叫她快点走。于是我就说：“你爸爸怎么样了？这两天他的身体还好？是他叫你来的吗？有什么事吗？”

她却一扭头，笑着说：“您怎么就觉着我来了就应当有事，难道没有事就不许我来了吗？”她跟我耍着顽皮。

我可没有笑，我不能搭理她，还得端着点架子，我就说：“因为我这两天没见着刘宝成，我怕你家里有什么事。我也……这几天精神不好，同时我的事也找不着！”

她忽然不愿意了，脸儿沉下来，说："我来并不是找您有事，真要是有事，我也不能麻烦您，我倒更不来了呢！"

我刚要辩论，她可不容我说，一句跟着一句，伶牙俐齿地说："您那天从我们家里走了，第二天我爸爸就叫我来瞧您，说您也是一个病人，我们那屋子又有气味，您回来真许病了。虽说是早先没什么交情，可是刘宝成也常提您，说您是个好人，景况也不大好，我爸爸更是觉着您是他的朋友；他知道一个人住在店里，得了病的那个味儿。他催着我来瞧您，可是我妈又说：人家来看你爸爸，是带来肉饼，咱们去看人，难道就空着手儿吗？我说那倒没关系，谁不知道咱们家里没钱？空手去看看，他也不能就笑话咱们。他要是笑话，以后咱们还不理他呢……"

听到此处，我脸可有点发烧了，我刚要张嘴，她又用鼻子"哼"了一声，说："真的！我们家里的人连刘宝成都是这个脾气：秦二爷的锏——穷硬！不是这个脾气，还落不到这步田地呢。我就想来，可是又没有工夫，一天那些个外活就够我做的。不做外活家里吃什么呀？光指着刘宝成？他那个钱也不是容易来的，他就是有孝心，可还有个买卖好坏呢！我们向来是谁也不指着，谁也不求，自己受穷，自己认命！"

我这时才抢到一句话说，可是话憋在我嘴里，越着急倒越说不出来了。我直摆手，结果只说了一句："你别错会……"

她忽然又嗤的一声笑了，说："今儿呀，我为什么来？您猜吧？"

我哪里猜得出？

她在这时候才说：她有个"桂玲姐"，就住在这南边不远的一个胡同，地名叫"芦草园"，她们两人是干姊妹，她常去看她。今儿是一清早她就上她的桂玲姐家里去了，在那儿吃的午饭和晚饭，玩了整整一天。现在，因为她桂玲姐晚上有戏，得上"馆子"去，所以她就忽然想起上这儿来啦。她并对我说："我来看您，可真是不成敬意！以后只要我上我桂玲姐那儿，说不定我可就溜到您这儿来，

——先跟您说明白了，您要是觉着我讨厌，可趁早儿说！”

我说：“我哪能够讨厌你呢？我每天在这店里住着，很是寂寞，又没个朋友。——刘宝成，他得天天上天桥去做买卖，我也不能请他到我这儿闲谈，耽误他的工夫。你要是能够常来，我当然是欢迎不尽，不过……”

没等我把话说完，她就皱了皱眉，说：“其实刘宝成——我大哥，他也不是没有一点工夫，譬如今儿个，他就不能出去做买卖，得在家里熬一天。”

我问说：“宝成住在哪儿呀？”

她说：“咳！他哪儿有准住处？他……我这么告诉您吧！他自小儿就没爹没妈，是我爸爸把他拉扯大了的，本来是在我们那儿住。现在，因为我们家里的地方儿窄，我又长大了，他就觉着不方便。其实算什么的？我还不跟他亲妹妹是一样吗？他可一定要搬出去。他也没有个准家，好在还认识几个熟人，有时候就在‘肉饼王’的铺子里，有时候在‘赵半仙’的命棚子里，幸亏他人还仁义，还有人肯收留他。可是也不行啊！他吃的又多，还得帮助养活我们的家。您知道，天桥的买卖，这一年多来就不行啦！他那耍大刀，人家也不爱看；药，更没什么人买。像今儿这下雨的天，就得歇一天，陪一天的嚼过，明儿还不知道雨住不住……”

她转身看着瓶中的榆叶梅，窗外雨声淅沥，仿佛下得更大了。我担心着：她可怎么走？

现在，我实在悯念这些人，愿时时跟他们在一起，因为觉得他们都有“人的感情”，和人类悉应具有的道义，不过，我又为他们的命运悲哀。我便皱了皱眉，说：“很惭愧！我也不能帮宝成什么忙，应当给他找个事才好。”

她说：“他也认识不少的字，能够吃苦耐劳，脾气——真比我的脾气还好呢！不是十分地招急了他，他从不跟人家瞪眼，可就是老找不着个事！连个跟包的事也找不着。”

我说：“你认识唱戏的吗？”她说：“我桂玲姐不是唱戏吗？”

我又问："她叫什么名字？"她说："她就叫杨桂玲，是唱老生的，您在报上可找不着她的名字，因为她不是名角。"我又问："现在她在什么园子里唱？"她说："在'四庆记'，是夜戏，下个月初一就上'劳芳舞台'唱白天的了。"

我又问："虽然不是名角，可是北京城的人，都是爱听戏的，她的收入总该不错了？"

她摆着手说："得啦！您是不知道，跟您说您也不信，也一时说不完。我就这么告诉您吧！她要是……不用说成了名角，就能像'小海棠'那样，我们家里也用不着发愁了。她也是个热心肠的人，只要手里有几个富余钱，就给我们送去。要不然，我们家里三口儿人，我爸爸的饭量又大；他一个人能顶我们两个人吃的，不怕您笑话，一顿饭，玉米面我们就得吃两斤半，光指着刘宝成跟我做外活还行？"

我又问说："那么你做外活，平均一天能够收入多少钱呢？"

她笑了，说："您倒是要问哪一件事呢？问了半天刘宝成，又问我桂玲姐，现在又来问我。这些家常过日子的事，一句两句也说不完，说多了还真叫人的脑袋痛。咳！我真成了个日子精了，无论见了谁，就说日子怎么怎么难过，倒像是求人给想法子似的。其实，我爸爸那天说了，倒退二十年，他哪儿会关心到面卖多少钱一斤？米是多少钱一斗？他镖店里开着招贤馆，从别处来的，无论是认识的不认识的，只要是说明投奔双刀太岁胡飞豹来的……"我到这时候，才知道他们原来是姓胡，可是她也许有个名字吧？叫什么呢？

她又说了一阵，结论是：好汉提不起当年勇了！

这个姑娘，是属于北平所说的"能说会道"的姑娘，有本事的姑娘。这种姑娘在北平是很多的，很受人敬戴的，可是多半因为她们锋芒太露，以致"老根儿的人家"不敢娶，而成为老处女。但是这并不是说，这种姑娘就失掉了她的女性美和天赋的温柔，一点也不。就我目前觉得，她的那妩媚的神态，和动听的语言——虽然不像一般"文明女子"那样会说许多的新名词，可是那些俗话儿、土语，由她的口中说出来，就特别的好听，而且更增加了她的美。她实在是美，这样美丽的女子，偏又逢着穷苦的命运，对于她的将来，我真不敢替她设想了！

她沉默了一会，这时窗外的雨声响得特别的清晰。我也没个表，大概总有八点了，我应当催着叫她走，可是又实在不好意思那么办。我不禁打了个呵欠，她似乎应当觉出我已经疲倦，就应当“起身告辞”了，可是她不，她反倒坐在我那凳子上，慢条斯理地跟我扯起了闲话。

第四回　一个女伶

她忽然问我："您说，女的学戏，好不好？"

我不大明白她这话的意思，就说："应当看是怎么说了，你要问我女的唱戏，是不是比男角儿容易唱得好，那我向来是主张台上的青衣花旦，都应当由女角儿去演的……"

她着急地说："我不是问您女角儿比男角儿怎么样，我是说现在女的学戏的可真不少了，也有唱红了的；就是唱不红，也能够往家挣点钱，有时比个男的还能挣得多。只是，人家都对女戏子瞧不起，仿佛是姑娘一唱了戏，就能学坏了似的。"

我说："这也不见得吧？学好学坏，还在乎自己的品行如何。"

我这话，仿佛正说对了她的心，好像把她的心里多日来解不开的一个扣儿，无意之中给解开了，欢喜得她，不由得笑了，脸却又红红的，说："我也是这么想！凭自己的本事去挣钱、吃饭，可有什么寒碜的呢？总比求人、央告人强。"

我听出了她的话味儿，她一定是有心要去学戏。其实以她这苗条的身段、美丽的姿容，和圆润的嗓音，她要唱戏是不难唱红的。不过，唱戏虽也是个正当的职业，我却不能太鼓励了她，因为她有个桂玲姐是唱戏的，她可至今还没有学戏，可见，一定是那个"双刀太岁"不表赞成，我怎可以就劝她学戏呢？万一……

我这样过虑地一想，于是我就劝她说：“唱戏不是什么容易的事，再说那环境太复杂，我劝你还是好好地在家里做外活吧！”

她忽然不悦了，扬起眉毛来，说：“您说得倒好！做外活，也得有那么些个外活可做呀？一天挣不了三个大钱，够喝粥的？还时常七天八天的连一件外活也揽不来，指着它还行？您想，我也没有个兄弟，人家宝成到底是姓刘，不姓胡。再说，叫我们把他累得已经可以的了，我不自己想个道儿行吗？”

我听了这话也自然就无话说了，不过我很怜悯这位姑娘的身世。女的学唱戏，明明是一条很崎岖的路径，而且容易“一失足成千古恨”。她如今要去走，我可也没法子拦。

我们两人又默默地待了一会，我倒想找点闲话儿说一说，因为这样“相对不语”，是更不大“合适”，可是一时我也想不起来应当说什么。

又待了一会，她才站起了身，说：“我可真应该走啦！”指着我又笑说，“这么一会儿，我看见您就打了两个呵欠了！”

我点头说：“我是因为病才好，精神还没有恢复。其实我倒是不困，不过我也不留你啦，我出去给你雇辆洋车吧？”她把我拦住了，说：“干吗呀？”我说：“雨这么大，你怎么走？”她笑着说：“我来的时候，可也不是没下雨呀？”我说：“那么我给你借一把雨伞去吧？”

她又拦住了我，坚决地说：“不用！我真不要伞！”她已经把那块花布又蒙在头上了，说：“我回去，还不能说是我上您这儿来啦！我要是拿着伞回去，我妈一定能问我：伞是哪儿来的？我还不能说是我桂玲姐的，因为她的家里有什么东西，我妈都知道。”

我倒心里不高兴起来，本来，这半天我们两人在屋内，所谈的完全是正经的话，我就说：“你何必要回去撒谎呢？”

她摆了摆手，说：“不行！我妈的心眼儿多！她本来不是我的亲妈，是我爸爸后来才娶的，究竟差点儿事。我爸爸叫我白天来，我可总没来；今儿下着雨，又是晚上，我倒来了，叫她知道了，一定得起疑心……”

我听了这话，我倒怔了，所以她向我说：“过两天我再来瞧您，再见吧！”我也一句没回答。

我并且也没往外送她，就隔着那直往下淌水的模糊的玻璃窗，在院中那盏电灯所照之处，雨丝之下，我望见她走了。她竟走了！天黑、下雨、胡同里的泥泞，街上也一定没有人；这儿离“金鱼池”她的家，又不算近，她竟不畏难地走了。她，真是一个美丽年轻、聪慧而不幸的姑娘！我感慨了一夜，可惜我不是诗人，不然，我一定要把这些事情，做几首诗了。

这雨，连绵地下了四五天。我瓶里的榆叶梅已将残了，显出一种憔悴可怜的样子。

雨后，我又往天桥，刘宝成正在那里卖大力丸。他因为正对着许多人，在要“江湖口”，没有工夫跟我谈话，只一弯腰。我看他又练了一回大刀，当他托着铜盘卖药的时候，我刚要掏钱，他却笑着说：“您……自己的人，别这样儿呀！”

我简直没有法子“资助”他了，他也不惜丧失一个好主顾，而换一个真朋友。他这样，愈使我这当“真朋友”的惭愧到了万分，我恨不得发一笔大财，叫他们全都不再为生活着急；我恨不得我成为一个有地位的人，给他们全都找个好事去做。

天桥尽是这些流浪的人。现在地下还很泥泞，可是人已经这么拥挤了。我离开了刘宝成这里，又去看看那小妞儿唱大鼓，然后转到说相声的那儿听了两句，就走了。那边支搭着一个席棚，里面擂着洋鼓，吹着洋号，真吵人的耳朵。席棚间挂着一幅白布，画着些什么“箱中美女”“巧变公鸡”“吞火球”“手杖开花”等等的魔术，还画着个卓别林装束的魔术师。门口站着两个专管收钱的人，大声地嚷嚷着说：“来看吧！快来看吧！洋戏法！两枚钱一位，小孩不用打票！”其实，他们也无所谓“票”，不过论规模，是比刘宝成的要大刀和小妞儿唱大鼓，较为大一点罢了，可是也没见有什么人走进席棚里，可见营业状况也是不大好的。

我无目的地在这个杂乱的地方来回地转，我想把我的两只眼睛作为照相机的镜头，今天索性把每一个角落都摄一摄；就把我的脑子作为胶卷，让它留下深深的印象，以后，我就可以不必再来了。所以，我一连撞着了好几个人，把一个妓女似的娘们的花鞋都给踏脏了，我只有道歉说："没看见！对不住！"她还直用眼睛瞪我。简直，我可以说是茫然地走，因为我也是个落魄的人呀！我赋闲得病已经这许多日子了，我也有我的悲哀呀！

我走到一个地方，恍惚听见有人娇声细气地叫着我，又说："您来逛来啦？"我把头来回地转，可也寻觅不着那人，因为眼前来来往往的人是太多了，我已经眼乱了。及至人走到了临近，我才看见了，啊呀！敢则就是刘宝成的师妹，那个雨夜从我店里走了的胡大姑娘，到现在我还不知道她有名字没有。

我惊讶地问说："你怎么也在这儿啦？"她今天穿的是半新的黑布散腿的长裤子，半旧的不大时兴的提梁皮鞋，新做的粉红方格的小褂。我并不是惊讶她这身好像是"阔了"似的衣裳，我是奇怪，她没有事，为什么要到这个地方来？

她却顺手一指，说："那边儿不是'荣芳舞台'吗？我桂玲姐今儿在那儿有戏，她叫我来听听。您也去听一听好不好？不用打票！"

这个"蹭儿戏"我是不高兴听的，不过她已跟我说了好几回她的那个"桂玲姐"了，在我想象中是一个热心肠的，家里有好几棵很大的榆叶梅的，那么一个不十分走运的女伶，现在她就在眼前唱戏，因了她的干妹妹的邀请，我也无妨去看一看，反正我正没法子消磨我的光阴。

她带着我，到了那建筑得很简陋的戏院门前。这里有一张小桌，上面放着一沓子红的黄的、小块的印着字的纸，旁边有一个人在"卖票"。这里的戏当然便宜得很，我倒是不心疼钱，想去买一张，胡大姑娘却把我一推，就带着我进去了。

我听说过天桥的戏是叫作"大棚的戏"，早先大概只是搭上个席棚便开锣，现在居然也有了戏台，有楼上的包厢，有池座；虽比不上什么大戏院，可也总算是一个具体而简陋的戏园，不过顾客是太寥寥了，显得十分的惨淡。台上正唱着《钓金龟》，也是一出“瘟戏”。

胡大姑娘说：“您坐着等一会儿！”她叫我在池座里的一个地方坐下，她却忙忙叨叨地走了。我知道她必是去找她的桂玲姐，要给我介绍，我倒觉着有点不安。

待了一会，她就由那——一定是后台了，带来了一个戴着鸭舌帽、穿着青缎的坎肩，古铜色的软绸夹袍，青缎的双脸鞋，简直完全是个男子装束的二十来岁的胖脸儿的女人，这原来就是她的桂玲姐。

我倒觉着腼腆了，我怎么会认识这样的人？虽然我也知道北京的女戏子多半爱男装，但叫我跟她在一块儿，我可真还不大习惯。

桂玲姐的帽子好像是永远不摘，后面垂着个大松辫。经过了介绍之后，她就跟我坐在一块儿说话。也许因为她是唱老生的，所以说话也像个男子，而且拉着长声儿，有板有眼的。她先说：“我前些日子就听丽仙说，您这个人好极啦！”……我这才知道胡大姑娘的名字原来叫“胡丽仙”，这个名字写出来还不错，念出来却不大受听，因为“狐狸”要是成了“仙”，可就要迷人了。我心里是这样想，自然没说出来。隔着这个杨桂玲去看丽仙，见她因为辫梢儿散了，正一边拿手系着，一边儿看着台上的《钓金龟》。

“我今儿可得请请您，您不是没事儿吗？那就请您跟我丽仙妹妹在这儿听戏；四点钟，我的戏完了，咱们一块儿走，到我们家里吃饺子去。”杨桂玲向我这样说。

我赶紧摇头，说：“不！改日吧！哪有这样儿的？杨……”我不知道是应当叫她为“杨姑娘”、“杨先生”，抑或是“杨老板”？

她却说：“您要是一客气，可就反倒显着咱们不是自己人啦！”

弄得我语塞了，我还能够说什么？人家一个女的竟比我爽快得多。我也真不必再推辞啦，到她的家里去看看大棵的榆叶梅的树也不错，何况丽仙又冲我使了个眼色，说：“您就答应得啦！客气什么呀?”

杨桂玲又问我:“您的事情谋得有头绪了没有?”

我又不由得一阵脸红,不得不吹一吹,我说:“机会倒是有两个,可是因为我的病还没有好,给错过了。”

杨桂玲点头,说:“您还是放心养您的病要紧!慢慢儿地,有个事儿,我倒可以给您介绍介绍。”

我更觉得不好意思了,我一向是认为在经济方面我略比她们强,所以我做着梦,想发财,也是为了要去帮助她们。不料,她们今天倒要给我找事!也许要给我找一个“跟包”的事儿吧?这简直等于是侮辱了我,我决不能接受的。但转又一想:她这也是一片好意,是为表示着自己,才这么说,其实也未必做得到,我何必还要争执什么,而辜负了她们的好心?我只淡淡地说了一句:“现在我对于找事,倒是不着急。”

丽仙又带笑地向我来问:“您喜欢北京这地方吗?喜欢天桥这地方吗?”

我点头说:“我喜欢北京,天桥这个地方,我也很喜欢。”

丽仙却“哼”了一声,说:“北京?哼,这个地方我可真住腻啦,天桥我更是厌烦极了!”

杨桂玲说:“你天天地说,天天在叨念,我看你可是一辈子也离不开这北京!就跟我似的,现在索性弄得大馆子也没有了我的份儿啦!落到天桥上混来了。这一落——我也明白,三年五年,我也休想走运,再回大馆子。”她又给她自己的环境加了个注解,说:“人就是!你越嫌哪个地方,可是老天爷就偏要叫你在那儿待着,除非你是不想混饭;你要想混饭,离开了熟地方还真不行!”

丽仙却忧郁地说:“我宁可不吃饭,早晚我也得离开北京!我上天边儿去,我上没人住的地方去,越离着家远,我才越乐……”

杨桂玲笑了一声,说:“你说的真是小孩儿的话,得啦!你千万别再说啦!”

我也笑了一笑,我觉着丽仙自然不如杨桂玲那样的世故,她的心却实在是上进的，她希望能够改造环境，可见她的心是很“高”啊！她必定是时时在感到痛苦。

我想劝劝她，可是又想，何必多此一举呢？我能够劝一个穷人家的女子满意她的环境吗？我拦得住她去艳羡别人吗？我还是看台上的《钓金龟》吧。

《钓金龟》已经唱完了，又换了一出武戏，乱打了一阵。这时候杨桂玲可就回后台去了，武戏完了，原来就是她主演的戏，是《浣纱记》，她饰伍子胥。她唱得实在不算“高明”，可是颇卖力气，丽仙就说：“您瞧我桂玲姐，挣的这点钱，有多么不容易呀？”我点了点头，仿佛我也是很替杨桂玲惋惜、惭愧似的。

丽仙又说：“坤角儿唱老生很不容易走运，我桂玲姐当初要是学旦，现在恐怕早唱红啦！”又说，“学戏真不是一件容易的事！光唱得好、嗓子好、人缘好，也还不行，还得有钱能够置行头，学旦就是用的行头太多，除非你光唱青衣，可是天天唱《三娘教子》唱《浣纱记》，有谁捧呀？”

我一听，喝！她还懂得的戏不少！我猜着她的眼前必定是有这样两种憧憬：一个是学戏，唱旦，置很多的行头；另一个就是“离开北京，上天边儿去”。总之，她的那个穷家，已有点“关”她不住。

《浣纱记》唱完了，又待了半天，那杨桂玲才仍旧穿着原来的衣裳，到前台来了。我就客套地夸赞了几句，说她那个“伍子胥”唱得不错。她却笑着说：“得啦！您别笑话我啦！这简直是没有法子，要不怎么她……”指着丽仙说，“她从打去年就说她要学戏，我可是总不赞成，这条道儿，不是什么好道儿！”

我非常钦佩杨桂玲的明达，虽然我本已经变了主意，想要走，别跟丽仙在一块了；她既然是不安分，我跟她处长了，虽然我是丝毫也没有什么企图，可是难免落些闲言是非。但是现在杨桂玲跟我这么很直爽地谈话，我觉着她好像是我的一个普通朋友，并没想到她是一个“异性”。她固执地非得叫我到她家里去吃饺子，我虽然也推辞，可又不能过分地推辞，因为那就显出是看不起她了。所以，我只好跟着她们走出了这个“荣芳舞台”。外边的太阳原来还很高，杨桂玲就主张“再闲溜溜”，我也只好依着她。

我先说明，我生长于僻乡，我们那个乡里，礼教的势力极大。我从十二岁上了小学，我那个学校没有一个女生，也没有一个女教员，我简直就没同异性在过一块儿。现在叫我跟这两个异性并肩走着，并且还在这人顶人的热闹场所，在我简直是“破天荒”！我很不习惯，而又觉着难为情，也许是自惭形秽。可是胡丽仙偏还要挨着我走路，向我指指这个，又说说那个，有时还一把将我拉住，说：“忙什么的？咱们站在这儿看会儿！天还早呢！”

我更觉着不大合适了，我觉着好多的人都来看我，他们也许都在猜我跟胡丽仙的关系吧？这么个大辫子的大姑娘，当然不是我的“太太”。尤其是戴着鸭舌帽儿男装的杨桂玲，大摇大摆地在前面走，有时候回首一“亮相儿”，向我说：“咱们往西边再瞧瞧去吧？”就差了手里没拿着马鞭，不然她还是“伍子胥”。

我跟着这么一个大姑娘和一个女戏子，在天桥这个下等人的集合所，怪把戏的杂陈地，原来也很叫人觉着“刺目”，有几个流氓就来猛往我的身上撞，还骂骂咧咧的。我就想：我没有招他们，他们干吗对我这样啊？难道是一种嫉妒，或是礼教观念，促令着他们来“干涉”我吗？胡丽仙直说：“讨厌！讨厌！这都是吃饱了撑的！”杨桂玲也说：“这也是闲得！是野狗找不着主儿啦，浑冲怔撞瞎咬的。咱们别理他，一理他，他更得意啦！”

她们又往前走，我便说：“咱们回去吧！我不想到您家里去啦！要不，今天改了，归我请客吧，咱们到前门大街去下个小馆子？”我是恨不得即刻就离开这天桥，杨桂玲却在前直拉我，胡丽仙又在后直推我；她们都说是看看刘宝成去，看他那儿的买卖怎么样，他那儿要是没什么人，就拉他也一块儿去到杨桂玲家里吃饺子。我说：“不用啦！不用啦！我真的……现在又觉着不大舒服。我的病本来还没有好，现在我实在是想回去躺一躺去！是真的，对不起……”

我这个谎，编出来立刻奏效，胡丽仙惊讶地说："真的吗？"杨桂玲说："那么我们可就不敢勉强了，可是，您别冤我呀？"她又笑着问我。

我毕竟是说谎的人心虚，不由得也笑了。但我立即又决定"装病逃脱"，并决定"一劳永逸"，这一次离开她们，就永不见她们的面，连住的地方都得搬！我实在感觉到跟她们在一块，太不合适，叫别人都看不上眼，都嫉恨，所以我就皱着眉，点头说："是真的！我这病你们不知道，是说犯就犯，现在我忽然觉着肚子痛！"

杨桂玲更惊讶着说："是吗？那么也许是盲肠炎？我们可真不敢拦着您啦，只好改日，我再在家里招待您吧！现在给您雇辆车吧？"我赶紧摆手说："不用！不用！我还能够走几步路。"说实话，我也不好，因为我看见这时的胡丽仙脸上带出来一种极不高兴的样子，我又有点……不是不敢，也不是不舍，而是不忍得走了。

我正在拿不定主意，我们正在推推让让，杨桂玲就喊叫："洋车！"我又摆手说："我不坐！"胡丽仙却跺着脚，大不愿意似地说："都讲好了，待会儿是吃饺子去，现在又不去了！真是，说了话不算呀？"我还要表明我的肚子是真疼……可是吃点饺子也不要紧。

这时候，就听见叮当叮当一阵车铃响，原是从北边来了一辆包车。我赶紧往旁边去躲，不过旁边的地下又是稀泥，我怕踏着，所以自然躲得不大利落。这时坐车的那个人，就一边急遽地踏着包车上的脚铃，一边拿着根手杖直拨我、拄我，仿佛是赶狗似的，想把我赶开，我可不禁有点生气了。

第五回　崔大爷之“家”

我受了侮辱！我虽碍着点道路，可是这天桥的杂耍场，不是专为走车的！坐车的是一个阔大爷，看他的洋车这么漂亮，可知是“包车”；看他穿着西服，戴着礼帽、眼镜等等，手里还拿着一根手杖，可见是个很有派头，还许是有点来历的人。但他不该拿手杖这么拨拉我，好像我是只狗；他不该拿棍儿顶我，拿我当成了台球，我也是个穿大褂的人呀！他太瞧我不起啦！于是我就气了，我瞪起眼来说：“喂！你怎么用棍儿拨人？你叫我躲开可以，你不能这样呀？”

胡丽仙也瞪着眼说：“可气！真可气！天桥是你的吗？”

这个“阔大爷”索性叫他的车不走了，他好蛮横，下了车，就提着手杖向我质问着说：“你说什么啦？”简直要跟我打架，不，仿佛立时就要惩办我似的；他威严可畏的，真仿佛他是个皇上，而我冲犯了他的銜驾了。

我退后了一步，我怕他打我，我就向他平和地说：“你叫我躲开可以，你不该像赶狗似地拿棍儿拨我！”他却说：“你凭什么骂人？”

我说：“这真岂有此理！我几时骂你了？你这个人，怎么这样不讲理呀？”

胡丽仙却挺着胸脯，愤愤地向前来替我打不平，向那人说：“就是骂了你，该当怎么样吧？”

杨桂玲赶紧给劝，说：“不用！不用！何必打架呢？为这么点小事……”

这时的人可都围上来了，密不透风，比看任何“玩意儿”的人都多，我脸红了，我就说：“请大家给评评理，他该用手杖拄人不该？”

这个拿手杖的人，他那张藏着奸诈的白净的脸，却不向着我啦，他直看着丽仙，直冷笑，可是不说话。

杨桂玲又给劝，说：“得啦，您上车吧！都是上天桥来逛的，不必惹气！”

这个人说：“我在天桥没看见过你们！”转脸又问我说，“你是干什么的？你姓什么？”

这可把我给唬住啦！我不知道他是个有多大势力的人，我敢告诉他我的名字吗？

胡丽仙却替我说：“你用不着问！你在天桥没看见过我们，我更没看见过你呢！你是个什么东西？缺德！浑蛋！”她骂得真痛快，可是我害怕，一定要骂出“娄子”，即祸来了！

这个白净脸的人果然更生气了，他握着手杖，气势汹汹的，眼睛瞪得简直要从他的眼镜里掉出来。我怕他打丽仙，更怕他打我。

丽仙说：“找宝成去！”又推着我，说，“你把刘宝成找来！”我心说：对呀！我们这儿有个卖大力丸的，那边，还有双刀太岁呢！

我真要去找人给我保镖，可又怕事情弄得太大，所以我还犹豫着。这时候，幸喜有个人前来给排解。我不认识这个人，可又好像在哪儿见过他似的；他穿着一身蹩脚洋服，留着个小分头，瘦脸儿，两眼睛发直。他不但认识这个拿手杖的人，还认识桂玲和丽仙，他就过来说：“干吗呀？都是熟人，不必发生误会。崔大爷……”他向着这个人如此称呼着，又笑指着桂玲说：“这是我的表妹。”再指着丽仙说：“这位胡大姑娘是我们的街坊！”

他可没有提我。我很纳闷，他是杨桂玲的表哥？又是丽仙的邻舍，看他这打扮可有点怪气。

这时旁边有看热闹的人就笑着说：“卓别林……”我这才蓦然大悟，原来这人就是那边变魔术的席棚里的那位主角，假的“卓别林”！他怎么会出来了？怪不得我觉着眼熟呢。除了现在他没有戴那一撮小胡子，头上没有扣那顶圆顶儿窄边的黑色小呢帽，他的神气跟打扮还是“卓别林”，不过显着比“卓别林”更为落拓。也不知道他是从哪儿弄来的这么一身黑的旧的蹩脚西服，比那位崔大爷的西服，可是差得多了。但他们两人好像有点“旧交”，经他一劝，崔大爷立时就不生气了。这位崔大爷看了看胡丽仙，又看看我，态度确实是平和多了，说：“我也不是有意拿手杖拨你，我是因为你碍着路，请你躲开一点，怕洋车的轮子沾你一身泥……”

我摆手说：“得啦！全不必说了！”我真觉得难为情，围着这么些人看，又有女戏子，又有“卓别林”，我成了个什么人了？与他们结交，跟这些人捣麻烦，这是我的羞辱！所以，我愤愤地走了。但杨桂玲又赶来追我，她揪住了我，说：“您这就不对啦！说开了，都是自己的人，就也没有什么的啦！”“卓别林”也赶过来直劝我。我说我并没有生气，不过得让我回去呀！

那个“崔大爷”也走过来，一手仍旧提着手杖，一手却强着与我握手，并道歉说：“对不起！对不起！”我也只好说：“没什么，没什么，一点小事！”

“卓别林”——杨桂玲的表兄却说：“我那儿还没散场呢，我是出来要上毛房，不想就遇见你们。这位……”他指着拿手杖的向我们介绍，说：“崔大爷也是常来天桥玩的人，天桥的人都沾过他老人家的好处，跟谁都是热心……”

崔大爷便又冲着胡丽仙，笑说：“你们都到我那儿歇会儿去，好不好？”

“卓别林”说：“对啦！桂玲，胡大妹妹，还有这位先生，你们也应当跟崔大爷认识认识，以后好都有个关照……我是上完了毛房也就去找你们。”

我一听，这崔大爷住的地方好像离着这儿很近。杨桂玲这时就仿佛是很庆幸遇见了这么个久闻其名的人，如今又有这么一个接近此人的好机会，她不愿意放过，所以她拉着我，还拉着胡丽仙，一死儿叫我们陪着她去。我呢，本来已看出这个崔大爷不是什么好东西，不过我到底还不知道他是何许人，他的意思既这样的恳切，拿我们当朋友待，我就想着不能太拒绝人；拒绝了他，就算是得罪了他，我倒不怕，只怕将来于杨桂玲和那“卓别林”有什么不利。

在这时，那“卓别林”一个人上毛房去了，临走的时候，他还跟杨桂玲悄悄地说了几句话。我们就一同随着那崔大爷往西边去，我在后边，也悄悄地对桂玲说：“我们还是不用上他家里去吧？因为也没有什么必要。”

桂玲却悄悄地跟我使眼色，那意思仿佛是人家既给咱们面子，咱们要是不去，不把人家得罪了吗？胡丽仙却是好新奇似的，愿意到人家的家里去看看才好，她直揪自己的衣襟，又拿手摸摸辫子，仿佛整容似的。

崔大爷让他的那拉车的，又给叫来了三辆洋车让我们坐，他却还坐着他自己的那辆包月车，就往西去了。我看见他的车简直有点横冲直撞，他的那杆手杖，大概也是可以随便拄人的。刚才我受了拄而不服气，敢跟他顶嘴，事后一回想，还真有点危险呢！要不是“卓别林”来给劝，恐怕真下不了台，一定得落得很难看。

我觉得出来，崔大爷在这天桥，一定是颇有权势的。他不仅是本身有钱，他还能够决定别的人，凡是在天桥谋生的人的穷富祸福，他是不可轻侮的。尤其是那个“卓别林”，他是指着在天桥作怪样子“骗钱”的；杨桂玲又是才从大戏园子沦落到这里，将来就要完全指着这地方吃饭；甚至于刘宝成，离开这个地方也不成，换句话说，大概是得罪了这位崔大爷更不成。胡丽仙虽非直接赖天桥以为生，而她的家，也间接地是靠天桥来赡养。所以我为了他们，我也不能不“随和”些，何况现在这个崔大爷对我们不但没有什么架子，而且还很“自己”呢！

我们这几辆洋车，离开了天桥区域，往西又折向北去，也走了不少的路，才到了崔大爷的家。这一带的地方，名叫“香厂”，所有的房屋多半是上海弄堂式的建筑，崔大爷的家，也就在一所洋楼里。我们就在他家的门前下了车，车钱都是由杨桂玲给的，崔大爷就拿手杖，向门里让我们说：“请吧！请吧！”他笑着，头一个让的就是胡丽仙。

丽仙这时是一点也不厉害了，一点也不“能说”了，她非常腼腆、害羞，客气得很不自然。

我们一同走了进去，这是一个光线很暗的过道，有个狭而陡的楼梯，我这个有病的人往上走着是很觉吃力。我不明白我为什么来到这儿，我本来是到天桥去闲游，因为遇见了胡丽仙，才认识了杨桂玲，才说是请我到桂玲家里去吃饺子；现在关于饺子的事，也全不提了，而又跟着崔大爷来到了这里，人生，每天都得做一个离奇的梦。

上了楼，好像是旅馆似的，一个一个的门儿对开着，住的大概不止是一家人。有个十三四岁的小丫头，正在过道上的一个小火炉旁做什么东西，看见崔大爷回来，就赶紧给开了一个屋子的门，崔大爷就往里边让我们。我便先进了屋，因为我不会像丽仙那么害羞，不会杨桂玲的那些客气。

里屋的卧室闭着门，外屋大概就是客室，也不怎么阔；当中一张打牌桌，那边是一套沙发，还有个茶儿和几把椅子。屋里东西乱七八糟的，壁上挂着美人儿的月份牌，还有胖娃娃的年画，地下有不少的瓜子皮，果盘里还有苹果和香蕉，壁间有个电话。

小丫头是穿着油裙，挓挲着两只油手，跟着进屋来。崔大爷摘下帽子放在桌上，把手杖搁在墙角，问说：“没有人来找我吗？”小丫头说：“小魏来了三趟啦，跟太太说了几句话，不知道是有什么事。”崔大爷没言语，脱去了西服外衣，又问：“电话也没有？”小丫头说：“宅里来了个电话，也没有说什么。”崔大爷“嗯”了一声，又问，“你在做什么啦?”小丫头说：“炸几个鸡蛋荷包，太太刚起来，说是饿啦，”

崔大爷说：“索性多炸几个，拿盘子。你看，这不有客来了吗?”小丫头说：“没那么多的鸡蛋。”崔大爷生了气，瞪着眼说：“你不会买去吗?还有，快去打开水，泡茶。”我赶紧说：“崔先生不要张罗，我们来了，坐会，谈谈闲话就是了。”小丫头答应着，回身走了。我真觉着她可怜，杨桂玲也说：“您别张罗！您要是这样招待我们，以后我们可就不敢再来了！”崔大爷说：“不用客气。”又取出他的银烟盒来，让我们抽烟，然而我们都不会吸烟。他自己点了一支，客气地说：“随便坐!”就推开门进那里间去了。

我是坐在沙发上，旁边，杨桂玲跟我用极小的声音说：“天桥有好些块地皮都是他的，他开着好些个买卖，还有好几个挂名的差事，什么人他都认识，有些事非他办不行。我没到天桥的时候就知道他，可是没有见过……”胡丽仙在旁边很注意地听着，我却没有言语。待了一会，丽仙又问我说：“您现在觉着怎么样?好一点了没有?”

我蓦然想起来，我的肚子应当还正在痛着呢！于是我就回答：“稍微好了一点，不过我想，咱们坐一会就走吧。”桂玲却说：“不用忙！无论如何也得等我表哥来了，咱们再走，因为……”她用极小的声音在我的耳边说：“刚才丽仙骂了人家缺德、浑蛋，要叫他记着了那个话儿，永远不好，索性得把刚才那个‘过节儿’全都解释开了。好在他很看得起咱们，咱们就不妨多在他这儿坐会儿，大家说说笑笑，也就把刚才的事情揭过去了，要不然，别说我们以后都难在天桥儿混，您要是再在天桥来溜达，都许……”把我说得直打冷战。

这时候崔大爷由里屋又出来了，并跟出来了一位妇人，穿着印度红的绸旗袍，高领子，敞着脖纽；一张擦着白粉的瘦长脸，画着眉毛。头发烫得乱七八糟。她光着两只胳臂，戴着一只金镯子，两只脚也没穿袜子，趿着一双浅粉色的绣花鞋。

崔大爷给介绍了介绍，可没说出她是谁来，我们都站起身来，杨桂玲就叫了声“崔太太”，果然没叫错。她很喜欢，笑着说：“不要客气！请坐吧，吃瓜子吧。”她特地拿出一大盘子瓜子来，叫我们吃，又特别注意地看了看丽仙，倒没怎么看我。

他们夫妇一同落座跟我们谈话。那个小丫头把茶泡了来，并用手巾买来了十多个鸡子，崔太太就叫小丫头去炸鸡蛋，而她自己给我们倒茶。他们夫妇实在对我们没有一点架子，这还算给我一点好印象。

桂玲由谈话之中，就先作了“自我介绍”，然后又说到胡丽仙的家庭状况，这夫妇非常地叹惜。最后桂玲又说到我，说我与她们认识的经过，把我说的就好像时常以金银帮助刘宝成和胡丽仙的家里似的，未免有些言过其实，而使我愧不敢当，可是也不能否认。末了，她可又说我现住在店里是怎么病，怎么穷，又怎么至今还没找着事。

崔大爷却满不介意地说：“不要紧。”我一听，觉出他大概又是跟桂玲一样，想给我找事了。可是猜得不对，猜得还“没到家”，他这位崔大爷竟说：“不要紧！以后你们无论谁没有了钱，都可以找我来，我可以供给你们花。”胡丽仙笑了笑，欣喜而又惭愧似的。我便说：“这倒不必！我的事，已经有了点头绪，不过我还正在斟酌着，因为我做的事必须与我的个性合宜，还得有点前途才好。”崔大爷简直就没注意我的谈话，他的眼睛又“飘”到胡丽仙那边去了。

我觉着不妙，我虽然没经过什么“世故”，可是我看过小说，听过旧戏，知道有些个“花花恶少”常算计别人家的姑娘，结果那姑娘便很难逃出他的“魔掌”。如今这个崔大爷的身份虽不是什么“恶少”，比不上“高登”和“花得雷”，可是，也是天桥的一霸，这家伙，绝不是个好东西，我已看出他是特别地垂涎于胡丽仙了。

我有点坐不住，可是鸡子已经都炸好了，一碟一碟儿的；每个碟里有两个，都炸的那么焦黄而且嫩，又撒了点细盐，乌木的筷子每人一双。“崔太太”帮助拿着碟子来敬客，她就袅娜着身子，像

《梅龙镇》上的李凤姐那样吆喝着说："喂！炸鸡子儿啦！谁买呀？两个铜子儿买一个呀！又有油又有盐，您吃完了准保还想吃呀！"

我们都笑了，杨桂玲说："崔太太真会闹着玩。"丽仙也拿手绢捂着嘴，笑说："吆喝得真像做买卖的。"崔太太却说："你们看怎么样？我这是练习着啦！早晚我得离开了他。"指着崔大爷，又说，"明儿我真得一个人上天桥做买卖去，把这儿，给他换一个内掌柜的。"

我可不敢笑了，我听出来她的话里是有点"醋海生波"，我更主张丽仙应当快着点走。可是丽仙，拿起筷子吃起来了，还说："我们刚来到您家里，就吃东西！"

崔太太却说："不要紧！"她走过来，拍着丽仙的肩膀说："我的妹子！你别拿我们当外人，我们崔大爷是好交朋友的，谁不知道？崔大爷在天桥有三十六友，这都说的是男的；跟他相好的姑娘，恐怕比六十六个，九十六个，一百二十六个，三百三十六个还要多！我就是这儿的一个老妈子，不，我是他的一个存货……"她又向桂玲说："说句什么话吧，我是'箱底'；再说一句响亮的话，我是个'看屋子的'。这屋子谁爱来我都欢迎，谁要是常来，我天天请吃炸鸡蛋；谁要天天来，我请吃炸鸭蛋、炸鹅蛋，又炸又炒的凤凰蛋；来了就永远不走的，我请她在这儿孵蛋，我自己滚蛋，谁要是说了话不算谁就是忘八蛋！谁要是心里有劲儿，眼睛冒气儿，屁股可不挪位儿，假充老实辈儿、姑娘份儿，那就是他妈的装蛋！"说完她就一摔筷子，转身急急向里屋去了，"吧"的又一摔那门。把我们都僵住了，每个人都停住筷子不能吃了。

我想不到这位"太太"的醋海之波，竟来得这么快，起得这么高，她这屋子平日大概就不许别的女人来！如今怎么办呢？这不是下不来台吗？尤其叫崔大爷下不来台呀！我想着崔大爷至少得来一场"全武行"，把他这个太太打一顿，那才不愧为天桥一霸，可是那我们又得一齐劝架。我想是坏了！要起乱子，崔大爷一定要这样办。

可是谁想到崔大爷竟没有这样办，他只是笑笑，说："她发昏了！她的疟子还没有好，大夫都说她肝火旺，她又是个啬刻鬼，舍不得看人家吃她的鸡蛋。你们可别在意，别人来她也是这样，‘卓别林’小崇来了，她还常打他嘴巴呢！这是我故意把她展览展览，给你们看，以后你们再来，她要是说什么不好听的话，你们也就不至于在意啦，好，请吃！”

谁还能吃得下去呀？杨桂玲虽说：“崔太太是个直脾气。”可是她的脸也红了，丽仙气得简直要哭。我就说：“崔先生！我们可并没有一点误会，不过我们不能再在这儿打搅您啦！本来今天我们一大群都来了，来了还就吃，也难怪崔太太不高兴。我们可也不是说崔太太就把我们得罪啦，我们是想叫崔太太先消消气……”崔大爷说：“她没有气，她就是这个脾气，长了你们就知道了。”我说：“是！可是也得叫崔太太歇一会，我们改日一定来！”

崔大爷拿眼睛瞪着我，仿佛是有点恨我，然而我不怕他；他的太太既是这样妒忌，一见面就对丽仙简直是公然侮辱，我不能不保护着丽仙。于是不等崔大爷的同意，我就说：“咱们走吧？”虽然杨桂玲还直向我使眼色，我却装作没看见，带着丽仙就走了。

杨桂玲没跟我们出来，崔大爷也没送，我们就下了楼，往外走。我对丽仙说：“这个事你也不必生气，这样倒很好，姓崔的根本我们就不应当认识他，这个地方早就不应当来。你是明白的，我告诉你，社会很险恶，尤其是像你这样年轻的女子，到处都能遇见像今天这样的事，所以处处全都得要谨慎，小心！”

丽仙一句话也没有说，垂着她那生着气的脸儿，好像连我也使她生气了。我还想跟她解释解释，劝导劝导她，但我已经没有了那些精神。刚才我说的肚子痛，那是推辞，现在我却真感觉着头痛，心里尤其发堵。我就给她雇了一辆洋车，告诉拉洋车的送她回金鱼池，我并且给了车钱，但是她，也并没向我说一声“谢”，或是“再见”。她像是一只受了伤的孔雀，但她是一只贫寒的孔雀呀！身上贫寒的衣裳，哪比得孔雀的华贵羽毛？但她也遭受到贪婪的猎人打了，打伤了她的心，我有法子为她医治吗？

第六回　芍药开

我回到我住的店里，今天的事，我永不能放心。我开始发现那天桥原来是个火坑，火坑之中还有恶鬼。我更看出来丽仙是一个虚荣的女性。虽然她是那么穷，又没有受过教育，但是她父亲双刀太岁的刚劲的侠风，和她的“大哥”刘宝成的昂壮的志气，也应当影响她一点，她可是像全没受着影响。社会的茫茫海上，漂零着这么一片娇嫩的叶子，我是可惜她、爱她，但是我有能力拯救她吗？让她去吧！她那样的女子也还多着呢，我难道一一都去怜爱、惋惜？

我得想想我是谁！我家乡寄来的信就在我的枕底下，是母亲托人写的：“吾儿保重！养病要紧，谋事其次，今又汇上十几元……”可怜，母亲还给在外谋事的儿子寄钱，儿子却想捞救一个“海中的落叶”。我收心敛神，绝不去再想胡丽仙，好在她也没送给我一张相片，大概要是有一个半个月不去想她，也就能够把她的模样忘了，永远忘了。

第二天，我就用墨笔在墙壁上写上：“永远不上天桥！”

究竟因为我整天不出屋，坐在榻上又时常对着墙壁，“永远不上天桥”这几个字就时时触入眼帘，倒不由得让我时时想起天桥来了。一想起来，可就又想去，这六个字不是“座右箴”，反倒成了“备忘录”了。我恨我真不行，没有点志气，怪不得我谋事不成。

但，心里虽没有忘得干净，财力与病体实在限制住了我，我真有一个多礼拜也没再上天桥；胡丽仙，我也渐渐地不再想，我想她也不至于再到那崔大爷的家里去了吧。

街上连卖花的都没有了，越来越热的天气使我的身体更加不舒服，心头也更加烦气，我所谋求的职业，还是没有一点希望。听说公园里的芍药开了，店里的伙计都跟我说了两回了："先生您不去看芍药吗？公园里都开满了，天津的人都坐火车专为来看了，别处可看不见呀！先生您去看看芍药，多半病也就好啦！"

这个伙计倒是真关心我，我可是没那兴致，我还去看芍药呢？我知道那只能徒增我的感慨。话虽如此说，我可不禁想起来："芍药开牡丹放花红一片……"那大概是《四郎探母》上的一句戏词。由戏词想起来杨桂玲，同时又想起胡丽仙来了，我不禁叹了口气，祝她的容貌要常如芍药一般的姣好，祝她快些遇着温厚的春风。

我虽像"永远不上天桥"似的，决定不去看芍药，但是我可也将要出门了。

我常叫店里的伙计给我向北屋的一位长期住的张先生借阅报纸，张先生是天津某药品公司的驻京推销员，他的药品都登广告，因此，登他广告的报纸，就都送给他一份，我就常借来看。报很多，不独能够消磨我客中寂寞的光阴，还可以免去我胡思乱想。我最注意的是"分类小广告"的"征聘"栏，想从这渺茫之中，碰一条出路。"征聘"栏中最多的是"征求女友"，我能给人当"女友"去吗？还有是"征求义父"，当然要有钱且有地位的，我想这必定是比我更可怜更落魄的人。再有的是"征家庭教师"，不是要"女士"，就是要大学毕业，还得能教"英算"，我都不够格。我愁我真没有一点出路，我真是一个人间的弃材，我有什么资格或是能力去恋恋……不是恋爱，去恋恋于胡丽仙？所以我不但对她灰心，对我自己更断绝了希望，我真想自杀！

但究竟在这一天，我从报上看到了这样一条广告："某私立中学征考录事一名，须要品格端正，擅长誊写蜡版。愿受菲薄之待遇者，速来报名……”这我可喜欢了，因为我自信大概还能够做，“菲薄的待遇”也比闲着好呀！只是人家仅征考一名，这广告大概是今天才登出来，我快些去捷足先登吧！

于是我赶紧雇了洋车，赶赴那个学校。这原来是真的，这学校真的要征考一名录事，还没有人来报名呢。这里的一位有胡子的教务主任，见了我，“印象”还似是不错。因为这学校的女生太多，我虽年轻，可是恭谨而老成，同时我的黄瘦的病脸，褴褛的衣服，也许得了教务主任的怜悯。他当面考试，叫我写了一张“催学生缴费”的蜡版。我的小楷是很有把握的，他看了当时就点了点头，说是一个月给我二十块钱，这真超过了我心中的最高希望。他还说：“行啦！这儿有一张保证书，你去找一个在教育界服务的人，或是铺保也行，明天早晨你就来吧。”居然获得了这么可喜的结果，哎呀！从今日起，我更将规规矩矩地做人了！

我拿着保证书好好地带好，走出这将要成为我的办公处所的学校，去找一个开设成衣铺的乡亲。他给我打了个保，我立时就又送回学校。

教务主任刚要去吃午饭，他看了看，没有问题，但是仍然叫我明天早晨来，因为还没给我安置好了桌子。是啊！我也得有一张办公桌，好叫我整天趴在那上边写蜡版呀。我觉得以后我一定很“神气”，也算是教育界中的人了。我又看见了正在下学的“我们”这学校里的学生，有男学生，有女学生，后边出来的还是女学生……这是一所高尚而贵族的学校，以后我可不能说我是曾到天桥去过，而且早先是常去的了。

我如同登了天，天地在我的眼前都变成明亮、轩朗了，我的病也立时就好了。我赶紧得回店里去报告那伙计，而后给我家里写信，写快信。

我由学校的所在地西城，回我在前门外的旅舍，必须经过公园的门前。我见这里的人真多，车更拥挤，我就想：这一定都是来看芍药的呀！以后，这个礼拜日我就也有心情来这儿看芍药了，因为我也是一个有职业的人了！我越想越高兴，忽然间，听到耳旁有人叫了我一声。

我的身旁是一大排洋车，旁边都是些拉洋车的，就见有一个高大的拉洋车的向我点头，原来是刘宝成。他笑着问我："少见您哪？您好吧？上哪儿去啦？"

我很惊讶，尤深深地同情和怜悯他，便也问说："怎么？你拉车了？"

他并没有什么惭愧或是惋叹，只说："卖大力丸不行啦！我在天桥得罪了人，混不住啦！改行拉车吧！反正得天天奔窝头，这比那还省力气。"这真大材小用！然而，他在天桥得罪谁啦？我还没向他问，他却又说，"您没看见丽仙吗？"我更惊讶地说："没有呀！她是……"刘宝成说："她一清早就离开了家，直到现在没回去，我刚从她家里拉着车出来。她也许上这儿来啦，要不就是找您去了吧？"

我发着怔沉思了半天，不用说，胡丽仙一定是跟家里的人捣了麻烦了，为什么事呀？在这乱糟糟的人丛中，我也不能向刘宝成细打听。但是，她绝没有别的地方可去，也不至于到这公园里来，她没钱买门票，也未必有心情来观赏芍药，这我是知道的。她倒许真上店里找我去了，那可难办，我简直不能回去了！我回去也必然劝不走，她倒许跟我哭，哭啼抹泪，碰巧还许有"想象之外"的话对我说出来，那时我可怎么办？我好不容易新找了个事，难道……我有预感，而我又没有把握，我真怕被她给拉入情网。这话我可不能跟刘宝成说，我得想法子躲她一躲。

刘宝成说："我师娘上杨桂玲家里去找她，也没有，前天她上的这公园。"

我说："前天她上过这公园了，难道今天还能来看芍药？绝不能够吧？我那店里她不能去……"末一句话我可真不敢保险，她是很能够去的，因为她去过。

刘宝成指着公园那"门庭若市"的大门，说："大概在里边吧，我这样儿，就是不拉着车，也不能进去。劳您驾啦！您去看看，看见她就叫她快出来，告诉她家里没什么事，她爸爸我的师父，现在不生气了。”

我知道原是父女吵了架，双刀太岁把女儿给逼出来了。我觉着很对不起那位老镖头，人家拿“侠义英雄”看待我，那天一见面，就托我给他的女儿找婆家，我不但不给人家女儿找婆家，还有过一点恋恋于怀；我也没再去看看人家，送去肉饼。我有点“心亏”，现在刘宝成又直向我道“劳驾”，我还能不进去替人找一找吗？我就说：“好吧，我进去找找她。找着她，无论如何，我劝她回家去。”于是我去买了一张门票，进了公园。咳！这么多的人，人群里又有这么多的女人，我可怎么找她呵？

这个公园，我知道是前清时候的“社稷坛”，后来经过现代园林设计家的精心改筑而成。一进门就是曲折的画廊，现在简直是“游人若织”；往那边，一直地走，就是芍药花圃，人多的更如稠粥。我并不失望，因为我并没有尽心尽力去找胡丽仙的诚心。说实话，我倒怕找到她，我不是自私，不是不愿管闲事，我是才找着我的宝贵的职业，我的生活才遇见生机，以后我只愿整天伏案去写蜡版。

我已经不愿意再管这些闲事，如今我实在是没有法子，不得不进来假作找一找丽仙，其实我并不希望再遇见她，这公园里的美景我也都懒得看，我就想找一个地方歇一歇。在西边有一座土坡，那里还清静，所以我就走到那里，找了一块石头坐下。我默默地想我自己的事，我决定牢守住我幸而获得的饭碗，绝对要避免一切的纠纷，尤其是有关女人的事。

但是在这里也并不十分清静，我的眼前时时有人来往走着，有的还斜眼看我，大概是觉着我很古怪；为什么不去看那灿烂悦目的芍药，却在这里“守株待兔”似地坐着呢？也许有人疑惑我是一个病人，因为有一位带着个小女孩的老太婆，就曾向我投以近似矜怜的目光。最叫我不高兴的是那对对的挽着胳臂的青年男女，有爱神保佑着他们，使他们忘记了一切；在我的面前表演着比外国电影的爱情片“更香艳”的画面，仿佛不怕被我看见，仿佛就没拿我当作个人，更像是故意向我炫耀。我是一个可怜者呀！我比不了他们，我没有他们那洋服、皮鞋、照相匣子，及能够得到女人欢心的一切。

然而，我突然看见了一个面熟的人，他就是洋服、皮鞋、照相匣子一切俱备，手里还拿着一根能够表现高贵的手杖，悠闲地抡着，扬着脸儿走着。然而我认识他，他虽装得很高贵，衣服也很文明，但他的嘴脸却伧俗得很，他就是那崔大爷——天桥的一霸。我真怕他招呼我，但他似乎不认识我了，也许是因为他扬着脸儿走，没看见我。我觉着很奇怪，他为什么也到公园看芍药来了？他这个人，还有这样的“雅兴”？我有点看不起他。

可是他，忽然地一回头，仿佛是看见我了。我不由得一阵脸红，也不明白是因为羞愧，怕他笑话我无聊？还是因为知道他不是个好东西而生气。但，我都猜错了，他回头并不是为看我，他向后招呼着说：“喂！快一点走！到那边咱们再玩玩儿。”我顺着他招呼的方向，又扭头一看，我可真惊讶了，真动了我的感情了，原来从那边来的正是胡丽仙！

她大概是因为鞋里进了沙子，在那边脱了她的绣花新鞋抖沙子，她就落后了，而让与她同行的崔大爷走到前边去了。崔大爷叫她，她就半跑半颠往前去走。她身上穿的是新做的花洋布的小裤褂，连线袜子都是新的，辫梢儿还系着一块花绸子。她的脸上擦的胭脂很是娇红，嘴唇大概还是用“口红”“唇膏”那一类的东西抹的，更显着风流、年轻，简直比芍药还娇艳。

她在这时也看见我了，就把脚步顿了一顿，说：“您怎么在这儿啦？跟谁来的？”

我心里是非常生气，我想：我跟谁来的？我绝不是跟着你一块来的！我气得连话都说不出来了。此时她也不大愿意跟我说话，并且对我连一点笑容也没有，对我是那么陌生，绝不再是在我店里看榆叶梅时那样的态度，我真怀疑还是不是早先的那个她了。

但我得尽我的使命，因为我受了刘宝成之托么，我就说：“你家里找你啦！刘宝成他叫我来找你，你还不快回去！”她却说：“我知道！”态度仿佛是听了我的话，很不耐烦。我还能够再跟她说什么呢？我只想说：“去吧！跟着那个崔大爷去吧！你这没有灵魂的堕落的女子！”当然，我只能在心里这样生着气地说，因为我没有干涉她行动的权利，我并不是她的亲属，而且，崔大爷就在那边儿瞪着呢，他又拿着“文明棍儿”，他的胳臂比我粗，我何苦找那麻烦？

胡丽仙并不害羞，她跟那伧俗的崔大爷，虽不像那些摩登男女似地挽着胳臂，也倒还没太显出来“卿卿我我”的样子，然而她就跟着人家，她那么个“李凤姐”似的小家女子，就跟着那穿洋服的“花花太岁”，下了土坡去了。我想站起来看看他们的背影，但又想：我还看什么？她已经被那崔大爷给勾搭上了！她已失去了她的洁白！

我真受不了这个刺激，我想不到她竟会这样，这样的浅薄而贪慕虚荣。而且，这个“虚荣”，也不算什么“荣”呀？崔大爷不过是个“土霸”，别说跟他讲恋爱，讲恋爱他也不懂呀！就是嫁了他，又能够享受得了什么荣华？崔大爷的家我也去过，胡丽仙还能够超得过“崔太太”，那个嘴里会骂什么“鸡蛋、鸭蛋、鹅蛋、凤凰蛋、忘八蛋”的女人吗？

但转又一想：我何必为她操这份心？对了！明天上班去做事吧！不要叫这些闲杂的烦恼，扰害我做事的精神，若没有精神给人做事，人家就不要我了。是的，很好，把这种事情，就此做一结束，我既没有沾上“爱丝”——爱情的丝，她也有了下场；像这样的女子将来是不会有好下场的，我正好跟她永远地断绝。

虽是这样地说，但我心里总是不痛快，总是感慨：人，真的是很难用理智来控制自己的感情的。我又坐了多半天，想着胡丽仙跟崔大爷必定早已走了，不管她啦！我该玩一玩啦，看看芍药，散一散我这苦闷的心。

芍药，这娇艳的芍药，蓦一看它倒还富丽雍容，像是可爱又可敬似的，其实它还不跟榆叶梅是一样？岂能经得住粗风暴雨的摧残……我又觉着胡丽仙可惜！

我稍微在花圃里看了一看芍药，我就要走，不想在将出门的时候，又望见了胡丽仙站在那边的画廊下。我简直不愿见她了，她却大声地叫我："您来，您来，我跟您有话说！"并且直冲我招手。这多么不"雅观"呀！我心里虽还有些留恋，同时仿佛她那里有一种力量吸着我，使我想过去跟她谈一谈。可是我脚步略微停了一停，就马上不顾地往外快走，因为我还是很生气，并且要避免"爱丝"。

谁料，这是无用的，胡丽仙已经跳过了廊子的栏杆，像一只蝴蝶儿似的飞过来，又像一只鹰似的抓住了我。我大概是走得稍稍欠快，就等于是被她揪住了，她打扮得这么"妖艳"，又是个大姑娘，而且也不摩登呀，在这"大庭广众"，"众目睽睽"之下，可真叫我难为情。我的脸烧起来，赶紧正色说："你这是要干吗？"

她却不怕我这个"正色"，她那一只手依然揪住我，沉着脸儿说："怎么叫了半天您，您也不理呀？看不起人了吗？架子大啦！"

这话倒令我很惭愧，因为我确实是才找到一个小事，不该"架子"就大。与其叫她揪着，让大家来看——若遇见我那学校里的人可真不好——不如找个僻静地方，我跟她谈一谈；是的，我将向她尽最后的忠告。我便摆着手说："你别揪住我，这不成样子！"她真听话，立时就放下了手，我说："走！咱们上那边去！"于是我就带着她到了养着仙鹤为人观览的那个地方。

这里有柳树遮着斜阳，铁丝栏里的仙鹤，比我还瘦，失恋似的缩着一只腿儿站着，旁边也没人，柳树遮着斜阳。我就说："你还没回去？刚才你跟着谁在一块儿，我也看见啦。我本来也不是来游公园，是我先在这个门口，遇着了刘宝成，他说你家里正在找你，所以我才替他来找找你……"

我的话还没说完，胡丽仙却像是翻了脸，一甩手说："好吧！您就去把刚才的事情都告诉他吧，都告诉我家里吧，我不怕！"我说："不，不是这么说！我不能去告诉刘宝成，你的家里我也不能再去。你的事情，是你的自由，本来我管不着。"她却含着眼泪说："其实您也应当管。"

我赶紧向她摆手，我说："我没那权利，也没有那义务，我们之间，不过是普通的友谊，你的事我何必要过问呢？不过我想，你不要为一点小事就和家里的人打架。穷家，原是容易发生口角的，但应当互相地忍耐，因为都是亲人呀！虽穷，然而只有亲人、家人，才能够相怜而互助；那外人，你别看崔大爷有钱，那是靠不住的呀！”

她却摇头说：“我也没靠他，我靠人家可干吗？”我说：“但是你跟他那样儿的人在一块，早晚要于你不好，他……”我生起气来，说：“他是天桥的一个土霸，他不定有几个太太了！”胡丽仙却流着眼泪，脸红着说：“我也没想……给他当太太。”她羞得低下头去，哭得十分可怜。

我说：“那么就好极啦！你以后不要再理他，可是他一定还要想着法儿去引诱你，这可就看你有没有坚定的意志了。总而言之，我看你目前走的是一条很危险的路，这关系你的名誉和一生幸福，你应当眼睛明亮一些，快些回家去吧！”

她却擦着眼泪，摇头说：“家我是不能回啦！”我吃了一惊，赶紧问说：“为什么事？”她摇摇头又说：“崔大爷还叫我晚上找他去。”

我更吃了一惊，我说：“那你可千万不要去！他是要引你堕落呀！丽仙……”我叫出来她的名字，我的脸更烧了，便急急地说：“你若不能回家，我可以送你回去……”说完了我可又有点后悔，因为我现在哪有那工夫呀？胡丽仙却摇头，说：“不用！”我就说：“那么你就赶快回去！不要再跟姓崔的见面了，他不是好人，他的金钱是专为引诱清白的女子堕落。你还好，明白的还早，就赶快回去吧！”

我说完了这话，胡丽仙仍不动身，她只是哭；哭得叫游园的人都看见了，不但看她，并且还附带着看我。我想躲闪着她点却又不能，我想不负责任——谁管她回去不回去呢？——又见她这种可怜的样子实在不忍。我并且想：我不该太自私，天下人管天下事，如今有一个女子眼看就要走到悬崖的边儿上了，我能够不上前拉她一把吗？我只顾怕耽误了我新找的那个事，其实那算什么？何况也未必因为这事就耽误我了。我怕麻烦？怕崔大爷？那也太胆小而又寡情了。所以我就挺起胸脯来，说：“不要紧！你不要尽自哭，有什么困难事情我给你解决。”我并且还要叫她信任我，我就说，“在经济上我也有了办法了，不像以前那样的自顾不暇了，我告诉你吧！我找着事了，在学校里……”我是很自负地这样说着。

她却依然哭，一边哭一边说：“您找着事了更好呀！可是您能挣得了几个钱呀？”她这话叫我脸上真无光，好像她已经知道了我新找到的那个职业，是怎样的一个位子跟待遇。她又惨凄凄地说：“您找的事还够您店钱？”我赶紧要说我可以搬到学校去，不必住店了，听她却又说：“够您的药钱吗？”我一想：对呀！细算起来，我实在是挣钱有限。这时她又说，“就是您肯帮我，我可也不忍心呀！”

哦！我明白了，我这才恍然大悟，我可也真深深害怕起来，她跟崔大爷在一块儿，原来为的是图崔大爷的钱呀。并且这意思还是要想养活她的家呀！是的，在这年头，一个女子，没有能力，没有高亲贵友，要想找一点钱，赡身养家，就得出卖她的青春、灵肉，清白的身体呀！我胆寒了，我惊讶这个聪明美丽的胡丽仙，为什么要有这个怪异的，其实……是最平凡的想法。我替她脸红，我更觉着她可怜了，我就说：“你不用说这个！刘宝成、杨桂玲，和我，我们大家合起来帮你们家里的忙，还能叫你们家里都饿死了吗？无论如何也用不着你去牺牲你自己，从崔大爷那里去挣钱花呀？”

我说的这话也许是气盛一些，不想触动了胡丽仙的自尊，她就恼怒地把擦眼泪的手绢向我一摔，几乎给摔在地下，她转身就走了。

我笑了笑，认为她真不讲理！许她自己向我暗示出来，她跟崔大爷的接近就是为应付她家中经济的需要，她却不许我用话点明了。我还没说她将要卖身呢！女人，大概多有这种奇怪的脾气，由她去吧！

然而我究竟有些不舍，站着生了一会子气，赶紧就又去找她；

满园里去找她，直找到了天快黑了，可也再没有找着她，竟不知她是往哪里去了。

我走出园门，也没再看见刘宝成。我非常后悔，我把事情办得不对，胡丽仙刚才已经有“悬崖勒马”之意，我不鼓励她，不宽慰她，却为了一句话，就逼她走向了绝路。然而我又何尝是有意要逼她呀？我不过只是说话急躁了一点，也许她是“抓错儿”吧？她借机会下了台，省得我在耳边唠叨她。

我就想：这时她一定是去找崔大爷了，像刚才似的“卿卿我我”地去玩乐，“养家”的话，也只是骗我吧？双刀太岁那位老英雄，肯屑于令女儿卖笑，养活他吗？老英雄是绝不肯的，刘宝成更得生气极了，然而现在，她一定是没有回家。这时已渐近黄昏，华灯齐明，车马交驰；正是声色酒肉，荒淫浪漫，阔佬的金钱和女人的媚笑，开始交织的时候，她一定又去找崔大爷去了吧？完了，她完了，她堕落了……她堕落了，我很伤心！

我走回我住的店，我要写一篇清丽的祭文，祭这位人生已经完了，被恶社会、被金钱所扼杀了的女性，同时我要饯别我这店房，明天我就搬到学校，开始我自新的生活。今天看见的那些芍药有什么可留恋的呢？那不过是以色而事阔佬的一种东西，我怆然地回忆起我早先瓶里那薄命的榆叶梅。

第七回　护花之夜

连晚饭我也没有吃好，我后悔认识了这么一个胡丽仙。她令我看见了社会的一片暗影，这将使心灵脆弱的我，永对人世抱悲观，我也不能再接近或爱任何的女人了。我得赶紧搬到我那学校去，整天给人家写蜡版，消磨这一生，这是说那个学校永远不裁我的话；或是回到故乡那小县城去过活，因为我实在怕了这罪恶重重的繁荣都市。

我正在想，忽听院子里有人叫我，听得出来这是刘宝成的语声。刘宝成大概是隔着玻璃看见我在屋里，他就走进来了。拖着一种抑郁无聊的精神，他那雄壮的身体，拉了一天的车，也已经很疲倦了，现在是又来到我这儿找他的师妹。他问我说："怎么样，您到公园里没看见她吗？我可听人告诉了我，瞧见她上午十来点的时候就进公园里去了。"

我不能够当时就向他答话，因为倘若我把在公园里所见的，丽仙跟那崔大爷在一起的情景跟他一说，他必定要暴跳如雷，我得先考虑考虑。然而我这个人是最不喜欢说假话的，尤其我不能骗他，所以我先迟疑了一下，然后就平淡地告诉他说："我在公园里倒是见着她了，我也叫她赶快回去……"刘宝成却不等我说完，当时就又纳闷又着急地说："那么，她怎么直到现在还没回去呢？她爸爸都要气死啦！她妈也快急疯啦！”

刘宝成当时又问我：“她在哪儿啦？难道她这时候还一个人在公园里了吗？”我说：“她这时候大概不是一个人。”说出了这话，我未尝不觉得有点鲁莽，然而我认为事到如今，不实说也是不行了，我们得赶快去设法挽救胡丽仙。刘宝成当时就发了怔，又问：“是真的？”

我就说：“你先坐下，沉住点气，现在还有时间给她想法子。她是一个姑娘，又正年轻。宝成兄，咱们都是在外面混过的了，都知道这年头不好，坏人多，金钱就能使人堕落，虚荣能够令多么意志坚强的姑娘也感到不满足。我们先得原谅她，不要过分地责备她、逼她，可是我们也不能不管她，我们总要想一个平和的方法，还是劝她回家去。”

刘宝成叹了口气，说：“你不说我也不能说，因为她给她爸爸丢脸，就是给我丢脸！”

我又劝他说：“今天在公园里，我跟丽仙也谈了些话，她倒是全都明白。我敢断定，她直到现在，还没有堕落。不过要是今天一晚上再不回去，那可就难说啦！顶好你把杨桂玲也找来，咱们大家在一块商量商量。她现在所去的地方，我还能够猜出一点来，不过我不主张你去，因为你的脾气不好，所以还是叫杨桂玲去找她，比较着好一点。你还得原谅我，她现在所去的地方，暂时我不能告诉你，因为我怕你去惹事。”

不想刘宝成听了我的话，当时就“嗵”的跺了一下脚，那脸色涨得跟紫茄子似的，他握着好大的拳头，说：“他妈的，真是这么回事！我还想丽仙不是那样的人，姓崔的也还没那么大的胆子……”

我赶紧劝他说：“你先不要着急……”

刘宝成说：“我不怕他！我在天桥混了好几年，我就没叫过他一声崔大爷，他逼得我在天桥不能混了，我就去拉车，好鸡不跟鹌鹑斗，我原是得忍就忍。有别人说他勾着丽仙一块逛过公园，我还不信，他妈的现在成了真的。这可不能再说什么啦，白刀子进去红刀子出来，有我刘宝成给他抵命……”

我赶紧慌忙去拦他，我说：“你用不着这样生气，我们只叫杨桂玲去把丽仙找回来就得啦！”

刘宝成说：“杨桂玲，也不定他妈的跟姓崔的有什么事啦。她还许跟姓崔的有一腿呢！听说她跟姓崔的那个外家都说通啦，走得很近乎，丽仙的事，还许就是她给拉的纤呢！娘儿们家有了小便宜，就多半什么也不管啦。你还别以为杨桂玲就是一个好东西，你要是有钱，她就能找你来。其实我也管不着姓杨的事，我就是得找回来我的师妹。你不用告诉我她现在哪儿，我也能猜出来，姓崔的也没有那么大的手面，能拉着丽仙到饭店去开房间，他一定是把她骗到他外家那儿去啦！妈的，我找她去！”说着，他转身愤愤地就走了。

我虽然想要再拦，但是，他这样一个耍大刀卖大力丸的大汉，我如何能拦得住他啊？就这样，我眼看着他走了。他就像一只猛禽去扑那香巢，如同一位侠士去惩那淫徒，然而，我料定他只要是闯出祸来就一定不小，结果他就得去坐牢，他和崔某人，连胡丽仙的名字都得登报。那崔大爷虽然是坏人，但现在已不是“抱打不平，拔刀相助”，像“双刀太岁”年轻时候的那个年头了。

其实，由着刘宝成去闹，把姓崔的打死，与我有什么关系呢？但我总觉心里不安。我不愿见刘宝成因殴人而触犯法律，更不愿意闹起来，于胡丽仙的名誉有损；现在平和地把她救出来她还容易改过，若是把她弄得声名狼藉，她以后就许更自甘堕落了。所以，我得去劝他们，至少我得去做一个“鲁仲连”，务必要把丽仙劝回家，还希望别闹事。于是，我就赶紧去追刘宝成去。

我急匆匆地出了店门，想要赶上刘宝成，可是他已经走得很远了，我追不上了。我觉得我还必须去给他们排解，不要叫他们闹出事情来，所以我就急忙地雇了一辆洋车，向拉洋车的说：“劳你驾，快点！拉我到香厂。”

我坐着洋车走在大街上，这时天色已经黑了，街上十分地热闹繁华，人群车马纷纭嘈杂，好像都在打架。商店里开着留声机，唱着靡靡之歌；彩灯闪烁着，像是诱惑人欺骗人的恶人的眼睛；卖笑女人的新妆，也已在街头灯边现露。

我一切都不作预先的打算，只想着到时尽力给他们排解就是了。我宁愿弄得舌敝唇焦，只盼胡丽仙别因此堕落，而刘宝成也别真打伤了崔大爷，大事化小，小事化无，那时也就没有我的事啦，明天我好安心到学校去上班。

又到了那多半是洋式楼房的香厂地区，这个地方也有饭庄，里面明烛辉煌的，有人正在划拳；门前还有汽车，但我想胡丽仙跟那崔大爷是不会在这里聚会的。我又看见在一家门首，站着五六个妖艳的女人，有些个男人往那门里走去，好像是妓院，我想丽仙也不至于一下子就堕落在这里。

不一会儿，我就望见了我曾来过的那崔大爷住的那洋楼，我就叫拉洋车的停住了。我下来，给过了车钱，又望了望那个“洋楼”的门儿，我开始有些胆怯了！我来到这儿是找谁？这是那“崔大爷”的家，胡丽仙是确在这儿了吗？假若她没在，那我是来到这儿拜访崔大爷呢，还是为看他的那个会骂这个蛋，那个蛋的“太太”？其实，他们若是已经忘了我，算我找错了门；他们若是还认识我，可对我没好感呢？当然他们对我是不会有什么好感的，那我至多也不过碰一鼻子灰罢了。真怕的还是胡丽仙正在这儿，而他们又半认识不认识地对我，崔大爷再把我当作了情敌，那才糟！所以我觉得我不可以太莽撞。

看此时里边这么清静，大概刘宝成还没有来。那么，我就在这儿先等等他；等着他来，先拦住他，同时跟他商量好了是怎样去办。总之，如果丽仙在这儿，就好好地劝她回家去，就得啦，她也许怕她的师哥，能够听她师哥的话。我对于她，是没有任何干涉的权利的，同时我对那崔大爷也不会有什么办法，所以还是得等着刘宝成来。他的刚，我的柔，我们二人刚柔相济，或者可以把今天的事情顺利解决；既挽弱女于即危，又对恶棍不触犯，我就打定的是这么一个主意。

我站在这楼下等了一会儿，刘宝成可还没有来，却有一个卖馄饨的担子走来了，跟着担子还有一个小孩，一路上“梆梆梆”地敲打着小竹板。而这时，那楼上的窗户开了，有女人的声儿叫着：“卖馄饨的，卖馄饨的，站住，站住。”随着，一个还没有熄灭的香烟屁股，就从楼上扔到外边，幸亏我没有仰脸，不然就许烧了我的眉毛。

我到此时便断定：胡丽仙一定是已经来了，正在楼上，不然为何崔大爷要叫馄饨请客？我揣想着此时楼上的情景，使我有些妒忌，更忍不住义愤填胸。我要高声向楼窗里叫道：“胡丽仙，你下来吧！别为吃碗馄饨你就堕落终身！”我可是也叫不出来。楼上却又飘出来女人的歌唱声，还有胡琴陪奏着，唱的是：“未曾开言泪满腮，尊一声老丈细听开怀……”我又有点纳闷。

而这时候，里面的楼梯一阵咚咚的响，跑出来了一个十三四岁的小丫头，我认得正是崔大爷雇用的那个会炸鸡蛋荷包的使女。她这时可没有工夫来看我，只向那馄饨担子说：“喂，你倒搁下呀！锅开了没有？快下！先下三碗，一碗里要打一个鸡蛋，少调醋，多调点酱油！”

楼上还在唱着：“奉母命京城做买卖，贩卖绸缎倒也生财。前三年也曾把货卖，收清账目转回家来……”

我可就忍不住走上前问这小丫头了，我说：“现在都是谁在这儿啦？你们大爷在家了吗？”小丫头扭头看了看我，她似乎不认识我了，也不向我回答，只催着那卖馄饨的说：“快下！快煮！”这时候我就往门里走去，我已经拼出去了！假定见了胡丽仙，无论当着多少人，我要立刻叫她回家，我并且要警告那一些人：“你们可要小心着刘宝成！”

我扶着那又狭又陡的楼梯往上走，腿就有点发抖，我的心里可是既紧张，同时又有一种火焰似的东西在滚涌。楼上飘散来刺耳的胡琴声，那人又唱道：“赵大夫妻将我谋害，他把我尸骨未曾葬埋。烧成了乌盆窑中卖，幸遇老丈讨债来……”

我已经上了楼走到过道，向着“崔大爷”住的那门敲了敲。这个门本来没有闭严，隔着门缝，我就看见屋里的灯很亮，我并且看见在灯下倒背着手正在唱戏的，是一个穿着大褂，梳着大辫子的，说她是男人其实她可是女人，就是杨桂玲。我才知道刘宝成说的对：“丽仙的事还许就是她给拉的纤呢！”我要去责备责备她，于是我就拿手用力地敲门。

她唱完了后一句：“可怜我冤仇有三载，有三载，老丈呀……”这才停住了唱，胡琴声也戛然而止。杨桂玲转身向外问说：“是谁叫门啦？”

我得镇定一点，我就平和地说：“是我呀。”我不能通报姓名，但得先说明来意，我就问说：“丽仙在这儿了吗？”

门这时才开，杨桂玲看见我，似乎不认识了。看了半天，她才想起来，笑了笑说：“啊呀……少见您哪！您来是找丽仙吗？可是丽仙还没回来呀。”这“还没回来”四个字叫我的心里直发冷，难道，这就成了丽仙的家了？丽仙是早就在这儿住了？

屋里那拉胡琴的男子，我虽忘了他的面目轮廓，可是还记得他的这身连行头带便服的装束，他就是那个假“卓别林”！假“卓别林”，杨桂玲的表兄，他就放下了胡琴站起身来，说：“您请进来吧。”一等我进来，他就好像要跟我握手，我赶紧把手缩了回去。我也不知我应当再说什么话才好，“卓别林”倒是向我带笑问：“您这些日子没上天桥儿去玩玩吗？”

我摇摇头说：“这些日子我没有工夫去，现在我是为看看丽仙在这儿没有？”

杨桂玲说：“我们也正在这儿等着她啦，她现在大富饭店跟着人吃饭，刚打回来的电话，说是一会儿就回来。您请坐，等着她吧。”

“卓别林”又问我说：“您吃饭了吗？”没容我回答，他就向杨桂玲说：“再多要一碗馄饨！”于是杨桂玲就跑到了里屋，隔着窗户向外面喊着：“卖馄饨的！再多下一碗，一共是四碗！”我赶紧摆手说："我不吃，我不吃，我已经吃过了。""卓别林"笑着说："这算什么呀？您来了既然赶上了，我们就得请客，也不过是请您点心点心，又不是像胡大姑娘，人家现在饭店里吃上大菜啦！"他直笑，还递给我烟卷。

我却一点也不想笑，我觉得他们这些人全都是坏人。自然，也许是由于生活困难所以才有些坏习气，但最不可原谅的是，他们不该帮助那个崔大爷引诱一个纯洁的少女！胡丽仙和杨桂玲虽是干姊妹，可是她一向将杨桂玲视如胞姐，然而这个干姐姐跟干姐姐的表兄，怎可以为了巴结一个土霸崔大爷，而使干妹妹堕落呢？我胸头的怒焰又腾了起来，我就没好气地说："我是来告诉你们，马上，刘宝成可就要找来啦！"

"卓别林"一听，那发直的两只眼一瞪，消瘦的脸儿一白，他可真显出有点害怕了。杨桂玲在里屋听见了，她赶紧又走出来，发急地说："您既提到刘宝成，我可该说了，他在人家胡家闹得简直不像样子！他把丽仙骂的一个钱也不值，调唆我的干爹又要找他年轻时候保镖用的那对双刀，今儿一清早就把丽仙逼出家去啦！我们为什么到这儿来？也是为等着丽仙回来，好劝她，好给他们说和事。"

她又说："刘宝成要是来了倒好！连您，您也是我们几个人的好朋友，咱们大家在一块儿索性谈谈，我还得请您给评一评理。刘宝成说他的师妹全都是我给勾引坏了的，待会儿我非得见着丽仙，当着刘宝成问问；问问丽仙她自己，叫她说，我教坏了她什么？"

我赶紧说："其实丽仙的事也跟我毫不相干，她跟你们比跟我近得多，我不过是因为刘宝成才认识的她。我又有病，最近才谋到了一个职业，明天就得去上班，对这个闲事我根本没有精神管，也没有权利来管。"

杨桂玲说："您太客气啦！连我干爹——丽仙她爸爸，那么一个又干又倔又不讲理的老头子，他全都佩服您。因为我们都是一群粗人，凑在一块儿也没有一个认得半个字的，我们都不过是在江湖混饭的，向来没有一个人瞧得起我们。您是一位读书人，做事的人，可是拿我们当人看……”她说到这里，不独露出来感激，还显得有点悲哀。

她又说：“丽仙见我一回，就跟我提说您一次，我也老想去看望您。可您知道我是天天穷忙，再说我们要是常到您店里去，叫人看着未免不大好；譬如您要在办公室里，我这样儿的人若是去了，于您的事由儿都许有碍，可是我们没有忘您。现在我的冤枉，只有您还许能在刘宝成的跟前替我说得清。丽仙也许您劝劝她，她才能改了脾气；我干爹那儿，也许是您去了一劝，他就不再逼女儿啦……”

我皱着眉问说：“到底是怎么一回事呢？”杨桂玲问我：“您既是还不知道是什么事，那么你今儿为什么要来？”我说：“我来是因为刘宝成刚才去找了我，他那暴躁的脾气，我怕他来这里闹事！”

杨桂玲说：“叫他来闹吧！他要是上次不闹，不在天桥儿得罪了崔大爷，我们也犯不上常到这儿来给崔大爷‘磕头请安’！我们维持的就是他，连丽仙应酬崔大爷，其实也是为他！我们要是不这么办，崔大爷要不是看在我们的面上，凭他？凭他一个刘宝成？十个也早就完啦！”我打了个寒噤，我觉得那崔大爷太可怕了！

这时候，忽然从里屋“噔噔噔”的很快地走出来一个睡态惺忪、蓬头散发的女人，她趿着鞋，穿着大肥腿的白绸裤，顶短的红色小袄，脸上还有剩脂残粉，正是那个“崔太太”。她急急地摆着手说：“得啦！你们别再吵我啦！别再烦我啦！杨老板你还唱你的《乌盆计》吧！‘卓别林’你这小忘八蛋，还拉你那胡琴吧！”她又指着我说：“这位先生您是爱消遣，就请坐，待会儿我们这儿什么玩意儿都有，您就等着参观吧！千万可别这么啰里啰唆地说什么崔大爷有势力，不好惹，那可真叫我听了头痛！”

这个女人，今天的态度是与那天完完全全的不同，她变了个样儿，那天她是妒忌、撒泼、说闲话，今天她是畏惧，似乎还有些乞怜。她说：“你们当是我愿意霸占这屋子吗？那就错啦！这屋子谁愿意来谁就来，我从十六岁，就叫崔大爷把我糟践啦！那时我是一个黄花女儿，真比学校里的女学生还规矩得多。他那时候还叫崔大，那个‘爷’是才加上去的，他就仗着点钱，仗着点势力，既不明媒正娶我，又不接到他家去当二房吧，三房吧，给他做妾，就弄了这个小房子叫我在这儿住着。他高兴时来，不高兴时请他也不来，有时还弄些个狐朋狗友，弄些个坏女人，来到我的眼前气我。到现在我二十七啦，在这儿混了十一年啦，真还不如我早先就下窑子去混事呢，那我到了现在还许倒有几个钱啦！我在这儿给他一个人儿嫖，还得受气挨打，把我弄得什么骂人的话全会说了，脸我也不拿它当脸啦。所以，要是有人来占我这屋子，以前我还有点气，现在我一细想，我应当十分欢迎！是胡丽仙来顶我的缺，或是杨桂玲来这儿住着，我都是拱手就让！你们来，我好走！”

杨桂玲脸都红了，说：“崔太太你可别这么说话！你弄清楚着点儿，我们来是给他们说和事来啦，不是来占你的屋子！我虽是一个穷戏子，但是我要嫁，还嫁不到他姓崔的这里啦……”

“卓别林”急摆着两只手说：“别起误会！我们来的时候就先说明白了，因为崔大爷现在要跟胡丽仙讲恋爱，她的家里又反对。刘宝成还不要紧，我们也知道崔大爷没把他放在眼里，崔大爷使出人来一不叫他在天桥卖大力丸，他当时就拉了洋车啦。我跟桂玲也是一样，都是仗着崔大爷帮忙维持才吃的饭……”

旁边的杨桂玲这时忽然生起气来，她一生了气，更像是个男的了。她就愤愤地说：“什么叫求他崔大爷帮忙维持？那不过是恭维他的话，其实我们唱戏吃饭，全是凭自己的能耐！天桥又不是他的，他真要逼得人太急了，那可没有话说……”

“卓别林”说：“你就别说啦！”又悄声地说，“最怕的是胡丽仙的爸爸！你别看那老头子整天不下炕，连拉屎都在炕上，可是那是当年的一位镖头！闯过江湖，杀过响马，绰号人称‘双刀太岁’，现在双刀还在他家的桌子底下放着啦！他要是亲自一出马，抖起来当年的威风，来到这儿找他的女儿来，那可就真许手起刀落，崔大爷的性命，马上就不保险……”

崔太太拍着手说：“好！好！叫他快来吧！我愿意看，我顶愿意看‘武轴子’啦！以前我是愿意我们这个家，家庭和睦，因为我虽然是他的小老婆，外老婆，可是也愿意他好。现在我知道了，我给他烧香念佛，求神佛保佑着他好，也是没有用，他再好，也是人家的；他越发财，他弄的女人越多，就对我更冷淡，我干吗给别的野女人护着这个汉子呀？这汉子也不是我一个人的，别人来打他个头破血出，砍下他的脑袋来，那时谁爱哭谁哭，我反正不流眼泪。因为，我要再流眼泪我就是傻子啦！我叫他害得够啦！我都变成了这么个连我自己都不爱搭理，都觉着一个钱也不值的破烂女人啦，我还能爱他？”

杨桂玲说：“别的都不要紧，现在就是别出事情，好好歹歹把丽仙劝回去就得啦！千万别等着刘宝成来，也别叫丽仙的爸爸来。”

我就说：“刘宝成是一定来的，可不知道他现在上哪儿去啦？顶好……我这就下楼去等着他吧！他只要来了，我就把他截住、劝住，反正不叫他上楼，以免叫他跟这儿的人起冲突。”

我原是借词要走的意思，因为我知道这座小楼，这间屋，虽然主角还没有来，可是戏已经在预备着啦，并且我相信会是很热闹。但，我是一个病人，今天才找到职业的人，我夹在他们这出戏里干吗？再说我是一个知识分子，我有我的身份，而他们不过是天桥的一些下等人，是戏子、拉车的、堕落女人、过去的镖头、“卓别林”，还有一个土霸，和一个没受过教育的小家碧玉。万一，不用说真动双刀，就是打一场架，报上也得发上新闻；那么倘若我也因为附带的关系，成为一个“新闻人物”，我学校那个写蜡版的事情，可就要吹了。那我岂不又要遭受失业之苦，而潦倒于店中，他们谁又能够帮助我呢？所以，我这么一想，把我刚才的那一般勇气，可就打了折扣；我倒并不是真要“三十六着”，实行那“走”的一着，不过我可得离开这个场合，下楼去，总就好办了。

不料崔太太却说：“喂！这位先生，您也别走啊！要唱武戏也得有配角。”

我却心说：你们的配角已经够了，何必要拉上我呢？但我也不能显得太畏缩，或是太不热心，我只得慷慨地说：“好！我不走！我是想下楼去看看。”崔太太却说：“待会儿还吃馄饨呢！”说着向我瞟了一眼。我便说：“我不饿，馄饨我吃不下去。”

杨桂玲倒是来给我解围，她就说：“人家是做事的人，人家又有病，咱们捣麻烦，把人家先生拉上干吗？”

崔太太却说：“那他干吗要来呀？假若不是胡丽仙，是我……”她拍打着自己的脸说：“是我这长相儿的，我看也没有这么多的人愿意费嘴，愿意费腿！”

我听了，我真不由得有些恼怒了，我就大声地说：“我今天来，是为刘宝成！因为他是我的朋友，我不愿见他为一时的气愤，殴伤了人，撞出祸来。我是希望你们把事情和解，我要下楼去，还是为等着他，好劝他。”

崔太太说：“可是他这时来了，就连那老头子也拿着双刀来了，可又跟谁干呢？崔大爷跟胡丽仙还不一定回不回来了，人家还许就一块儿住了饭店啦！”说着向我哼了一声，又撇着嘴，把我弄得木在这儿了。我更担心胡丽仙跟那崔大爷去住饭店了，我为那个女子很发愁，就像我看见天要下大雨了，要刮大风了，担心那花儿会被吹落似的。

第八回　武戏将开

小丫头跟那卖馄饨的，已经把四碗热气腾腾的馄饨，都端上楼来了。我闻着是很香，看着那白白的薄薄的馄饨皮儿，那褐色的调着酱油的鸡汤，那葱花、虾米、鸡蛋丝、香菜和紫菜，是很好看的，但我摆着手说："我不能吃。"

崔太太向我笑着说："不要紧！您自管吃，我请客。这跟我们大爷不相干，我这个人就是嘴不好，好话要到我的嘴里，说出来也很难听，也招人生气。这都是我这些年来，叫他崔大爷给我逼的，我无论是对谁，哪怕是对我的爸爸呀，说着好话也像是跟人撒气。您是念书的文明人，您得多多原谅我！"

"卓别林"也站起来，就像在表演魔术时对他的观众说话似的，倒是没行"洋礼"，他说："先生，您可别走。到时候您也别管事，您就给我们助助威，因为我想，崔大爷大概还怕文明人。"

我可真不愿拿我这个"文明人"来跟崔大爷对阵，同时我又想起上一次在天桥，跟崔大爷发生误会，以及，以及……咳！今天的事还都是由那天而起。由桌上放着的馄饨，又使我忆起我请刘宝成下的那次小馆，和给双刀太岁送去的那肉饼。可以说，我跟他们这些事，不能说毫不相干，那么我想走也是不对的。

这时杨桂玲又走到我的跟前，低声地恳求我说："您帮忙帮到底！崔大爷待会儿回来，您替我们跟他说几句话，他还许不能不讲面子；因为他也是个外场的人。他跟我们可以不讲理，跟您绝不敢不讲理，再说，丽仙也专听您的话。”这个“专”字，我却觉得分量太重了，其实我和丽仙有什么关系呀？至少我们是毫无爱情！不过这个“毫”字，我也自己给自己打了一个问号。

崔太太说：“吃吧！吃饱了好看戏！待会儿我们大爷跟胡姑娘一定都来，双刀太岁也许正带胡子，刘宝成正在那儿勾脸呢！‘卓别林’你这小忘八蛋也来骗了我一碗馄饨，你算是个什么角儿？破洋服！我才冤哪！”

“卓别林”听了这话，只是笑了笑，他就先端起碗来大吃。崔太太和杨桂玲还都把馄饨来让我，我是坚决不吃的，她们就只好各自吃了。“卓别林”把原为让我吃的那一碗，也拉到他的眼前，他预备着把两碗全都下咽，倒似乎是他今天除了为来混点吃之外，不预备管别的事。

杨桂玲是很着急的，她一边吃着馄饨一边还说：“怎么崔大爷还不带着丽仙回来呀？莫不是今天晚上真不回来了吧？”她说出了这话，确实连我也很担心，我真怕纯洁的胡丽仙由这一次，就真个为那色魔土豪的崔大爷所蹂躏了，叫她就从此堕落！

这时候电话来了，铃声丁零零地响着，崔太太赶紧放下了调羹，起身去接。她把那听筒摘下来，说了声：“喂……”立时她的神色就改变了，向着我们挤鼻子弄眼地做出来一个样子，我们就知道在那边打电话的必定就是崔大爷，当时连“卓别林”都仿佛把馄饨吃不下去了，我的精神是更显着紧张。

就听崔太太笑着，做出来娇声向电话里说：“是啊，是我呀！你们还在大富饭店啦？胡大姑娘也还跟你在一块儿啦……哎呀你们可真能够腻，一顿西餐吃到这个时候还没吃完哪？我们在这儿叫了馄饨等着你们，都等急啦！什么……啊！你要问这儿来了几个人呀？可得等我先数一数……”于是她手捂住了听筒，回过头来，无声地向我们来询问。

我跟杨桂玲倒都不在乎，既是等着他回来办交涉，那么又何必不告诉他实话？只有“卓别林”发起慌来，悄声说：“可先别说我在这儿啦！”

崔太太反倒头一句就向着听筒大声地说：“有装卓别林的那个小子！还有杨桂玲，还有就是上回来过的那个……文明人，又黄又瘦的那个，你忘啦？……啊！对啦！就是那位先生，他不是跟胡大姑娘似乎怪好的吗？……对啦！人家就是为找胡丽仙来的，刘宝成待会儿还要来呢……”

我一听，觉着说出刘宝成要来，可不大好，他要是一害怕，真许就不敢离开饭店了，那才真糟！难道我们这几个人还要上饭店去找他们吗？我想这件事情坏了，狡猾的崔大爷他先打电话回来探一探风，这样一来，胡丽仙恐怕更难逃出他的掌握了！

那边崔太太已经放下了听筒，扭扭摆摆地走回来吃馄饨，说：“你们也都不用着急啦，他说再待半个钟头，一定就带着胡丽仙回来，他请你们诸位稍候。”

“卓别林”说：“崔大爷是个外场人，在天桥那地方混久了，不外场还能够吃得开吗？他说把胡大姑娘带回来，就一定能给带回来。”

崔太太冷笑着说：“拐倒是还拐不跑呀！胡丽仙这是才跟他在一块儿，自由恋爱，也还不能像我们那么顺他的手，在饭店里租一间屋子也不便宜。他崔大爷虽然有钱，可是钱都在肋条骨里长着，拿出一个来都心痛，为个又不摩登的胡大姑娘，他大概还犯不着带到他家里去，他那大老婆、二老婆，能够砸碎了他的眼镜，他不带回到我这儿，可还送到哪儿去呀？反正他也知道，我吃醋也是白搭。现在我他妈的也不吃这没味儿的醋啦！我就盼着他跟我离婚，给我什么赡养费，或者他遭恶报，枪毙、杀头，那我就一个钱也不要他的。不过你们要说他是外场？哼！你们可都把他看错啦！他的骨头我都看透啦！他是面热心狠，一件东西他想要了，你叫他松手，叫别人遂心，那叫办不到！刚才他在电话里，既说是待会儿就回来，那就绝没有好的！我是好意相劝，你们三位哪一位要是胆小的，最好还是先请着！”

她这话一说了出来，我们确实都得深加考虑了。

“卓别林”是连我那碗馄饨也都吃净了，他说：“我今天来到这儿，可是没想得罪崔大爷，因为我指着天桥吃饭！到了时候顶多你们打起架来，我给拉。”

杨桂玲说：“我想只要是刘宝成不来，就不能打起架来！我们只是求崔大爷，告诉他，胡丽仙不似旁的姑娘，她家里管得严，不能够常跟着外人出来玩。”

我倒没有什么惧怕，我只是怕耽误我明天上班，扔了我那个侥幸而谋成的职业。

我们都默默地坐着，他们吃完了馄饨也都不漱口。那个小丫头大概也是看出了要起风波，借着给卖馄饨的去送钱送碗，她一去就不回来了。

崔太太捏着烟卷打呵欠，已经泛起了倦意。

这时候，可就又过了有半点钟了，忽然外面的楼板就紧响、乱响。我很惊讶，就见屋门又开了，来了五个健壮的男子，一个个都像刘宝成那样子的，样子就比刘宝成凶，他们也不进屋，只站在屋门口问：“刘宝成没来吗？”我一看，一听，就知道不好，这是崔大爷把他的打手给勾来了。

崔太太说：“刘宝成是谁？我也不知道，不过我这儿现在就来了这三位客。你们都进来问吧！我也不知道谁姓刘！”

“卓别林”似乎全认识他们，有点惊慌，可又有点亲热，他就站起来迎过去，说：“进来坐！进来坐！刘宝成没来，我也有好几天没见他的面啦！听说他拉洋车啦！他也大概从来没到这儿来过，这儿他不能来……”

崔太太拍着桌子说：“你还没听明白吗？是崔大爷叫他们这几个人来的，没有他们，待会儿怎么能够唱得好武戏呀？”

我看这五个人，的确都好像唱武戏的，什么武戏呢？就是《连环套》。这五个人横眉立目，撸胳臂挽袖子的，有的还带着电刀，就像是窦尔墩寨里的那些喽啰，实际……我这时候才明白了，他们就是崔大爷征服天桥，豢养的那些爪牙！

有一个人几乎打了“卓别林”一个嘴巴，说：“你这小子，在这儿干吗？”“卓别林”赔笑地说：“我是常来，我是常来，今儿在这儿等着崔大爷，商量点儿事……不是我的事，是我的表妹，她要跟崔大爷托付点儿事……”

杨桂玲这时候说话倒很有勇气，她认识那五个打手中的一个叫小庞的，她说：“小庞！你可别来这儿唬事！你们都是吃天桥的，我也是吃天桥的饭，全都有个认识。我们到崔大爷的家里来，这也不是头一次了，今天更不是谁跟谁打架来了，用得着这么杀气腾腾的吗？”

那小庞没有言语，只跟那四个人，一齐向我来怒目而视。我不理他们，然而我的心里可不住地紧张。小庞说：“咱们到楼下头去吧！刘宝成来了，咱们跟他说点什么，这儿的病鬼，值不得咱们一揍！”我知道“病鬼”指的是我，但我仍是不言语。

杨桂玲推着她表哥，悄声地说：“你去找一找刘宝成，别叫他来啦。”崔太太却说：“别叫他走呀！他走了就一定不回来啦，待会儿这出武戏又少了一个角儿！我听完了武戏，还要叫他变魔术呢！”弄得“卓别林”显出来啼笑皆非的样子。

这时候，那五个打手都下楼去了。又待了不大的工夫，也没听见楼梯响，忽然崔大爷跟胡丽仙一齐在门前出现。崔大爷是先进屋来的，穿的还是白天的那套洋服，手里拿着手杖；胡丽仙在后边替他拿着照相匣子，那一身新做的花洋布的小裤褂，还是那么平展，只是脸上有点儿红，多半是因为刚才在饭店里喝了一些洋酒。

崔大爷见了我，先一点头，说：“受等！受等！”说着便把手杖要交给他的“太太”。他的“太太”却坐在那儿不管接，倒是“卓别林”像听差的似的，把他的手杖接过去了。崔大爷就问说：“刘宝成没找我来？”

杨桂玲站起身来抢着说："他不能来，这儿有他的什么事？是我们，一来是来看看您；二来是……"

崔大爷不等她把话说完，就转身向我，似凶横似客气地说："这位……"

我站起身来，讲演似的说："我倒是……不是有意来打搅，我是刚才刘宝成托付我，找他的师妹……"崔大爷说："你找人么，也不能够就怔进人的屋里来呀？"我也变了色了，我说："那么我现在就可以出去，不过我得把胡丽仙送回家，因为不但是刘宝成托付的我，我跟她的父亲也都认识。"

崔大爷冷笑了笑，说："那么你是她们家里的代表呀？"

这时候屋中的一切人全都看着我，我就说："我也说不上是什么代表，不过她的父亲今天叫刘宝成找她回去，就找了整整的一天，我是来告诉她，她应该回去了！"

崔大爷就冷冷地说："那么你就来问她吧！"

我来直接向胡丽仙说话，不能够做出什么有权柄的样子，然而我也用不着跟她客气或婉求，我只是很着急地说："怎么样？你现在倒是回不回家呀？"

胡丽仙便泪眼婆娑地说："我凭什么不回家去呀？我待一会儿就回去。"她瞪了我一眼，便把脸儿转过去了。

杨桂玲就笑着说："这不就全都免了吗？本来这还有什么事呀？咱们玩一会儿，我就带着她回去。得啦！大家什么话也别再说啦！""卓别林"也笑着说："好啦！好啦！"

我这时候本来要走，忽听崔大爷在那边沉着脸，又说了一句："我就不愿意看人'狗拿耗子，多管闲事'，自以为文明，其实他妈的是个穷酸！"

我挨了骂了，心里实在觉着发堵。但又一想，听他这话，就是没知识的人说的话，我何必跟他计较呢？而且在这个地方，我也知道，要是跟他一计较，我一定得吃亏。我不是懦弱，我只是想着：这件事本来与我没有多大的相干呀！现在已经算是有了结果了，我还是快走吧，明天去安分地上我那学校“任职”去吧！

我已经走出了屋子，在过道里我可又站住了，我是想：我应当再向胡丽仙进几句忠言，劝她从此永远不要再和崔大爷来往。这是必须说的，这是我最后的话，因为此后，她的事我是一概不闻不问了。

但在这时候，我就听崔大爷忽然在屋里咆哮着说：“他妈的！我是给他面子就完啦！因为我跟他毫无交情！他要是也在天桥吃饭的，我就叫人揍死他，他是他妈的一个穷酸，我犯不着！现在当着丽仙，我跟你们说吧，刘宝成不说要来找我，什么事情都好办；现在我不但在这儿等着他，看他倒是有什么能耐，我还把丽仙留下啦！谁说也不行！丽仙你别走，至少我得叫你在我这儿住一个礼拜，你行也得行，不行也得行。住完了之后，你想跟我，我给你去另找房子，错待不了你；你要是不想跟我，我送给你一百块钱，反正我留定了你啦！谁说也不行！”接着就摔椅子拍桌子，他是真现出了凶残的面目。

我一听，这不是强霸吗？这还有世界吗？

我又隔着那道没关严的门缝，看见胡丽仙坐在那儿，低着头哭泣。

杨桂玲就婉劝地说：“因为我干妹妹还是个小孩子，您得多原谅她！崔大爷，您别这么办。”崔大爷依然暴横地说：“就是因为她小吗，我才喜欢她，她要是个老太太，我喜欢她干吗？她要是长的你那个模样儿？白送给我也不要！”杨桂玲不言语了。

忽然崔太太又狂笑着嚷嚷起来，说：“桂玲，也亏得你还是男子打扮啦，原来一点也不知时务，现在你还干吗这么当面找没脸？咱们什么话也别说，现在就给他跟胡大姑娘贺喜就完啦！道完一声喜，咱们就当时都滚蛋，趁早给人腾屋子！”

崔大爷就对她说：“你这娘儿们可找着我揍你？你吃不着醋！你也是我花钱买的身，我想要你就要你；不要你，叫你走是好的，你再说话我拿枪毙了你！”说着桌子上就“吧”的一声，一定是把手枪拍出来了。崔太太也更凶，说："那才好！你就来吧！我看见你的手枪啦，可是没看见你的胆子！告诉你，姓崔的，我跟你也够啦！你这几手儿泼皮本事，我也早就学会啦！现在咱们倒瞧瞧谁行？你有能耐你拿枪打死我！不敢打呀，你想在我这屋里跟胡丽仙过日子，那是做梦！我非搅不可，我还他妈的不走啦！"崔大爷更大声嚷道："我揍你！狗×娘们！"

这时，屋里的桌子、椅子跟楼板，全都乱响起来。"卓别林"就给劝着，说："崔大爷您是外场，有话慢慢说！"杨桂玲却也仿佛拼出去了，气得大哭，跺脚说："今天无论怎么样，我得带着我的干妹妹走！"胡丽仙也呜呜地哭着，并且站起来要走，崔大爷便拿着手枪拦阻她。

崔太太又嚷嚷着说："姓崔的，你趁早儿别欺负人！现在不是前年啦，前年有你那做官的姐夫给你撑着腰，别人不敢惹你，现在可不行啦！我还告诉你，我不是跟人家胡大姑娘吃醋，我是要救她，连杨桂玲也是！我们都是受人欺负的娘儿们，我们是命苦的姊妹……"说到这里她也哭了，又说，"你姓崔的不过是个天桥的地痞，你欺负好人，欺负好人家的姑娘、娘们有多少？你自己知道！人做坏事有报应，你别发威，反正我也是没有路啦，别人不跟你拼，我跟你拼，你打死我吧！你打死我吧！"

三个女人的哭声，齐起于室内。我由门缝也能看出她们对付崔大爷的情形：胡丽仙是很懦弱；杨桂玲气大，但胆量还嫌小；只有崔太太是又泼辣，又敢骂，又能说。我的心里涌滚着义愤，同时不自禁地也落下泪来。

这时屋里"哗啦啦"一阵乱响，崔大爷已经掀翻了桌子，他大骂着说："都给我滚！谁不滚我打死谁！只是胡丽仙不能走，她要不愿意当我的小女人，我连她也打死！一群狗×，滚他妈啦个的蛋！……"

我正待进去，听楼梯又急响，更乱震，已经跑上来很多的人。

第九回　枪声刀影起高楼

头一个跑上楼来的就是刘宝成，他那雄赳赳的身躯几步就冲到了门前。一看见了我，就说："您先走吧！我们这儿今天非出事完不了！"后面跟上来的就是崔大爷叫来的那五个打手，那小庞说："刘宝成，你要是光棍就下去！咱们找个空场儿干去！"刘宝成却不理他们，他们也揪不住拦不住，就叫刘宝成紧握着两个拳头，像猛虎一般地闯进屋里去了。

这时候"卓别林"已经溜出了屋，他还不如我呢，我还敢隔着门向里看看，他却下楼跑了。

崔大爷先抄起了手枪，但当时就被他的"太太"自背后把他拿枪的那只胳臂给用力拉住了，杨桂玲也帮着拉；他就挣扎着，朝刘宝成那边踢翻了一把椅子。刘宝成上前"吧"的一个嘴巴，打得崔大爷当时脸就歪了，他又一手揪住了胡丽仙，喝了声："走！"胡丽仙却双手捂住了脸，大哭。崔大爷又困兽似的跟那两个女人夺他的胳臂，要用枪去打刘宝成。

小庞几乎把我推了一个大跟头，他们五个打手就一齐跳进去了，齐揪住了刘宝成。刘宝成一只手仍拉着胡丽仙，一只手便抡起拳头向这五个人来打，这五个也还手，连打带踢，把胡丽仙也给打在底下了。胡丽仙大声哭着，杨桂玲也"哎呀，哎呀"地叫着。崔大爷却一边夺胳臂，一边跳起来大骂："姓刘的……"他更抡左手去打他的太太。崔太太的头发都被打乱了，她低着头就向崔大爷的胳臂上拿牙咬，杨桂玲是双手抱住了那支枪。沙发挤在一边了，桌子椅子全都倒了，碗、茶壶、烟盒全都掉在了地下，叫人踢来踢去，电灯被撞的像秋千似的那么来回晃荡。（这些人）由这外屋一齐揪到了里间，只把胡丽仙丢在外屋坐在地下哭。

刘宝成追着崔大爷，但那五个打手又扭着他。他把小庞整个由里屋踹出来了。小庞就揪断了电话机又向里屋来砸，就听"哎哟"一声怪叫，小庞用电话机误把他的同伴打晕了。接着又被刘宝成给踢出来一个打手，这个人又把小庞给撞倒了……

我是因为想把胡丽仙拉起来，所以我在这时才冒着险跑进屋里去。但见那里间，床都快被踢塌了，雪花膏、生发油、凡士林的瓶子，胭脂盒、蔻丹油等等都撞散了一楼板，连镜台也要撞倒了。崔太太满脸是血，杨桂玲的辫子都散了，她们还紧紧按着那只拿在崔大爷手里的手枪。

崔大爷这时也鼻青脸肿，领带都揪下来了，洋服也碎了，眼镜也早就掉在外屋踏成烂玻璃了，他还在夺枪，跳蹦，喊骂，但已被刘宝成揪着他到了靠楼窗的旁边。刘宝成向他的头上又一拳，他的头向后一仰，哗啦！楼窗上的玻璃也粉碎了，洋式的两扇窗也撞开了。

但这时崔太太跟杨桂玲已经力弱，竟被崔大爷转过了枪口。同时外屋的小庞已找着崔大爷的那根手杖，抽出来，里边原来是很长很细又很快的一把刺刀。他的同伴也把电刀亮出来了，一齐进了屋，齐扑刘宝成，刘宝成只抬脚去踹。但身后的崔大爷正在那两个女人仍在揪拉之下，他一面夺胳臂，一面就扳枪机，"砰"的一声枪响了，子弹却打穿了床帐。

这时由外面忽然又来了一位老英雄，手抡着双刀，——我早已看见了，这就是那位吃过我的肉饼的"双刀太岁"——胡丽仙的爸爸——他那白苍苍的头发跟胡子此时全都竖了起来，他那干粗老橘皮似的满是皱纹的脸布着凶煞，他那两只眼睛更似烧着了的灯笼，突突地直冒火，他那用秫秸秆支成似的瘦身体竟自跳跃如飞，也不知道他向来连拉屎都在家里炕上的这么一个病老头子，现在是怎么来的。他双手舞动闪闪的双钢刀，头一个就砍倒了小庞，二一个又砍倒了一个打手，他就直扑进里屋。杨桂玲又喊叫“哎哟！……”刘宝成却说：“刚才我回去跟您借双刀，您不借给我，您这大年纪可自己来!”

但，这时，这位当年的老镖师，他的双刀已落下来，砍在崔大爷的两只胳臂上；只可惜他的刀三十多年没有用，也没有磨，刀刃早就钝了、锈了，只将崔大爷的手枪震掉，却没有削下那两只胳臂。

崔大爷还在暴喊着踢打挣扎，却被刘宝成一手扳住他的膀子，一手托住他的腿，把他托起来，就向窗外一扔。杨桂玲又惊喊了一声：“哎哟!”

这时已有几个巡警，听见了刚才的枪声赶来。

这里的外屋，虽然已经凌乱不堪，但是顿然严肃而宁静，小庞等那五名打手，有的已头破，有的已挨了钝刀，都早就下楼跑了。杨桂玲特意过来劝我拉我，她就把我拉走了。

我临走的时候，看见巡警正在盘问刚才这里的情形，一朵残花似的胡丽仙站在墙角，遮着脸呜呜地哭。双刀太岁凹着嘴，昂然地说：“人是我杀的，官司我去打，累不着别的英雄!”刘宝成说：“是我，带我去吧，没有我师父的事!”崔太太却尖声喊着说：“什么呀？与别人都不相干！我是姓崔的小老婆，我可要说公道话！是他自己，他拿手枪打人没打着，他自己一不小心，就摔出窗户去了!可也是因为我，要夺枪，一推他……”

我和杨桂玲下楼来，月光照着那由高高的楼上跌下来，躺卧在街上“哎哟哎哟”叫着的崔大爷，有行路的人围着看。我知道他不至于死，官司也打不大，我就被杨桂玲劝走了。

我回到店房里，脑筋被刺激得一夜也没有睡觉。次日清晨，我就赶紧到我“考”上的那学校去作写蜡版的小雇员了。

这一天，我总是怀着不宁的心绪。下午四点钟的时候，我就看见当日出版的《晚报》了，在“社会新闻”里登载着：

昨晚香厂一幕武剧 双刀单枪大打出手
妙龄女子几被摧残 侠客女伶齐出仗义

(本报讯)昨晚十时许,南城香厂附近某号住房内,忽发生一有如旧剧武戏一般之群殴事件。缘该处有崔某,在天桥一带颇有房产地皮,素有地痞之称,路人侧目。该崔某且复性好渔色,凡见妙龄少女,必思染指。该处本亦为崔之外室,昨日崔又自外领一胡姓女子至其家。胡女名丽仙,住金鱼池,父为前清时之著名镖师,绰号双刀太岁,年已老衰,唯仍有英雄气魄;有徒名刘宝成,即向在天桥舞大刀卖大力丸者,现业拉车,豪杰末路,境遇殊苦。丽仙二八年华,风流多姿,蓬门碧玉,居处城市,难免不为物质虚荣所动;崔某既多资,复具猎色经验,一经诱惑,遂即入网。昨日乃先至公园观芍药,后往饭店用餐,春云渐展,至晚始回香窟。

未料好梦未成,双刀太岁及刘宝成,乃即寻至该处,当时言语冲突,继而各显身手。崔某又唤来打手多人,一齐围困双刀太岁及刘宝成,并出崔手枪示威,一场武戏,极为热闹,并有胡女之义姊坤伶须生杨桂玲赶来相助,加入战围,而崔某之小妻,居然亦一英雌,徒手夺枪。鏖战良久,结果崔某武艺不敌,丢枪落帽,自二层楼上跌至街心。及巡警赶到,此一幕热闹武剧,始告煞台。

闻今日上午已自警局将全案解送法院审理,双刀太岁与其徒争认为杀人凶手,崔某之小妻却说其夫是自己跌下楼去,与别人无关。将杨桂玲传至,据供说:崔某骄奢暴横,昨日因欲强留胡丽仙在其家住一礼拜,胡父与刘宝成出于义愤,致生殴斗。胡女则说彼与崔某并未发生关系,与他盘桓,是因为怕他的势力,想借此劝说勿再与刘宝成作对,而使其师兄仍回天桥卖大力丸以谋生,因伊见师兄被迫拉车,实在太苦也!法院以各被告人情有可原,且该崔某跌伤并不太重,已准由各被告具保免押,改期再行开庭审理云。

我看了这段新闻,觉着所记的事情,与实际还相差不多,但是没有我在内;我不是被告之一,我一方面觉着侥幸,一方面却又感觉羞耻!

我什么也不行,我不如身强力大、正气磅礴的刘宝成;我不如老而犹勇,侠义可钦的双刀太岁;我连慷慨陈词、奋勇无畏的女伶杨桂玲也不如;我更万分也不及那维护正义、不顾自身利害,并且不顾自身的"崔太太"了!他们是这世上的渣滓,可也是瑰宝;是圣雄,是良心的光芒,是卑贱的英雄,我称他们为"风尘四杰"。

当日下午五点钟我下了班,回到客店,不一会儿的工夫,杨桂玲忽然惊慌慌地找我来了,她说:"您快给劝劝去吧!我干爹拿着双刀又上天桥去啦!您快把他劝回去吧!"

我问说:"刘宝成呢?他今天还去拉车没有回来吗?"我的意思是为什么不叫他去给劝?我实在是太疲乏了,没有那精神,而且真不愿意到天桥去招惹得大家都看。

杨桂玲着急地说:"您还不知道吗?今儿下午一点多钟,我们才过完了堂。本来刘宝成也跟我们一样,出来打的保,可是到了三点钟的时候,那崔大爷家里的人又把刘宝成告了。崔大爷在医院里,也咬定是刘宝成把他扔下楼去的,刘宝成也自己承认。因为这,他又叫衙门给押起来了,我干爹一怒,才又……谁拦他也拦不住,他就拿着双刀又上天桥去了!我干妈叫我跑来托您去劝他,因为我干妈还不敢离开丽仙。丽仙这次是太受委屈了,她还为的是刘宝成,想叫崔大爷别再跟他作对,她也是为的家庭的生活;她一肚子的委屈都说不出来,她也不愿意说。她去过了一回堂,又听说登了晚报,她就更哭上没完,我干妈不敢离开她,怕她寻了死……您快辛苦一趟吧！千万别叫我干爹在天桥又惹出事来！”

我一听，这件事又起了波折，别真弄得“一波未平，一波又起”呀！双刀太岁振起了当年的勇啦，他把现代，又认为是他“保镖走江湖，凭武除恶霸”的那个时候了！他的双刀真许要在天桥惹祸。于是我就同杨桂玲都坐着洋车，赶紧往天桥去了。

这个地方，我已有多日没来，如今来到一看，尘土还是那么高，地下还是那么脏，卖东西的还那么热闹。卖肉饼卖锅贴的，又在那儿当当的，用铁铲敲着铁锅的边缘，说：“热的呀，热的呀，里边有地方呀！里边坐吧！”招徕着主顾。茶馆里的顾客才散，戏园、落子馆的弦鼓未停，一些卖艺的人还都没收场子，可是差不多观众却全都没有了；那些观众们，包括各等各色的闲人，此时都拥挤在挂着“今天停演”牌子的假卓别林的魔术棚子前的一块空地上，围得密不透风。

杨桂玲说：“我干爹一定在这儿了！”她就拉着我，费了九牛二虎之力，才算是挤进了这一座很厚的“人墙”，咳！可真差点儿没把我给挤死。

但这时候，我看见了在场子当中站着的，就正是那位双刀老太岁！他跟卖艺的人一般，正在向四围的观众们说：“……诸位听明白了吧？就是这么一回事。我双刀太岁一辈子也没欺负过人，有人欺负我，欺负我的女儿，那叫作太岁头上动土！在场的诸位，有不少是行家老师，有不少是江湖朋友，兄弟的小小名头，诸位大概也听说过；现在老迈年高，不提当年之勇，可是像姓崔的那小子，那种横行霸道的，就是十万个，我也得斗斗他！我的徒弟刘宝成，安分守己，老实忠厚，竟因为姓崔的要霸占我的女儿，就不准他在这地方混。妈的，地是皇上家的，不是他姓崔的，他那些个喽啰小辈，更得他妈的长长眼睛！今天有话在先，我徒弟刘宝成的官司没事儿，过两天就还来这儿卖大力丸，请各位好朋友多帮忙，帮他就是帮我。叫想欺负他的那些鼠辈，都先摸摸脑袋，趁早懂交情，不准再欺负刘宝成，各混各的饭，井水不犯河水，便算万事皆休；若是不然，那就先得提防点我这一对‘飞熊扬翅双宝刀’!”

于是他就将双刀飞舞起来，就见他霜髯飘洒，瘦躯飞腾，双刀上下翻动，前后劈削。他忽然伏地，忽而凌空，刀紧随身，身依刀转；健步落地无声，跳纵毫不喘气；闪闪寒光挟风起，凛凛瘦骨振威来。不但是我，连旁边看着的这无数的人，全都发呆了，全都鼓掌叫着：“好！好！好……”

我看他练得太累了，等着他刀势稍停之时，就随杨桂玲上前，把他拦住。我劝他别再练了，也别生气了，老年人是应当保重，应当回家去歇息歇息了！他放下双刀向我抱拳，说：“完啦！话我都交代完啦！我来这儿不是来欺负人，也不是来找对头，我只是来到这天桥向大家托付托付；看我的面子，关照一点我的徒弟刘宝成!”杨桂玲替他拾起来双刀，交给他，又搀扶着他说：“得啦，干爹，您快回去吧。”

围观的人多半散了，还有几个好奇的在后边跟着我们。在夕阳影里，我见这位老人，实在是太疲惫了，连双刀都有点拿不住了，脚更迈不开步。他直瞪着眼睛，不住地喘息，那身破旧的衣裳更是使人同情。我就给他雇了一辆车，男装的杨桂玲像他的儿子似的，在车后跟着，他们就走了。临分手时，那老人还急遽地喘着气，向我说：“再见，再见，好朋友……”

第十回　尾　声

第二天，我依旧到我服役的那所私立中学里，埋着头工作，什么“通告”哩，表格哩，写得我手疼。同事们都认识我了，尤其是教务主任，他喜欢我的小楷写得工整，又对我这病弱的身体表示可怜，于是叫我把那不是十分急需的文件，可以慢慢地再往蜡版上去誊。

学校里的男女生共有两千多人，个个都十分健康、活泼、快乐，下学时的脚踏车就有无数辆。校里还分别设有男生宿舍及女生宿舍，里边的设备，纵使不是十分豪华，可也完备整齐，我真羡慕他们。但是我更关心我的那些朋友：刘宝成还在衙门里押着了吗？他既是“情有可原”，自然不能判什么重罪吧？双刀太岁经过了这一次一次的兴奋，他那老病的身躯，还能够爬得起来吗？胡丽仙现在还整天哭吗？连那“崔太太”，她虽不是我的朋友，我却更关心。

这天回去，见杨桂玲跟胡丽仙都在院里等着我。胡丽仙满面是泪，见了我就要给我叩头，被我拦住了，我已恻然感觉到了她们必有更深的不幸。此时胡丽仙已经哭得说不出一句话来了，杨桂玲就替她说道：“我干爹昨天回去，病就更重了，半夜里两点多钟就断了气。他也没有钱，今天我卖了两件行头，才给我干爹买了一口棺材，可是还得用点钱……”

我摆摆手，叹息着说："不必说了！"我进屋拿出来我仅有的十几块钱，送给她们。我并劝胡丽仙不要再悲哀，那天晚上在崔家的事，更不要往心里放；那只是一次经验，人生总有坎坷，要接受经验，以后才能步入坦途。

我又问："刘宝成现在怎么样？"

杨桂玲说："大概不要紧吧！崔大爷虽然咬定是刘宝成给扔下楼去的，可是他的太太偏说不是，并把他的劣迹给抖搂出来很多。这么一来，刘宝成大概就没有什么罪啦。只是我这个干妹妹……真的，您说丽仙她以后可怎么办呀？可是我干爹活着也是一个废物，这年头哪还有镖局子？死了倒是享福啦！只是留下了这么大的一个姑娘，她还要跟我去唱戏……您想，唱戏的环境有多么复杂，我能够眼看叫她挨饿，可也不能叫她跟我去唱戏呀！可是，以后怎么办？"我也皱眉。

胡丽仙早先是那么一个能说会道的大姑娘，现在仿佛话都不会说了，只会哭。结果我就说："只好慢慢地再说吧！"她们就走了。

对于胡丽仙美丽的姿容，我并不是毫不羡爱，但我是不能与她讲爱情的，尤其不能娶她；更以，如今我是一个施惠者，所以连应当去致祭致祭那位长眠的双刀太岁，我都没有去，我得避免乘人之危、图人之女的那种嫌疑，我就是这么一个"老脑筋"。

从此我仍在学校里勤恳地工作，但我有一件心事，就是想要设法为胡丽仙谋一个职业。

至今，我要相信"有志者，事竟成"那句话了。我听我们的事务主任跟教务主任闲谈，说是女生宿舍里需要一个"女杂役"，于是我第一次向我们的主任贸然地开了口，我说："我能够给介绍一个。"事务主任说："明天就叫她来，看看吧。"原来要找这种职业还不太难，出乎我的意料。

当日我下了班，就直接到金鱼池去找胡丽仙。这是我第二次来到这破板的小门窄院里，我见景况依然，只是墙根生了些乱草，那只狗也没再遇着。我一问："有人没有？"胡丽仙当时就从那低暗的小屋里走了出来，她一笑，说：“哟！您来啦？”我见她穿着半新的蓝布小褂、青裤子，倒还整齐，大辫子上系着白头绳，两只鞋上蒙着白布，可是两手都沾着黄色的“杂合面”，原来她正在做饭呢。

她的母亲也没在家，她请我去进屋，我却摇了摇头，我说：“我现在来，只是因为给你找了一个事，不知道你愿意不愿意去做？”我就把我们学校里的情形，及那女生宿舍里的大概说了；我可也没进去看过，只是看过那座楼的外观，听人说过里边的大概情况。我并把“女杂役”这个名称改为“女工友”，我说：“挣的钱不多，可是也不会太差。这是为公共服务的一个事情，绝不是去当使女、老妈子，你要愿意，明天就可以到我们学校去找我，可是大概还得先试一试工，也许还有个成不成。”

她听了我的话喜欢极了，就笑着说：“我这还能不愿意吗？挣几块钱不是把生活都解决了吗？明儿一清早我就准去。”我告诉她我们那学校的详细地址，又说：“你可还得等着你母亲回来，跟她商量商量，连杨桂玲那里，最好也先去说一说。”她当时面现感激之色，眼圈仿佛也有些红了，说：“您太客气啦！您这不是帮我们的忙吗？跟她们一说，她们不定得多么喜欢啦，还用得着商量吗？”

我点头说：“好好！”又打听道：“宝成的官司怎么样了？”

她说：“不要紧！您放心，他再在看守所里做一个月的苦工，就可以放出来没事了。他不要紧，他那么强壮，押些日子，干些日子的苦力，在他算得了什么呢？”我说：“那我就走了。”她跟着送我到门外，还直说：“谢谢您！”

次日上午我在学校等着她，她打扮得很干净的就去了。事务主任领着她去见女生宿舍的“舍监”，这舍监是一位胖老太太，一看了她就很满意，就留下了。我替她打听了打听，在女生宿舍里只管擦桌子，擦玻璃，抹地板，这些工作还不只是她一个人；一个月是十块钱，管饭，管住。像她这样年轻的人，在这些女生里也难得找出这么一个温和而漂亮的，她要是也换上月白小褂、青裙子，再骑上一辆女式自行车，我们那些位男生，真许举她为“校花”呢。女生自然对她也是欢迎的，日子长了，她还可以跟她们学学看书写字，间接地得到些学识。

我在这学校做了两个多月的事，同事们都相处得很好。但是我的病总未痊愈，家里又写信叫我，所以，还没有等到放暑假，我就回往我的故乡去了。在故乡养病半年，我又到别处的一个大城市里做了几个月的小职员。接近的是一些阔人，看见的是他们那些少爷小姐度的奢侈生活，和“裙带风”表现出来的那些丑恶，使我憎恨，使我思念起古城风尘中的侠客义士，和那些卑贱而有真感情的女性。

这年的秋天，我得到了一个机会，重往北京。到那学校里，我特别看了看胡丽仙，她穿着朴素整齐的新衣裳，把我让到“接待室”，跟我细细地谈。她说她家庭的景况现在很好，只是刘宝成还在天桥做买卖，杨桂玲也还在唱戏，但都还可以维持生活。她又脸红了红，说：“我订了婚，您不知道吗？”

我说：“真的吗？这我应当给你贺喜！”

她就由身边一个小日记本里，取出一张半身的青年男子的相片，说：“就是他，我们舍监张太太给介绍的。在铁路上做事，收入不大多，可是人还好……”我也连连说：“好，好，好，这太好了！”我翻过相片来看那背面，见有字，是用钢笔写着：“丽仙爱妹惠存”她害羞地把相片要回去了。

我别了胡丽仙，就往天桥去，找着了刘宝成的场子。他光着那宽肩厚背，健强的双臂，又在那里用掌击碎石块，并舞动那百十斤重的“青龙偃月刀”。练完了，他托着铜盘卖药，说：“大力丸！大力丸！专治五劳七伤……反正您买药就是看我的玩意儿，帮我个忙，吃不坏您就完了！兄弟刘宝成，乃是已故老镖头双刀太岁的门徒，从师学习来的武艺，在此卖药为生……”

我就笑着说：“给我来两包吧！”

他一看见了，真是又惊又喜，说：“啊！少见您呀！”我说：“你先卖药吧！待一会儿，我还在咱们去年在一块儿吃过饭的那小馆去等你，咱们再聚会聚会。”他便谦恭而诚恳地连声答应着。

我在天桥这杂乱但是有趣的地方又转了半天，假卓别林原来也是旧业未改，还在那里擂洋鼓吹洋号，表演魔术，我可没有去看。

我就找着了去年跟刘宝成一同吃过饭的那家小馆，进去一看，刘宝成已经先来了，他说："自从去年那回事，我就没再见着您。我后来官司完了，知道我师父死了是您帮助发葬的，丽仙在学堂里的那个事也是您给找的……"

我说："那些事还用屡次提吗？不要再说了，我是应当做的。只是，这天桥，还有崔大爷的势力吗？他还常欺负人吗？"

刘宝成摇头说："他不成啦！他那次虽没摔死，可是完啦！天桥这地方虽说讲究胳臂粗，可是凡指着在这里吃饭的人也全有点义气，他从那一回就栽啦，一年多没在天桥这地方看见他啦。"

我又问："他的那个太太呢？"

刘宝成肃然起敬地说："那可真是一位好人！我的那场官司要不亏她，现在怕也出不了监狱，只是找不着她啦。她自然是跟姓崔的拆了，可不知搬到哪儿去啦，找着她，我非得谢谢她不可！"

当日我们在一起很高兴地吃了饭，喝了酒，吃完了是由刘宝成付的钱，因为他说他现在不必养活师父跟师娘、师妹了，所以他每天所挣的钱还够吃够花。

我们分别之后，我又游逛了一次天桥，我对这里的一些在风尘中卖艺谋生的人，表示着同情和钦佩。我并且知道他们，其实不仅是他们呀，就连像崔太太那样的"下等"女人，她也是一个"人"，是有热情有灵魂的。

风高天冷，古城中一片深秋的景色，我忽忆起了去年春季的榆叶梅，想起了胡丽仙；明春她就要结婚了，我祝她永远像榆叶梅那样盛开着，美丽而芳洁。

香山侠女

第一回　从四杰到八怪

天桥——北平的那个流浪者谋生的场所，那里边也有不少具有灵魂与血性的好人，例如我（这个“我”可并不就是作者自己）在《风尘四杰》里说过的那些重肝胆尚侠义、诚朴无欺，有如《水浒传》里的英雄那般可敬的人物：有卖“大力丸”的刘宝成，还有那落魄的女伶杨桂玲，她也颇有血气。即使是给一个天桥的土棍、恶人“崔大爷”做过外家的“崔太太”，那也是一位肯于为人而舍己的好人。另外，还有已经故去的那位“江湖老英雄”。现在还应该有“江湖老英雄”这种称谓吗？他不过是个在前清时，在那古老腐败的社会里干过镖行，会些武术，有过“双刀太岁”那么一个几近于神话又像是笑话的绰号的人，是个早为时代所扬弃的可怜的历史人物。

他们还都值得称扬赞许吗？难道飞机、大炮干不过双刀吗？不！我说的是人心。但我可也没有在这里叹息着“人心不古”，人心是不会古的，古了便是没有了进步。但无论古今，人们总应当有一种道德上的准则，这准则最低的条件是不可以损害他人，不可以自私、欺诈，而能够牺牲自己，帮助他人，则更是为人之所钦敬。这在过去称之为侠义，在今世则谓之为好人，我说过的“风尘四杰”，他们就都是在天桥一带的好人。自听说独霸天桥的崔大爷被他们打倒了之后，打崔大爷的人之中的一个，我认为是“四杰”中一杰的那崔太太已不知何往，至于我所关心的胡丽仙胡大姑娘，我也真无须再去关心她了；因为她明春就要结婚了，他们虽是经人介绍而成的，可是也先算是“朋友”。

我的病就算是好了，但是生活把我鞭策得更苦，半年之中我一再地失业。后来我因为听说有一位我上中学的时候教国文的老师倪先生，在北平（那时还叫作北京）做了一家报馆的编辑，我想凭着师生的一点关系，求他给我找一个位置，所以我就投他去了，这是我第三次来到了“燕门”。

当然我不能够一见着倪先生，立刻就能找着我的位子，所以虽然是赋闲，照旧要住旅店。生活之没有进步，遭遇之坎坷，我要是个多愁善感的诗人，一定要作成不少的遣怀诗了。但我也得想法去寻一个消遣之地，往哪里去呢？看电影、听京戏都得花很多的钱，所以，我只好照旧上我的“老地方”天桥去走走。

天桥这个杂乱的流浪艺人的麇集地，现在愈加地热闹了。我细细地游览了数日，才又发现了此地有所谓“八大怪”。“八怪”且“言人人殊”，你说的“八怪”就与我说的“八怪”不同，这第一，是因为他们自己都不挂招牌；第二是没有广告宣传；第三是天桥这地方上的“怪”实在不止八个，八十个也许还要多；第四是凡在此卖艺谋生的人，都愿意自己充上“一怪”，你要说他们是“八怪之一”，他们认为是十分荣幸，因为这就好像能够抬高了他们的地位，而使他们有名，于他们的生计、衣食都有关系啊！

我曾看见一个也是卖一种“大力丸”的少年，体格比参加“世运”的选手还许要强壮。有人说他是“八怪”之一，我却说他哪里怪？怪的是这社会，使他那样的好体魄沦落在天桥，真是可惜又可叹！

我还看见一个营养不良、瘦猴子似的人，名叫“云里飞”，这人确不愧被人称为“怪”。他用一些厚纸的小烟盒，拼做成了纱帽和王盔，穿着似北京的“大出丧”抬棺材的杠夫们，或吹鼓手所穿的那种“制服”，绿色的，上绘有圆形的图案，名之曰“绿嫁衣”，因为旧式的娶亲也叫穿着这种衣服的人吹唢呐和打鼓。这就做了云里飞的戏衣——“行头”了。他唱《上天台》的刘秀——汉光武帝要穿这件行头，到唱《三娘教子》饰王春娥时，仍然穿这件行头，总之无论生旦净末丑，他全都会唱几句，身上永远是这一件旧式鼓吹手的“戏衣”。他的配角是几个穷小孩，在一块儿胡唱胡闹，招得四周围的观众们都笑了，把一文两文的钱扔到地下。他们弯腰拾起来，还得说：“谢谢!”而看了半天，等到告一段落快到要钱的时候，一文不掏转身就走的“看白戏”者，倒恐怕要占十之六七。

另外有一个拉洋片的（即所谓看“西洋景的”），名叫“大金牙”，他的同伴不知是他的儿子，还是他的兄弟，名叫“小金牙”。有时两人也各自独立营业，都是以口中的一颗金牙为标记，大与小，只是他们俩年龄的区别而已。他们以一面铜锣连着皮鼓，用手拉得咚咚嚓嚓的响，同时他们都有一套自编的押韵的歌词，唱着：“喂！往里瞧！往里观！看了一片又一片，这片是枪毙人在天坛，那片是十个美女都赛过天仙。咚咚嚓！咚咚嚓！喂！又一片是天津河北的大马路呀，多么热闹呀……这一片是大姑娘啊，照在上边。咚咚嚓！咚咚嚓……”

他们同时拿着一些一英尺长的大照片给人看，有的只露着几个女人的头部，那装束是早就过了时啦，大约是清末时期的妓女照的相，下面可用白纸遮着，为表示着神秘；引得人花一两个钱，坐在长板凳上，将眼睛对准了那一小块圆玻璃向里边看。至多能看上六张，不过是一些陈旧的女人相片，或民国元年时照的都市风景，他所唱的却是一张也没有，因为那不过是一种不忠实的广告而已。由这也可以看出来天桥社会一般闲游的人的教育程度，和他们因生活苦闷而所需要的刺激、兴趣之低劣。

还有一“怪”，名叫“大兵黄”，早先他大概干过行伍，年虽已老，身体却康健。他的那个打扮像是乾隆年间的人，肥马褂，青双脸鞋，头戴粘着一小块兔皮的毡帽，这是前清时候的人打猎时戴的一种帽子。他不会唱，也不会耍玩意儿，只会大骂而特骂，专骂彼时的国家大事，当朝要人。他说他不怕死，天天来骂，骂完了向观众求钱，他就以此为生。其余的三怪，我找不出来了。

其实据我看，凡在天桥谋生的人，每一个都怪，不怪不受“欢迎”，不怪也就不能生活。可是他们的“怪”，至多是与“大雅”有伤，再多是关系“风化”，或者是“有碍观瞻”，不然就算它是“低级娱乐”。但，业此者，当每日黄昏、声嘶力竭、体疲神倦、客散人去时，检点一天所得之钱数，除去所租之板凳（预备观众坐的）钱及地皮钱，归家再付“印子钱”，能买“杂合面”做“窝窝头”几枚，而斗室中妻啼子病；他们那时是并不“怪”的，他们只是在穷途中艰苦的挣扎。然而，那些酒绿灯红、通宵歌舞、荒淫无耻、攀裙附带的人，怪样实多，又岂止八个？八十个？所以我又认为，在天桥的流浪艺人又不能算是怪了，他们不独各具聪明，且复各具灵魂。

这一次我在此处游玩的时间最为长久，我可再也没见着我的那卖“大力丸”的朋友刘宝成，我想他许是找着别的事做了，我为他祝福。在此地我更思念我的一位“故人”，他已死了，就是那曾在此耍过双刀的，胡大姑娘的爸爸“双刀太岁”。

这又是春天啊！天桥刮着狂风，风中含着秽土，秽土粘了我一脸一嘴，于是我想找一个地方去漱一漱口，喝一杯茶。这里的茶馆本来有的是，我抬头望见了一家，就信步走进去了。

这茶馆很大，地基很高，座位很多，要是坐满了，能够容得下二三百人。现在这里的人就已不少，好容易我才找到了一个座位。旁边离着我不远，另有一张桌，有两个人正在喝茶谈事。其中的一个年有三十多岁，健壮而身材短小，穿着肥腿的青布单裤，“抓地虎”式的薄底靴，腰上系着又宽又硬的“板儿带子”，上身是青布小夹袄，当中一排布做的纽扣有二十多个，可是扣上的很少。他面目红润，英气勃勃，鼻子上有许多红疙瘩，令人一见，就晓得他是一个江湖卖艺的人，而且是一个“练家子”；旁边放着的一对双刀、一杆扎枪，更引起了我的注意。

我叫茶房给我泡来了一壶“龙井”，因为我在南方住过些日子，所以对龙井茶有些偏好。但北平的茶馆并不像南方的茶馆，你一来了，就先给你摆上“干丝”，这里摆来的两个碟，是花生米与瓜子。卖报的也过来招呼我了：“看报不看呀？”他的报，拿着的可真多，有本地的、天津来的、上海来的，有大报、小报、画报，还有三日刊，几乎每种皆有，并且还准许临时租阅，半个钟头以后，他再来取报拿钱。还有那衣服褴褛、形容枯槁，拿着些自做的竹子的“挖耳勺儿”的人，来乞求你买，这是一种变相的乞讨。

茶馆的后边就是一家大鼓书场，那里的后窗也在敞开着，你一回首，就可以看见年轻的歌女，随着弦索的声音正在唱着：“二八的俏佳人懒梳妆……”另一旁边却有个卦摊，算卦的假老道正在摆“奇门”，向一个“三等”妓女样子的女人说：“你走不了啊……”远处是锣鼓在乱吵着，卖吃食、卖估衣的在吆喝着，门前过来过去的人都是些失业的流浪汉，或“身操贱业”的女人。这茶馆四边透风，根本没有玻璃窗，也许是怕遮住在这里喝茶的人的视线，其实这里的许多人也是为坐着看热闹。我是为解渴而来，因为外面虽有卖“自造汽水”的，我怕那不卫生。

我原想在此不多坐，可是旁边的两位茶客似乎把我吸引住了。我趁着他们的桌旁有点空地方，便故意又向他们的近处挪了一挪。这真是巧事，也许我只要不离开这天桥，到处都能够遇见这样的巧事，那鼻子上有疙瘩的卖艺者，突然就拍起了桌子，大骂着说：“他妈的！什么他妈的崔大爷？这么欺负人！人他妈的都不能够在天桥混啦！他说我得罪他啦？我‘鼻子董’不怕！他是穿鞋的，我是光脚的，顶多了一命偿一命，我还怕他？”

我真吃了一惊，天桥的土霸崔大爷，不是已经被刘宝成那些人打倒了吗？他不是自受了伤以后，就不再到天桥来了吗？怎么这里还是他的“天下”？他又欺凌到“鼻子董”这卖艺的头上了？

我想过去和他们谈一谈，问一问，但是又觉着既不相识，若冒昧地过去攀谈，他会怀疑我的。其实他这类的“江湖人”，全都是很直爽的，只要你对他客气，拿他当作“人”看，他不会对你有什么怀疑、猜测，言不吐实的，只是我这时已经看出，与他对面坐的那人不像个好人。那人獐头鼠目的，穿的是褪了色的绸大褂，还戴着金丝眼镜；抽着“粉包”牌的烟卷，像是在劝这鼻子董去给崔大爹赔个“不是”，表示降服，以后还得收罗在崔大爷的部下。尽管他一直在低着声劝说：“你别这样啊！咱们还是吃饭要紧呀……”倔强的“鼻子董”却是绝不肯买他的账。我没有摸出这事的头绪来，漱了口，喝够了茶，吃了点花生米，又坐了一会儿，便付过钱走了。

我心里似乎有事似的，徘徊在这天桥。又有多时，我就看见了一个“变戏法”的人，名叫“快手李”，此人大概也是“八怪”之一。他敲打着铛铛铛、咚咚咚的锣鼓，叫他的一个十七八岁的大女儿在桌子上放着的两条板凳上“拿大顶”，同时嘴里叼着一碗水，水不准洒出一滴来。年已半百的“快手李”作揖向四围求钱，说：“各位！多赏几个吧！你们谁家里的大姑娘能够叫她这么练呀?”姑娘长的模样还很好，大辫子仿佛比胡丽仙以前的那条辫子还黑还长。她脚朝上，手在下，拿着“大顶”，衔着水碗，两条腿还在距地二丈高的空中做出“锦鸡摆尾”的姿势。她的兄弟，一个十二三岁的孩子，也光着膀子在地下翻跟头，并且双手持着细竹棍，要瓷盘子瓷碗。“快手李”还另外饶了两手儿玩意儿，都是戏法；他手快，技艺纯熟，能够把所有人的眼睛全都迷住。他要是当“小偷”倒是一把好手，可是他情愿这么样辛苦，叫他女儿在那么高那么危险的地方拿了有二十分钟的“大顶”，这才求到了也只够买两三个烧饼的可怜的钱。

我走开了，我想要找一找那昔日变“洋戏法”的假卓别林，那可也真是一“怪”呀！而且也是我的“故人”。只要见了他，必可以问出刘宝成、胡丽仙、杨桂玲那几个人的近况，更可以知道崔大爷为什么在天桥竟能“卷土重来”，以及他是不是还要找寻胡丽仙等人去报往日之仇。我似乎有一种预感，使我很为他们担心。但那假卓别林的魔术棚子已经没有了，那胡吹乱打的洋鼓洋号也听不见了，他或是改业而去，抑或是已经穷死？我都不敢说。我不会忘记他早先穿的那一套破西服。

天桥情况似旧，而我已经没有一个故人了！

第二回　婚姻　摧毁

我想找一找刘宝成，因为我料定他们一定正遇到损害、凌辱，或许比上一回的事情更甚；就如同我已经知道朋友得了病了，我纵无力去救他，可也应当慰问慰问，至少也应当打听打听。因此，我就在我的倪老师主编的那份报纸上，不用花钱就登了一条广告，是：

刘宝成兄：弟已来京，往天桥走访，恨未得晤。祈示住址，或电西局×××××，弟……

电话的号码就是这报馆的号码，由于我这位倪老师的介绍，明天我就可以在本报经理部帮忙了。我知道刘宝成不大认识字，这条告白地位既不显著，又只登一天，恐怕没有什么效果，这只是聊尽我心而已。

次日，我好像也把这件事情忘记了。下午四点多钟，经理部突然来了一个电话，找我，我就明白了。我立时精神兴奋起来，赶紧接过来电话听筒，问说："是宝成吗？"但那边传来的是一个陌生的男子声音，这倒使我诧异。那边问我说："您是某某先生吗？"我说："是，你贵姓啊？"那边说："我姓梁，我叫梁普润，您知道胡丽仙吗？"我说："知道的，知道的，她不是已经结了婚了吗？"

那边的梁普润，语声之中似乎带着一点羞涩，说："没有，我们至今还没有结婚……"我才知道，那边说话的人原来就是胡丽仙的未婚夫，我是见过他的相片的，他可为什么要给我打电话呢？为什么他们至今还没有结婚呢？莫非是感情发生变化了，特来找我？梁普润在那边又说："丽仙跟我常常提您，今天我看见报，才知道您又来到北京啦！您要找刘宝成，可是刘宝成，去年就上天津去啦，一直也没有回来。"

我说："好！谢谢你啦，我找他本来也没有什么事情，他好吧？你们都很好吧？"

梁普润却不说他们到底是好不好，只似乎是很紧急地问我："您今天有工夫吗？丽仙现在还住在'金鱼池'，那地方您去过不是？顶好请您现在就去；她因为出不来门，她要跟您说一件事……"我简直吃了一惊，那边梁普润又说："我是借的电话，待一会儿，我也上她那儿去。"

我又问道："到底是有什么事呢？"那边说："等见面时再说吧！请您可务必去。"我说："好好好！"那边就把电话挂上了。我放下了电话听筒，不住地发呆，我所揣测的不幸的事情，恐怕已经发生了，但，怎么至于这样的严重？因此，我有些发愁，也有些害怕，我预先觉着，我去了恐怕也是没有办法，可是我又不能不去一趟。

我雇了洋车，到了"金鱼池"这靠近天桥的贫民窟，又来到了"双刀太岁"故居的门首。斜阳发出凄惨的颜色，那破板门更显得破旧了。

我到了院中叫着："丽仙！丽仙！"屋里便惊讶地问道："是谁呀？"是个妇人的声音，她推开了一点屋门缝，向我来看。我见这不是她的母亲，我就点点头，问："胡大姑娘她还在这里住吗？"这时那屋里才另有个女人惊喜似的说："哟！是您来啦！"我由门缝这才看见了胡丽仙，我要笑却没有笑，只抱着一种见了朋友的太太那样恭谨的态度。

我被她十分欢迎地让进去，让到了里屋。我忆起了，我曾在这里见过她的父亲双刀太岁啖肉饼，她的父亲还托付我为她“找人家”，是的，我原是她友善的长辈呀。这屋子现在裱糊得还干净，炕上铺的也还整洁。她请我坐，并为我介绍旁边那中年妇人就是梁普润的姨母，现在是来给她“做伴”的。我向她们客气了一下，就在炕边坐下了。这时我知道胡丽仙只是一个人住在这里，她的母亲呢？我低头看见胡丽仙穿着白鞋，是新的，不像是仍然为她的父亲穿的孝，那么，她家又新遭丧事了吗？

我第一句话就问说：“梁先生给我打了电话，他还没来吗？”

胡丽仙回答说：“他还得待会儿吧！他是看见了报，就赶紧来告诉我，是我叫他给您打的电话，请您来的。”胡丽仙比以前温文了，这一定是因为她在学校做事，受到了环境的熏陶。我又问她：“学校的事情你还做吗？”她说：“不做啦，学校把我给辞啦……”她很冤屈地又说：“可是并不是因为我犯了什么过错！”我没有言语。

她又问：“您还好？”我点点头，笑说：“我还是那样。”她又问：“您来到北京几天啦？”我说：“一个多礼拜了，我到天桥去过几次，想看看刘宝成。”她说：“我师哥下天津去了，有好几个月啦！也没有来信。”我问她：“是不是他在天桥又被姓崔的逼迫得不能立足啦？”她便点了点头。

我愤然地说：“那姓崔的与刘宝成结下了仇，当然还是为早先那件事。可是，刘宝成现在暂时不说了，他是一个男子，又有力气，走在哪儿也能够吃饭，但是你呢？没再受那姓崔的压迫吗？”

她便也愤愤地说：“您听我告诉您，学校为什么不要我啦。就因为姓崔的捏造出许多人名来，一封一封胡说八道，不断地给我往学校里寄信。学校里的训育处检查信本来很严，人家也不明白怎么一回事，就想一个女工友净来这些信，也是不像样子呀，所以就把我给散啦！我也没法子自己洗刷，您说我有多么冤……”她忧郁地低着头，直擦眼泪。

那个“崔大爷”可真坏呀！他手底下，必定是有造谣、中伤，写假情书的能手呀！可是我又觉着纳闷，我就问说：“他怎么会知道你在哪个学校做事呢？”

她说：“您想，我还能够永远也不出门？星期日我还能够不回家？谁知道他是在什么时候就知道了，并且他把我的事情打听得清清楚楚，还给普润写信，说我怎么怎么坏……”

我说：“你的未婚夫当然不能够相信了？”

她说：“普润把那些封信全都告诉我了，他对我倒是没有一点误会；他也是很生气，说姓崔的手段太毒。还有一封信是吓唬普润的，叫他跟我退婚约，要不然，就有手段对付。最近又给我来信，并且还打发来了人，指定出时间地点来，逼着叫我去见他，看那样子，这是非要把我逼死！欺负死……”她哭得更厉害了。

我简直不相信世界上能够有这样的事，我就说：“你们不会法律解决吗？不会去告他吗？”

她哭着说：“待一会儿普润来，您一见他，您就知道啦！他是一个最老实的人，中学毕业，在火车上当车守，管打扫车，一个月倒有二十多天在火车上。他既没有工夫，又太怕事，以为要是告了姓崔的，官司也未必准赢，因为那些信全都不是姓崔的名字，也不是姓崔的笔迹，不足作为证据。他倒是跟律师研究过，可是他哪有工夫替我去打官司呀！我自己也怕，又怕要把姓崔的再得罪厉害了，他真许什么手段全能使得出来。我想要躲，可又没有个地方躲，真着急死我啦！所以今天知道您来啦，这才请您来研究研究。”

可我又有什么办法呢？除非我是三十年前的双刀太岁，有那一身武艺，还得是那个社会；我也许就能趁着月黑风高，飞檐走壁地去到“崔大爷”的家里，一刀割下他的那颗恶人头！但是，这只是空想吧！现在找不出来侠客了！而受崔大爷那种人凌辱、侵害的也不止一个呀，就眼见他横行吗？

我见这个“弱者”胡丽仙哭得真是可怜。她剪的头发已经长长了，像是烫过似的弯曲地披在两肩。她穿的是士林布的摩登旗袍、短裤、长筒袜，很有点“女学生气”，她的身材也越发的娉婷，模样似乎比以前更美了。这也无怪乎“崔大爷”要死盯住不放，用尽了手段压力，必欲得之方能甘心啊！凡是那种恃财仗势、任意横行的人，他们想要获取某一种东西，就不惜费点事也要得到。譬如金钱是万能的东西，他们虽然多，却还不知足，依然要损害他人，而再多多地去夺取好的衣食住享用，他们的欲望是无尽无休的。对于女人，尤其是天生比较美丽的女子，他们也想要都得到，以遂其淫欲；他们的动机，绝不同于两性之间的正常爱情，完全是豪取、强夺，胡丽仙害就害在她生得太美了。

我问说：“那回没把他摔死，现在他怎么更霸道了？究竟他凭的是什么势力呀？”

胡丽仙说：“听说姓崔的有一个亲戚，现在又阔起来，是什么督军手下的红人。他那次摔了一回，没摔成重伤，也没有死，他的亲戚又提拔他，最近是做了一个什么长；他就更阔了，出入都是汽车，有马弁。天桥他倒不大去，可是那里有他派的亲信人，给他管着产业，替他去欺负人；刘宝成要是不走，命都许叫他害了。有一个练把戏卖艺的‘鼻子董’，只因为看着不平，说了几句公道话，被他知道了，到现在麻烦还没有完，那个人大概也得在天桥混不住。反正这样说吧，现在谁也惹不起他，更不用说我们啦！自从学校把我散了，我家里就没有了收入。我妈在上月得暴病死啦，又掏下不少的亏空，把普润积蓄的一点预备我们结婚的钱也使了，又加上这些事……”

至此，我又问她：“杨桂玲现在干什么啦？”她说：“咳！你也别再提她啦！她也不是怎么啦，因为在北京唱戏，怎么唱也唱不起来，她忽然想到外埠去跑码头。跟人搭班儿到了东北，就遇着战事了，奉军不是现在跟直军打仗吗？她也回不来啦！”

我听了不住地叹息，这些人怎么都逢到这样的恶劣命运！现在我也顾不得管别人了。想一想胡丽仙眼前的事，我真为她想不出一点办法，弄得我自己也很发愁。

待了又有一个多钟头，胡丽仙的未婚夫梁普润才来到，有二十三四岁，中等身材，文弱的身子，秀气的脸儿，跟她倒正好是一对儿；可是还不像她，多少有时还有点豁得出去，这梁普润不行，看来还不如我。梁普润穿着一身火车上下级员工的制服，老老实实的，就像是个还没有毕业的功课好的中学生。他为他未婚妻受人欺负的事情也很生气，但是他表示，因为家庭的负担重，老母尚在，兄妹多人，光指着他，又因为职业的关系，他最担心捣这麻烦，或是打起官司来可能使他失业。然而他爱他的未婚妻，他很会一些贾宝玉式的小殷勤，当着我就表现出来，他只劝他的未婚妻说："别哭！别哭！当心哭肿了眼睛！"但是他比我更没有办法。

梁普润的姨母专为我从邻居家里借的开水，沏的茶。她倒了满满一杯，恭敬地送给我，我也没有喝一口，我只是翻着眼睛为她们想主意。我并不是"调词架讼"呀，但我最主张他们去请法律保障，但是他们却都怕，不愿意，我只好再为他们想其他的法子了。

上一回不是由于刘宝成和已故的"双刀太岁"的武力，才把万恶的崔大爷管教了一顿吗？胡丽仙不是才没有在那时候落于崔大爷之手吗？可见那也是相当有效的。在这时代，行侠仗义的好汉英雄，并不是完全需用不着的。因此，我就说："等明天我到天桥，找'鼻子董'给帮一帮忙吧？姓崔的自己来或是再派人来，就不管三七二十一的，先揍他，揍完了也好打官司。你们别害怕！也用不着发愁了，明天上午我就去找'鼻子董'。"

胡丽仙说："你认识他吗？"到底她是"江湖人"之女，一听我这话，她就很赞成，也不哭了。我说："我虽不认识他，可是我跟他见过一面。我明天先请他吃午饭，喝点酒，然后问问他行不行，他要说是行，由明天起，就请他来保护；他要是也胆子小，那咱们自然也不能加以勉强。"胡丽仙点着头说："一定能行！他本来也正跟姓崔的斗气，他又跟我师哥有交情。只是我爸爸活着的时候，说他武艺不好，不够当镖头的资格，不叫他进门，可是那是我爸爸因为老糊涂了，信口胡说的呀！其实我知道，他那个人的脾气很直，也热心。”

我说：“你要是认识他，这更好啦！明天可以把他请来，我也来，你给我们介绍介绍。”

胡丽仙说：“你现在要是不忙着回去，我这就带着你去找他好不好？他就住在西边‘臭水坑’。”

我当时觉着快些去找着鼻子董也好，要是等到明天，还不定要出什么变故。那“崔大爷”既是在那里虎视眈眈地对着胡丽仙，“情书”不成，“约会”无用，说不定什么时候他就真的伸出魔掌来，攫取他的目的物了。他们那种人，是对于法律、公理、社会裁判、天理良心等全都不顾的，任何事情都能够做得出来，所以，还是赶快防御他好。于是我便站起来，说：“那么现在咱们就去吧，这时候他大概也收了场子啦！多一个帮忙的人，不管他保护得了保护不了，总是好些，因为我看你在这儿太孤零，姓崔的他也许将来更要不择手段。”

胡丽仙就要同着我走，梁普润却很害怕地说：“你就别去啦！你把地方告诉这先生，大概也就行啦，你出门不大好吧？”

胡丽仙沉着脸说：“我又没做什么见不起人的事，难道就永远叫我在屋里闷着，不叫我出门？我在家里闷了四天啦，我是犯的什么罪？他就是个老虎吧，可也未必我一出门，他当时就吃了我！”

梁普润说：“不是！你不是也知道吗？门口外时常有人在徘徊……”

胡丽仙说：“他要是真来抢我，我在家里可也是藏不住！”

梁普润的姨母也吓得说话都不敢大声，她苦苦地劝，也说是在屋子里总好一些，出了门，现在天又晚了，就许出事。

胡丽仙说：“我想天晚了才没有关系呢！姓崔的雇的人、派的人，就是在这门口，等了我一天或是半天吧，难道他饿着，这时候也不去吃饭？我要怕就谁都怕，我要不怕，就谁也不怕！‘鼻子董’只有我认识，又是为我的事，我不带着人去，算是怎么一回事？还能就这么永远把我关在这个监牢里了？”

我看出胡丽仙倒还有点倔强，她的未婚夫胆子却太小。不过，经他们这么一说，我也有点儿发怯了，觉着门外头真许有个“老虎”，我就说：“其实，明天我自己去也可以。姓崔的固然凶，我们却也不必太神经过敏，就是他还有什么手段，一半天大概也不会发生，丽仙你别着急!”

胡丽仙擦着眼泪说：“我就是着急，这要日子长了可怎么办呀?永远不叫我出门。幸亏家里还有一点儿吃的，要等着我做事吃饭，那还得饿死呢！是姓崔的找的我，我并没去理他，除非姓崔的死了……可是他从二层楼上摔下来，都没有摔死。越是恶人才越长命，他要活一万年，难道叫我在这屋子里一万年也别出门吗?”

梁普润只是着急，却不敢再说一句话。我就说：“丽仙说的也有道理！怕是已经没法子怕了，光怕也是不行，你们得想法子，或是搬家。”梁普润说：“找不着房子呀！”我说：“那么你们就应该赶快结婚，还叫丽仙为她的父母穿什么孝?”梁普润说：“经济也还没有准备好。”

我说：“这你就错了！现在你们还要举行什么隆重的仪式，布置什么奢华的小家庭吗？只要把婚书请两个人证明了之后，你们实行同居就是了，经过了这番患难，一定更会增加你们的爱情……”

我还想讲一讲我对于“青年结婚问题”的大道理，可是只见他们两人的眼睛，相对着那么盯了一盯，仿佛在互相询问是否赞成，可又都不说话，然而我知道他们是默契了。本来他们至今仍不结婚，其原因大概实由于经济力之不足，且考究太大。男的虽然没有钱，也总说是得仪式隆重一点，大请客、租礼堂，礼服、披纱、鲜花、乐队、彩汽车，不如此仿佛就怕女的不愿意；女的在了解男方的经济困难之后，也未尝不愿意简单些，省一些钱，可是为了矜持，或害羞，她自己总说不出口。其实两人都是热烈地企盼着结婚的，本来也全可将就，如今经我这样一说，他们不用表示，我就知道心里都赞成。

胡丽仙这时一点也不生气了，还有些脸红，梁普润是借着他姨母才给点上的煤油灯，不住地、欣喜地看着他的这“将成事实”的新娘。

我就说：“普润也跟着去吧！人多好一点。咱们都去见见‘鼻子董’，请他帮点忙，可也别耽误他的买卖，并叫他常来这儿看看有什么事没有，也就是了，好在也不过请他分心几天。普润今天回去，就赶快预备着，我想是你们越简单越好，越快越好。今天是星期三，我主张就是这个礼拜日，你们结婚就算了。我做你们的来宾兼司仪，还能够替你们请一位证婚人，他虽没有什么声望、地位，可也是报馆的编辑主任。”

胡丽仙倒是还比较爽快，她说：“就这么办吧！咱们现在就找鼻子董去吧！”

我很高兴我刚促成了他们一对“指日可期”的佳偶，现在又要找“鼻子董”去啦！我并想要把“天桥八怪”全都邀来帮忙，也许就能把“崔大爷”唬住，令他手段难施，野心难遂，而人家的一对有情人早些成了眷属。

第三回　侠女李翠秀

我们出了这个门，天已经黑了，月色淡淡的，地下人影都看不清楚。春风拂着人面，带着些臭味。梁普润不住地东张西望，胡丽仙也有点儿惊惶，可是一点没有事儿，他们都是神经过敏。所以走了一段路，他们也放了心啦，两个人就靠在一起走着，“卿卿我我”的还不住低着声儿说话。

“臭水坑”也是天桥区的一个角落，那个地方比“金鱼池”更脏，也更偏僻，有院墙的人家都很少，几乎没有一间较为整齐的房子，一片破烂；许多极小的灯光从那些关掩不住的破屋门透出来，各个人家里是大人吵，孩子哭，倒是很热闹。

幸亏有胡丽仙带着，到了一个破屋子之前一叫门，里边问说：“是谁呀?”是女人的声音。胡丽仙在外边说：“我找姓董的。”里边把门一推，说：“他没在家!”

这时候站在外边的我，倒有些诧异了，因为在这屋里的却是一位大姑娘。她正蹲着身，用一个破火炉子烧着一点煤渣，正在做“杂合面”的饼子。煤油灯有如“鬼火”，破炕上躺着一个小叫花子似的五六岁的男孩，仿佛是有病，四壁萧然，只在墙角，放着我似曾见过的一对双刀和一杆扎枪。连这个做饭的姑娘我也觉着眼熟，马上我可就想起来了，她是在天桥“拿大顶”的那个“快手李”的女儿，怎么她又和“鼻子董”是一家呢？

这位姑娘站了起来，把我们都不住地细看，她尤其仔细地看了看丽仙，忽然就惊讶似的带笑说：“哎哟！这不是胡大姐吗？”

胡丽仙也笑笑，客气着说：“你……”她似乎倒有点想不起来。

李姑娘说：“大姐忘了我了吧？我也到你那儿去过，老大爷去年故去的时候，我跟我爸爸还到你那儿出过份子。我姓李，‘快手李’你不知道吗？那就是我的爸爸。”

胡丽仙似乎还是寻不回来什么记忆。我可知道，本来他们在天桥一带住的，谋生的，全算是“一家人”，胡丽仙早先是净在家里做活计，她爸爸又是一个比“怪”还怪的怪老人，自然不大与人家多来往，但是人家可都认识她。

当下李姑娘又问：“大姐来找董二叔，有什么事呀？他是回来了，可又出去啦，也许是上天桥佟家小铺喝酒去啦。我正给他们做饭呢，他的孩子病啦。这屋子也太脏，请你先到我们屋里坐会儿，我这就去把他找回来，好不好？”

丽仙说：“那太麻烦啦！我们还是在外边等着他吧。”

李姑娘对人十分地热情，就说：“你真是！干吗这么不自己？宝成大哥早先天天上我们这儿来，你家的胡大娘早先我们也常见面。”

这时她的爸爸“快手李”，大概是才从远处的垃圾堆大便回来，双手还在系裤子。他走过来一看，就说：“这是胡大姑娘呀！这两位是……”

胡丽仙指着我说：“这是我师哥刘宝成的好朋友。”又指着梁普润，她把话顿了一顿，才说：“这是你的侄女婿……”

“快手李”就说：“都不是外人呀！你们找‘鼻子董’有什么事？可以告诉我！”

胡丽仙说：“也……也没有什么事，就是天桥那姓崔的崔大爷……”

“快手李”父女二人一听了“崔大爷”这三个字，当时就像是明白了一半。“快手李”说：“你们三个，先到我屋里坐会儿。”又向她的女儿说："翠秀！你快到天桥，把你董二叔找回来，告诉他胡大姑娘跟两位先生，都在这儿等着他啦！"

翠秀姑娘就到"鼻子董"住的屋门首，向屋里躺在炕上的那个孩子说："你等一等！我去找你爸爸，一会儿就回来，饼子得待一会儿才能蒸好呢！"翠秀急急忙忙地走了，快手李让我们进到了他的屋。

快手李的这屋子是比较宽敞一点，也还干净，除了炕之外，还有一张小桌，两三个凳子；墙上贴着许多香烟盒里附着的小画片，并有一张是李翠秀的小影。只是炕上也卧着一个病人，是位白发的老太太，这大概是快手李的老娘吧？

我们都很拘束，快手李就说："胡大姑娘，我有许多日子没见着你啦！以前你还常到天桥去玩，后来听说你在学堂找着事啦，谁不称赞你？咱们天桥这一带的老亲旧友，家里的姑娘群里，你得数第一。你看你，要是你不上这儿来，在别处遇见，我一定把你当作女学生。你那个妹妹翠秀，她就不行，整天跟着我在天桥拿大顶，可是为生活所迫，但她也就是那么一路人；你要叫她学着点认字，学着点文明派呀，那可比叫驴上树还难！"说着话，他敬给我一支烟卷。

我就替丽仙他们先把来意说明了，我说那个"崔大爷"是多么的混账，胡丽仙现在的四周是多么的危险堪虞；梁普润是她的未婚夫，人又多么老实，而现在是没有一点儿办法。我又说："我因为跟双刀太岁那位老人家以前见过面，与刘宝成更是莫逆之交，所以不能不帮助帮助他们，可是我又能有多大的力量呢？北京的地面我既不熟，朋友又少，住的地方又离此很远，所以才同他们来拜见拜见那位董二哥，和你老先生……"

快手李赶紧抱拳，说："得啦！您别这么恭维我啦！我哪里配当什么老先生？老先生是家里享福的，我却整天带着我那么大的女儿，卖脸求人地在天桥卖那份苦玩意儿，儿子也不能上小学，简直比狗还不如，都不过是为了一家四口的这张嘴！我家里，我们翠秀她妈，也在外边做佣工。连鼻子董带出外的那个刘宝成，‘天桥八怪’，我们都是一样的苦小子！我不怕胡大姑娘恼我，她大概家里外头也只有这一件新蓝布褂，要不然，崔大爷欺负你们的时候，他也得先打听打听。咱们可就不行啦！他明知道咱们是一群穷狗，既没有工夫去跟他打官司，又不敢得罪人，他可就放开了胆来欺负了……”

我刚要问：“老先生你能不能帮丽仙他们一些忙呢？因为他们太孤单了。”他却又接着说：“就像‘鼻子董’，他不过是因为刘宝成的事情，在天桥说了几句不平的话，也不知道怎么就传到崔大爷的耳朵里了。非得叫他到崔大爷的家里去给磕头，并得答应，以后少说话，不然，天桥有崔大爷养的不少流氓，足能够揍他，还许能够有别的法儿惩戒；这件事到现在还没了。‘鼻子董’那人是宁折不弯，他绝不买这个账，可是他别想练玩意儿啦，别想再吃贴饼子、窝窝头啦，他的老婆也跟人跑啦，把病孩子也扔下不管啦。幸亏‘鼻子董’的心还宽，他还总能借几个钱去喝酒，我若是他，我可就得愁死。我们翠秀是不够格儿，又加着整天叫风吹雨打日头晒的，貂蝉也得变成了八戒，所以这才保险，要不然，崔大爷那个色里魔王，说不定也得要找我们来欺负欺负！”

正在说着，李翠秀已经把“鼻子董”找回来了。“鼻子董”一进屋，就向我们周围抱拳，说：“受等！受等！”“快手李”当时就把我刚才所说的那些事，都向他又说了说，并说：“人家是特来求你帮忙！”

“鼻子董”的脸色早就气成紫茄子啦，那长着许多大疙瘩、小疙瘩的狮子鼻子，更像一块猪肝了。他昂然地、愤愤地说：“这还用姑娘同着两位好朋友，亲自到我家里来求吗？我是不知道这件事，我只知道姓崔的要逼着我去杀人，要逼着我去犯法！我要知道他又欺负到我大哥刘宝成的师妹，老前辈双刀太岁胡大爷的女儿身上了……他就是像这样去欺负别人，我也得要管！我要不跟他姓崔的脑袋换脑袋，我就不是人造的！好啦！诸位别再挂心，这件事情交给我啦！好在我虽然穷，那受过胡老前辈指点的一对双刀，我还没卖；

八宝驼龙枪，也没劈了杆子当了柴火，他妈的我非得借他那狗血洗一洗我的家伙不可，现在我就去！”说着他转身就跑出了屋。

“快手李”拍着桌子大喊：“老二你回来！我还有话说呢！”

我跟李翠秀全都追出了屋，可是“鼻子董”已经回到他的屋里，把扎枪抄出来了。我赶紧去拦他，可是他一推，几乎把我推了一个大跟头。李翠秀当然比我有力气，可是，她却来了一个“袖手旁观”，不管事，就这么眼看着鼻子董，如同一疯了的狮子似的，手提扎枪飞跑而去；在朦胧的月色下，一会儿就不见了。我就说：“这可真糟糕了！这件事越闹越大了！”

我跟翠秀回到他们的屋里，“快手李”着急地向他女儿说：“你就不能拦住他，追回来他吗？他要去闯出了人命来，那不更麻烦了吗？我还想不到，他的脾气这么暴，一勇之夫，这有什么用？他去了就能够见得着那崔大爷啦吗？”

翠秀却在旁边一站，一句话也不说，好像倒十分地称心满意，并要等候着“捷音”似的。梁普润吓得脸都白了，丽仙是紧皱着眉发愁，我是有些担心，又有些后悔。

“快手李”抽着香烟，还在叹气，说：“这可怎么办？这可怎么办？那姓崔的也是，找什么人去不行？跟我们这些一天不卖艺、一天就没饭吃的苦人斗，又有什么意思？我再说不应该说的话了，街上有多少摩登？他找谁去不好？单偏偏的来欺负没爹没妈的胡大姑娘……”

翠秀说：“别人他敢欺负吗？比他还有势力更有钱的人，他还得管人家叫祖宗呢！他的老婆，他的女儿，还得给人去上供呢！”

“快手李”又咳了一声，说：“你说的这是什么？哪是姑娘说的话？”

翠秀沉着脸说：“我就是有话就说！咱们不是离不开天桥吗？我胡大姐不也是一半吃天桥的饭长大的吗？我的爸爸要是个总长，她的家里不用说别的，只要有一个在外面活动得开的人，就不至于有这些事！”

"快手李"这时忧愁得什么似的，就嚷嚷着说："你，你还跟我叨唠什么？你要有本事，你要也想打不平，你追了'鼻子董'去，帮助他去行凶，好不好？"

翠秀哼的冷笑了一声，说："那可说不定！我董二叔要是打不过人家，我还真许亲身出马呢！"

"快手李"说："喝！你还真以为你是穆桂英？"

翠秀说："不是穆桂英，也不是木头人，泥人儿还有些火气呢！姓崔的见了女的就想抢，胡大姐这么老实的人，人家又订了婚啦，他这么欺负人家，我听了就不平！董二叔今天揍不了他，明天我一定去！"

"快手李"说："明天？明天你还得跟我去做买卖呢！你还得拿着大顶，叫人看着一乐，咱们好挣钱哩！闲事不妨管，朋友的忙也应当帮，打打不平、斗斗气都不要紧，可就是得有个分寸；不能为了人，忘了自己的吃饭。"

翠秀也背着手，生气地说："以后我就不吃饭啦！我吃的那叫什么饭呀？从六岁起，就在天桥拿大顶，翻跟头……"

"快手李"说："你不跟着我拿大顶翻跟头，你也长不了现在这么大！你有话，我应当是一个总长，可是你没修了那么一条好命！"

翠秀几乎气得要哭了，说："命！我才不信什么命哩！人就都是命，都应当活，都应当不受欺负！"

"快手李"摆着手说："得啦！得啦！你找找你的兄弟去吧！那孩子累了一天，到黑了还满处去瞎跑。你奶奶也病着，咱们都别吵她。你再到董二叔屋里去看看吧，他那屋里还有一个没吃饭的病孩子呢。董二的那个老婆也真狠心，扔下孩子，说跑就跑啦，董二这时要是再闯出个事儿来，那可就给咱们又添了麻烦啦！倒霉倒霉，咳！真倒霉！"翠秀嘴里还叨唠着，就出屋又看"鼻子董"的孩子去了。

我们在这里愁容相对，是又觉着空气太闷，又觉着坐立不安。我想要追了鼻子董去，但是也不知道那"崔大爷"在哪儿住。其实这倒是立时就可以打听得出来，只是我又想：我去了，别说我发怯不发怯，试问我连一个“大顶”都不会“拿”，无拳又无勇，打崔大爷既打不了，拉“鼻子董”也拉不住，我又能够干啥？有什么用处与益处？我真觉着糟了！我只盼着“鼻子董”是个“假英雄”，他没找着崔大爷就回来了，那还可以叫我将心放下。

桌上有一个洋铁做的挂着许多灰尘的马蹄表，也不知是走得太快了，还是胡走，已经十一点多啦。翠秀到那屋里，把那病孩子服侍了一阵，据说是吃了点杂合面饼子，已不大发烧啦，可是还哭着要找他的妈妈跟爸爸。我听了觉着真惨！后悔不该来找“鼻子董”。这时翠秀已经回到这屋。她的那个兄弟，在天桥耍盘子耍碗帮他们卖艺的那男孩，耳朵都流血了，不知是在外边跟哪个孩子打了架，回来躺在炕上就睡。炕上那位白头发老太太也直呻吟。

“快手李”把几个烟头儿都吸净了，直打哈欠，他对我们已不再有刚才那“欢迎”的样子，只是他究竟还是一个“外场”的人，尤其与胡丽仙有“世交”的关系，不好意思向我们立时就下逐客令。我就转首向丽仙说：“我们得走啦！今晚董二叔要是不回来，明天我们再想法子打听他去吧！”胡丽仙跟梁普润也都随我站起了身，我又向“快手李”抱歉地说：“今天我们来的这趟，不但是真正地打搅，还，恐怕要……真是对不住！”

“快手李”说：“没有的话，咱们就是初交吧，可是胡大姑娘她是我的侄女，你老哥跟我们全都是为朋友的事帮忙，连‘鼻子董’，他今天就是死了，也无话说。你们先请回去吧！不要着急，明天我豁出一天不做买卖，咱们也得再想一个办法。我得找找测字的王铁口，因为他常给姓崔的跟别人说合事，能叫姓崔的抬抬手，息一息念头，也就完了，不然我还许去，也跟他硬干干！”他又说：“天太黑，翠秀，你帮着送一送你胡大姐，请他们回去吧！明天见，明天见！”

我们本来不叫翠秀送，但这位李翠秀姑娘是非要送送我们不可，拦都拦不住，推也推不回，她比胡丽仙可有本事得多了！丽仙却不行，这时她连刚才来的时候那点勇气，那点高兴劲儿也没有了。她原来是禁不起风吹的一朵花，空有个美丽的容貌；又像是受不得惊吓的一只小鸟，只会有时喳喳地叫几声。她不行，她的未婚夫更不行，他们两人现在简直一句话也没有了，走路时也不靠着啦。我就祈祷爱神，快赐予他们一些勇气吧！这只有一点月色的黑天半夜，这地下不是垃圾就是烂泥的道途，这一处一处连灯光也没有了，连个人也遇不到的贫民窟，使我的心头很沉重，我叹息人世的艰难。

在将要走到胡丽仙家门口的时候，我们又遇着了可惊的事情了。因为有一个穿着深色的短衣，也许穿的是西服，头戴着礼帽，身材十分魁梧的人，猛然对我们问道："你们是干什么的?"把我们全都吓了一跳。

我便上前客气地说："我们是在西边朋友家里闲谈了一会儿，现在才回来……"不想这个人立时向我严厉地呵斥着说："你躲开！没问你!"

梁普润就仿佛乡下人见了官似的，发怯地冒犯似的问说："你，你是哪儿的呀?"

这人却跟着又说："少说话!"我一看就明白了，这个人是"公家人"，他不跟男的说话，却专向女的去盘查。

胡丽仙指着说："那个门儿就是我的家，你还不准我回家去吗?"

这人似乎笑了笑，然而态度依然带着威胁，说："你别说啦！别以为谁不认识你，你的家没在这儿……"

丽仙当时就生气地说："你说我的家可在哪儿啦？你这个人是怎么啦，疯了吧？我可要喊巡警啦!"

这人却笑着说："派出所离着这儿很远，再说我们崔大爷，早就在那儿报了案啦!"

丽仙惊得往后退去，说："哎呀！你们报了什么案？你是崔……"

这人向前进了几步，似乎有点儿和气，可是更为恶毒地说："不必多说，姨太太你就跟我回去吧！大爷在那儿正想你啦，说是现在什么都不追究啦，你拐走的那两万块钱、三只钻石戒指、四副金镯子，还有他的图章，要是交不回去，他也都不要啦！只望你回去，以后安分跟他过日子，吃喝玩乐，都不要紧，就是别再跟别人跑出来……”

丽仙吃惊地喊道：“你说的这是什么话呀？”

梁普润也赶过去，说：“你认错了人了吧？”但，这时我已经看明白了，姓崔的好刁恶呀！真无赖呀！

我刚要往近走去，那人还在说：“快跟我走吧！我是受崔大爷的吩咐，你别叫我为难呀？姨太太……”只听得吧吧吧，原来李翠秀早就气啦，此时跳过去，一连串就打了这人三个大嘴巴。

李翠秀说：“谁是你们的姨太太？你敢帮助姓崔的半夜里来欺负人？”

这人说：“你是干什么的？你这女人，为什么打我？”他沉着脸，也很生气，也要打的样子。

李翠秀却说：“我是干什么的你问不着，你快滚蛋！快去告诉姓崔的，他想要讹人呀？不行！这个地方，虽没处讲理，可是有人专打不平！”说着连踢带打。

那人也还手要打，却被李翠秀吧吧地又打了两个嘴巴，然后又是一脚，踢得那人叫了声：“哎呀！”腰弯了半天。

李翠秀又从地下拾起来一块大砖头，砰的一声，把那人的礼帽也打掉了，头大概也打破了。李翠秀又骂着：“你找人去吧！我在这儿等着你，你们来多少人我也不怕。什么两万块钱？什么钻石戒指？你再多说一点才好。你就让姓崔的来吧！叫他来找我，我姓李，在天桥变戏法；我先揍你，再揍他！”说着，过去又要打，我和丽仙赶紧把她拦住了，她还跳起脚儿来向那人骂。

那人这时也不再蛮缠了，就拾起来他的那顶帽子，摸着头说：“行！只要你们有人叫出字号来就行，我回去就照你们的话告诉崔大爷！”

李翠秀又扑上去要打，说：“什么崔大爷？他个臭地痞，仗着亲戚有几个臭钱，就这么来欺负人？恶霸也不能像他这样，叫他小心着好了！”

那人走出了很远，才回过头来发横地说：“你们也都小心着好了！”李翠秀还愤愤地骂着，我同梁普润又向她直劝，胡丽仙是又哭了。

我们回到胡丽仙的家里，除了李翠秀还在骂，还在生气，我们却都只有发愁。胡丽仙是哭得愁得简直要寻死。我就说：“你也不要太软弱了，这件事，咱们不怕什么。姓崔的胡讹，说你是他家的什么姨太太，拐走了他家的什么东西，那丝毫也无用；到了法庭上，我们告他一个捏造事实，侮辱人的名誉，妨害人的自由，那他就得吃亏。他这样办，更显出来他是太幼稚，太没有知识了。我看他的手段也不过如此，派个人来胡讹讹，浑搅搅，这只要咱们这儿有李姑娘这么一位武艺高的人，就不足为虑！”

丽仙哭啼抹泪地说：“我是想，这将来可怎么办呀？”

李翠秀说：“将来还是这样办！谁要来了，我就打他，打出天大的麻烦来有我啦，不用你管。”

丽仙掩面痛哭着说：“我不管？可是大家还都是为我一个人呀？事情还是我给你招来的呀？没有我，不就没有这些事情啦吗？”

梁普润就说：“这不能够怪你，是我们全都不幸，才遇着了恶人。”他恨不得要去替他的未婚妻擦眼泪。

我说：“这样长了，也实在是不行的。丽仙在这里太孤单，再说普润……”我对着这愁得急得要死的少年说：“丽仙虽然跟你订了婚，但是你们尚未结婚，你们的关系究竟与夫妇不同，社会上看待她，依然是一个可欺的少女。假定你们明天就结了婚，她就不必在这儿住了，到你家里去住，总比在这儿好些。同时，她也成了太太，将来真打起官司来，你也可以做她的一个有力的保护人，所以，我主张你们马上就结婚。”

梁普润着急地说：“来得及吗？”

我说：“有什么来不及，你家里都有什么人吧？”

梁普润说："有我母亲，有我一个妹妹、两个弟弟……"这时他那姨母在外屋说："还有你的姥爷哩？"梁普润点头说："对啦！还有我的外祖父，也在我们家里住。"

我又问："那么，我只问你有空房子没有吧？能不能明天，丽仙到了你们那儿，就有你们小夫妻两人住的新房？"

梁普润说："那倒可以临时腾出来，只是也还没有刷新，什么全没预备。"

我真有点生气啦，我大声地说："你们还要刷新做什么呀？不预备就不能够结婚吗？"

我又说："现在你们的事情已这样危急，什么也不能再考虑了，就是应当快结婚！明天就同居，我去给你们贺一贺喜，也不用请谁吃饭，就完了，以后假定再有什么事情也就都好办啦。我问问你们，你们愿意吗？"说着我就望着丽仙。

丽仙擦着眼泪，先把头点了点，然后就把头低下去了。梁普润也点头说："我也愿意，就这么办吧！现在我就回家去，明天……"

我说："明天一早，雇一辆洋车，就叫丽仙到你家里去好了。以后你们几时有工夫，几时有了富余的钱，随时还可以补行婚礼。"

这时，站在旁边的李翠秀，喜欢得直拍手。我就向她说："我跟普润要走了，你能够在这儿多待一会儿吗？"

李翠秀说："今儿我不走啦！我想给胡大姐做伴儿啦！反正我爸爸也知道我上这儿来了，我不回去，他也没有什么不放心的。"

我点头笑着说："好！就请李姑娘在这儿住一晚吧，明天还要请你做伴娘呢！"

李翠秀说："哎哟，我可没有衣裳。"

我说："还要换什么衣裳？这都是因陋就简，再说又事不容缓。早先那封建专制时代，平民听说皇上要选秀女，吓得就随便抓住个年轻的人，立时叫女儿结婚。现在跟那年头还是一样，皇上比以前更多了，还都是些昏君，连崔大爷也可以称为一个土皇帝……"我觉得我说的话也太多了，不对，应当叫丽仙在惊惧之后休息休息，明天还有更多的事。我遂就请李翠秀送我们出了屋门，并请她特别地将门全都关好，我说了声："明天见吧！"就同着梁普润走了。

因为此时夜深荒冷，梁普润是住在西城，所以看他简直是又害怕，又像是走不动了，我就找了一辆"拉夜晚"的洋车，叫他坐上，并嘱咐他说："明天千万按照决定的办法！上午九点钟前，最好给我打一个电话。"他都答应了，就坐着车走了，我这才松了一口气。

固然，我对于"鼻子董"手提扎枪一去没有下文的那件事，还有些不放心，但我想：他不是一个弱者，他有勇气与力量，不会吃什么亏的。他又在天桥谋生多年，当然做事也懂得点深浅，不会闯出什么大祸的。刚才他大概是多喝了一点酒，可是一走到那儿，酒劲儿一消，他自然不会弄出来什么人命；顶多去跟"崔大爷"吵一吵，质问质问，大概也就完了。这样的人也是不可以少的，假如再没有了这种会管闲事、打不平的人，那些狡诈者、以财势凌人者，必更无所忌惮了，别人更加没法子活了。所以，我对于"鼻子董"倒不怎么挂念了，并对我今天这回"促成了人家的好事"，实在是既满意又高兴，仿佛我作了一篇好文章。回到寓所我就睡了，梦见我也结婚了。

次日我起来，已是八点多钟，到了报馆经理部就九点多了。我等待着梁普润打电话来，请我去参加他们的"婚礼"，我并已经预备好了一个红封套，装着两元钱的份子，可是左等右等，电话也不来。

直等到十一点，电话忽然来了，我赶紧去接，一听，真是找我的。那边问说："你是某某某吗？"我听出这不是梁普润的声音，就有些诧异，我答复说："不错！我就是呀！"那边说："你认识天桥的刘宝成吗？"我说："是啊！我认识他，你是谁吧？"那边却很凶横地说："崔大爷叫我来警告你，以后你可要小心！"接着吧的一声，震了我的耳朵一下，那边就把电话挂上了。我发着呆地放下了听筒，我的一阵高兴就全都消了，我已经感觉到，事情必是全部变得更为恶劣了。

第四回 “鼻子董”的扎枪

我惊惶地急着想出门去打听，但是我在这里还有一些职务内的事情没有做完，我也不能当时就走，趁空我就到“编辑部”，去向那位外勤主任，打听今天有什么关于殴斗、打架或凶杀的新闻没有。外勤主任告诉我说：“昨天夜间，东城出了一件事。是有一个人不知为了什么事，用扎枪伤了一个，听说还是很有钱很有名的人，已经派记者详细地采访去了。”

我知道这是“鼻子董”弄出的事，大概扎枪也不会就将人扎死的，顶多了，这个新闻算是一个“凶殴”。我又问：“还有别的新闻吗?”外勤主任说：“不知道了，现在还没到下午哩，这一天社会上将要出什么事情，谁能够晓得?”见这位主任有点不高兴了，我不能再问，便赶紧回到经理部又等待着梁普润的电话。

我希望刚才那个对我“警告”的电话，仅仅是为了“鼻子董”的事情，胡丽仙那边却依然是很好。她那边一点没事儿，梁普润雇了一辆洋车，不，他要是有心眼，经济再不成问题，他应当叫一辆汽车去迎接他的新娘。那边的胡丽仙，我就不信她没有一件漂亮的衣裳，她应当穿戴上，再换上一双鞋，也不必是绣花红鞋，只要别再穿白鞋就可以了；就由那位比“穆桂英”更有本事的李翠秀一半给她当伴娘，一半是保镖。这时候大概已经“迎娶”过去了，可是，难道他们是没有工夫，为什么不给我打个电话来呀？

待了半天，我又跑到编辑部。那位奉派到东城采访“用扎枪凶殴”新闻的外勤记者，已经回来了，我就以一种好奇的态度，向他打听昨夜那件事的详情。这位记者也很爱说话，据他说是这样的：

在东城贵人胡同住着一个崔某，家里很有钱，因为与某显贵有亲戚关系，故也活动到了一个位置，越发的显赫而骄傲了。他本来在天桥颇有势力，那里有许多流氓都听他的指挥，同时也有一些老实人受他的欺负。最近他因为阔了，不常到天桥去了，可是他仍然统治着那里的一切，如若有人在那里说他的闲话，他立刻就能够知道，而且只要他稍施手段，就能令人吃不消的。他还好玩女人，除家中的妻妾外，还有几处外家。随着他钱财的日见增多，手面越来越阔，势力日趋雄厚，他所玩弄的女性也是越来越多了。

最近，就为了这两项原因，他与在天桥耍刀枪卖艺的“鼻子董”结下了嫌隙。“鼻子董”既以练武卖艺为生，便有些江湖游侠的气概，常在天桥骂他，当然，因此更遭受到他的压迫。“鼻子董”一怒之下，便于昨晚九时许，到了崔家门首。他是携带着他卖艺所用的那杆扎枪去的，但他先把枪藏在了墙根，他到门上一问，听说崔某没有在家，他就走了；崔家的用人不认识他，所以也没有对他注意。直至夜深十二时许，崔某才自外边“应酬”完了，回家来了。汽车停在门首，他才走下车，在胡同里伺隙的“鼻子董”就先徒手过去，将他揪住，同他讲话；向他询问的事，据说是为了崔某最近曾用了种种毒辣手段，谋夺一个贫家女子，“鼻子董”为此事才来打不平。

崔某气焰甚大，哪里肯听他的？因此二人动武。崔某有自卫手枪，当时即出枪向董射击。董本善技击，身手敏捷，见枪早已闪躲，故未被射中，且乘势立将崔之手枪击落于地，而回身取其长杆红缨之扎枪，向崔某怒击。崔之家人，闻声齐出，一面呼警，一面助战。“鼻子董”殊有常山赵子龙之勇，枪舞如飞，所向披靡，崔某竟肩中一枪；唯因董之枪又锈又钝，故未伤到要害，流血亦不甚多。及巡警闻声赶到，“鼻子董”早已曳枪远扬，不知去向矣，闻正在缉捕……

这就是我们这位同事采访来的一段“社会新闻”，尚称得起详细而且切实。我可以由此想象出昨夜崔家门前殴斗的情形，“鼻子董”给崔大爷这一下惩罚原也是对的，不过……这也是我这“胆怯的人”的一种见解了，我总觉着“鼻子董”昨夜愤然而去，到了那里就扎了崔大爷一枪，这种举动，虽系由于义愤，究属有点鲁莽！不但不能因此就叫崔大爷胆寒而改悔向善，相反的，恐怕因为激怒了他而更加深仇恨，于事无补。

我又回到了经理部，又等候电话，但直到下午两点钟，仍然是没有来。我可真疑惑了，想着“鼻子董”昨夜虽然没有闯出来什么大祸，可是胡丽仙那里，恐怕也已经发生事故了。

这样的感觉一冲到我的脑里，我立刻就坐也坐不安了。我急忙走出报馆，可是我又想起了刚才接到的那电话警告了，我就不由得向两旁看了看，随即雇上了一辆车。这两天我的车钱实已花了不少了，这样能够把我弄穷了的。

我就揣着一种冒险的心情，过了天桥，又到了金鱼池。此时我仍然有一点希图侥幸的心理，在未曾迈步向胡丽仙的家门里走的时候，我还希望那边并没有什么事：胡丽仙当然没有在家，她于今晨已经被“娶”过去了，这里大概只有那姨母看守着她的屋子。所以我往门里走的时候，并不确信我心中的恶劣的猜想，能成了事实。

及至我到了院里，看见，那屋门上挂着锁头，我才忽地吃了一惊。然而我还想：许是那位姨母也跟随着过去了？那是当然的，还不过去帮助帮助娶外甥媳妇吗？这里的房子大概也快要退租了，又有什么可看的呢？

我疑惑地想着，在这院里又稍稍地徘徊了一会儿。这里的邻居，也是一位中年妇人，就抱着一个孩子走出屋来，赶到我的身旁，悄声说：“你是要找胡大姑娘不是？你快走吧！这儿，昨天晚上，半夜里两点多钟，出了大事啦！”我听了，当然就大为惊愕，这个妇人又说："这儿的胡大姑娘，跟给她做伴儿的一个李大姑娘，全都被人用汽车抢走啦！"我变色地惊问说："什么？"我简直不相信现在这世界上竟会有这等的事。

这妇人又说："你快走吧，她们把崔大爷给得罪啦！崔大爷那么厉害的人，还能够惹得吗？昨夜里是崔大爷派来的汽车，人来了七八个，跟那个李大姑娘还打起来啦！后来连李大姑娘也给推着揪着的，装进了汽车，呜的一声，就开得没有影儿了！"

我听了，真替李翠秀担心，并深觉歉悔。本来，昨天晚上我们要不去找她，她哪至于在这里遭劫呀！我又赶紧问："那姓梁的……"没容我说完这句话，这妇人就说："你问的是胡大姑娘那个没过门成亲的女婿吗？"我点了点头，心里却凄惨地想：他们原是决定的今天就要娶呀！

这妇人摇头说："他没来，他的姨妈不是住在这儿吗？昨天夜里受了一顿惊吓，在抢走人的时候，她在旁边也不敢多说一句话，她也气极啦！今天一清早，她就把门倒锁上啦，走的时候还直哭。我们这儿家邻居都出去嘱咐，叫她千万劝她那外甥，别上这儿来啦，因为崔大爷恨的就是他跟胡大姑娘订了婚啊，崔大爷把他订的媳妇都抢走了，也不能够就饶他呀。你也快走吧！别再上这儿来啦，这儿没有人不要紧，只要有人，还许出事……"

此时，其他的屋里住的邻居，老太太、妇人、小孩，还有一个像是拉人力车的男子，都出来看我，他们偶尔彼此小声地说一两句话，可没有一个敢发议论的。这个院子是这么狭窄，这么污秽，而又这么的岑寂，昨天深夜，在我与梁普润走了之后，谁能料到却会发生一幕这么紧急、严重，硬抢走两个良家姑娘的事情！这成何世界呀？我要对天起誓，把我那"希图侥幸"的心理完全驱散。这妇人说的话，绝不能不确实。这一定是那崔大爷于昨夜被"鼻子董"用扎枪刺伤之后，同时这里那个被李翠秀打走的人也跑回去向他说了，他就一怒，索性硬来，这才出了这件事，恶势力实"不可侮"啊！有钱有势的人，真不可以"触犯"呀！

我又走出了这个门，我也真害怕了，我考虑的是崔大爷是不是也真要对付梁普润和我呢？我又极端恶劣地想象着：这时候，“鼻子董”正在被追缉，他那病儿子还在饥饿中；“快手李”在焦急地寻找他的女儿，而他的女儿已押在崔家正在被毒打；胡丽仙恐怕是已经受了污辱，正在哭泣，崔大爷一定是正在狞笑……

我现在关心的是梁普润，因为昨天是我主张的叫人家快娶亲么，如今人家还娶什么亲？我并不是想去安慰他，我是得找他去，得再行设法。

幸亏昨晚我已经向梁普润问明白了他的住址，于是我赶紧又坐着洋车，去往西城；找着了他的家，一看，倒还是很整齐的一所小房。我叫了半天，才有人开门，是一个穿灰布大褂的，他承认这里住着一个姓梁的，在火车上做事，但是他拦住我，不准我进去。我就说出了我的姓名，并说是为梁普润的未婚妻的事情，来找他谈几句要紧的话。这位灰大褂的先生，好像是这里的房东，这才回到门里，喊了一声：“外边有人找梁普润来啦!”

我相信梁家的人在里边听见了，一定先要吃惊不小。果然待了半天，才见是那姨母探头探脑地从里边往外来瞧；瞧见了是我，她那惊惶的脸才恢复了原来的颜色，她就说：“您快进来吧！普润现在简直要愁死啦!”我走进来，她随又赶紧去严紧地关上了大门，让我进了屋。

我一看，这屋里已经收拾好一半了，墙虽不新，可是已经黏上了红纸写的双“喜”字了，还有“天作之合”“举案齐眉”等等，也都是红纸写成的祝颂词、吉祥语。然而现在，只有梁普润一个人躺在一张铺着红绸的新被褥的床上，捂着脸在发愁，一定还流了不少的泪。

第五回　未婚妻被抢走之后

我见了梁普润这少年，我可也没有法子劝慰他，因为他所受的这刺激，行将结婚的那么好那么美丽的爱人突然被别人给抢走了，这是任何人也经受不住的。他也生气，他说他要找那姓崔的去拼命，但他可又不站起来；他说他要打官司，他也不即时就去递状纸。他的姨母、他的瘦弱的母亲和那也仗着他养活的外祖父都来劝他，并拦阻他不让他出门，因为他在路局是已请了一个星期的“结婚假”。

他的母亲还说：“你订的那个媳妇是个祸害精！当初我本来不乐意，都是你自己乐意，幸亏还没娶到家里来，就出了这事；要是娶进来，还不定要惹出什么事来了！咱们跟有势力的人哪斗得过？你爸爸死了七八年啦，我拉扯你容易不容易？咱们以后再另订另娶吧。那姓胡的丫头爱怎么样怎么样，咱们不用管她。你要是光急光哭，把你弄出个好歹来，那可我就是……白把你养得这么大了……”

在这种空气之下，我也实在没有法子再待，所以我又宽慰了梁普润几句话，应得赶紧替他去想办法，我就走了。

我先回报馆，请求我那倪老师主持正义，在那段新闻后边再续一段：“光天化日之下，硬抢去两个良家女子……”，并请他作一段“短评”，以使社会公正人士注意。却不料我这位老师，人太谨慎了，他边摸着眼镜边摇头说：“这事情里边恐怕还有内情吧？北京的流氓也不可以得罪呀！”他反倒把人家记者采访来的那段消息，用笔给涂了又涂，改了又改。我真觉着气闷，但又有什么法子？除非现在刘宝成回来了，或是使“双刀太岁”复生。

我由报馆回到旅舍，心里急得在屋内乱转，如同热锅上的蚂蚁一般。我原应当到“快手李”的家里去看看，去打听打听，可是这时候就已经不早了，外边的天都快黑了，我因为曾经接到过“警告”的电话的关系，所以我也不敢出门。

第二天，我可非得到“快手李”的家里去看看不可了，因为人家多么无辜呀！只因为我们到他的家里去拜访了一次，其实那天还不是想去拜访他，就以致把他卖艺的助手，帮助他谋求一家生活的那么大的姑娘，也被恶人抢走了；我要不去看看，实在说不下去。我明知道李翠秀依然被禁在崔家，说不定还许也被恶人所污辱，但我不能不去这一趟。我想“快手李”十有九成是要跟我翻脸，要扭住我，叫我去找他的女儿，这还是好的……但无论如何，我也得硬着头皮去这一趟。

天色还早，不过上午九点钟。我到了“臭水坑”那个地方，找着了“快手李”住的那个屋子，我就隔着屋门向里问：“李大哥在家了吗？”屋里问说：“是谁呀？”

我一听这声音，出乎我的意料之外，原来是李翠秀已经回来了！我可立刻就很喜欢，心里也紧张得直跳。不等人家开门，我就自己将门开了。看见屋里，李翠秀的辫子梳得很光，她穿着小夹袄、黑长裤，正在桌旁喂他们养的两条小蛇，这是他们变戏法用的，旁边还有瓷碗里养的金鱼和蛤蟆。

她见了我，只淡淡地说：“请进来吧，我爸爸没在家。”

我进了屋，可离着她很远的，因为我怕蛇，炕上又不能坐，她的祖母在被窝里。我问说：“姑娘，你是什么时候回来的呀？”问这话时，我是急盼着她详细的回答，同时仿佛自己有些惭愧似的，其实我可惭愧什么呀？

李翠秀手里拿着那么难看的蛇，就跟拿面条儿似的，她不慌不忙的，只是带着点气地说：“昨天这时候我就回来啦，我跟着胡丽仙到崔家去，是我自己愿意的，因为我得去看看，要凭着那几个小子，别说他们硬抢，就是磕头，我也不能够跟他们去！”这话叫我听了，仿佛是《儿女英雄传》小说上的十三妹在跟我说话了。

李翠秀又愤愤地说：“我去就为的是看看他妈的那崔大爷什么造像儿？我见了他，就要揍他，他家里保镖的可实在多，说真的，我上不了手。他又仿佛受了伤的样子，躺在大椅子上。我问他为什么没完没了地欺负人家胡丽仙？我抄起来桌上的茶壶想打他。他却拿出来他跟胡丽仙照的好几张相片给我看，有他们两个人站在公园里看芍药的，还有他们两个人不要脸的样子拉着手的，我一看，我就气不打一处来！他又说胡丽仙本来就是他的人，花过他不少的钱，拐过他不少的东西……”

李翠秀说到这里，我听了可真忍耐不住了，我就赶紧为胡丽仙辩护，连连地说：“不对，不对，你完全受了他的骗了……”

李翠秀急得几乎要跳起来，说：“难道相片还能够是假的？是他用泥捏了一个胡丽仙跟他在一块儿照的相吗？”

我说：“这件事情当初是因为胡丽仙一时……其实前后也不过是一两天的工夫，她确实陪着姓崔的到公园玩过……”

李翠秀一听这话，当时更鄙视地说：“这就完啦！”

我说：“但是胡丽仙是为维护刘宝成，她可怜刘宝成那时已经拉了车，希望崔某人别再和刘宝成作对，所以她曾对崔某假意地敷衍。这一定是崔某自己有照相机，有好的照相机，可以自己给自己拍照。再说，现在社交公开，女的与男的一块照了相，也不能因此证明就算是有什么关系……”

李翠秀生着气，又摆手说：“得啦！无论谁替胡丽仙刷干净儿，我也是不能信。我真没想到，学了些文明气派的她，竟是那么一个人！我们到了崔家，我向姓崔的骂，她却连一声也不吭；人家拿出相片来，她只是哭。人家哄她，要留她当小老婆，还答应她了几个条件：什么不算是小哩，给她自由，由她花钱，省得她一个人孤单哩，姓崔的还说：‘只要你点头，我就什么气也不生，刘宝成只要回来，我给他找事；那姓梁的，我也能够给他在外省找一个好事；“鼻子董”得罪了我，我也不追究啦……’你听，这姓崔的不是嘴甜心辣，一套他妈的胡扯吗？可是胡丽仙就点头啦！就愿意啦！恨得我真要打她几个嘴巴，觉得她真给她爸爸泄气，给刘宝成也泄气，给我们天桥都丢人！她又求我给她回来退房子，卖她们家那几件破东西，还叫我把这些事别告诉梁普润，气得我说：‘我不管！’没等到天亮，我就一个人走回来了。”

我这时候也没话可说了，心里也像被水泼过似的发冷。我总“佩服”崔某人的手腕恶毒，又深为惋叹，一个已经受过些“教育气氛”的熏陶，行将成为一个新女子的人，从此又被恶人的魔掌所摧残了！还是叫李翠秀喂她的那两条蛇吧！蛇比“人类”，还许良善一些。

我从她这里又走到天桥，见那“新闻人物”“鼻子董”已经拉开了场子，没事人儿似的正向疏疏落落的几个观众，要着扎枪和双刀卖艺。我没有再理他，也不忍得把这些令人伤心的事情，立刻就去传达给梁普润。

我烦恼得很，忽然想起应当到我早先服务的那处学校去看看，因为胡丽仙做过那里女生宿舍的杂役，那里还有一个舍监张太太，是胡丽仙的婚姻介绍人，我应当去探听探听他们的口风，他们都是“上流”社会的人，或许知道了丽仙的事，也能打不平，或者有点儿较好的补救的办法。我到了那学校一看，旧日的熟人已经没有几个了，舍监张太太也早不在这里了，我提胡丽仙，人家也不注意，好像都忘了她那个人。她不是这学校里某年度的“校花”，也不是过去这里为人注意的女教员，谁还能够记得她？我等于是碰了一个钉子。

过了两天，我在一张别家的报纸上，看见了一段“崔大爷”的启事：

鄙人次妻胡丽仙，前因家庭口角出走，今经亲友向之劝

> 解，伊已自愿归来。鄙人以感情既已恢复，当然不予再究既往。唯风闻该胡丽仙在私自出走期间内，曾与一梁姓者订婚，姑不论此事是否属实，倘彼与人立有订婚证书等情事，鄙人对之绝不承认；若有人以此要挟，或有任何之企图，鄙人不惜与之周旋到底，以维家庭幸福……

我觉着崔大爷这倒是多此一举了，他有那么大的势力，他还怕什么呢？不过我又疑惑这也许是专为给梁普润看的，好叫他死心，似乎是在对他说："别再找你未婚妻啦！她已经在我这儿过上日子了，你可以断念了。"我很可怜梁普润，他确实是太老实，但"老实"并不是罪过，并不是劣点。我现在已深深地相信，社会上至今还存在着"部落时代"的"初夜权"，梁普润是良善的子民，崔大爷就是一个残暴骄横的酋长。我只是不明白，胡丽仙现在究竟是怎么个心理，看她与梁普润订婚以后原是很亲爱的呀？

过了一个星期以后，这一天我在报馆里，忽然有个女的来找我，原来就是胡丽仙。她穿着漂亮的花旗袍，摩登的夹大衣、高跟鞋，成了"阔奶奶"了。她抹着口红，描着眉毛，看上去很是快乐，然而见了我，她却又哭了，她说："我来是求您告诉梁普润，我很对不起他，但是我没有一点法子。"

我问她为什么就没有法子，她说："我得顾及许多人，不然，那个麻烦得几时才能够了呢？崔大爷既是爱上了我，他永远不会死心的。现在我使他达到了心愿，于是，他也不再向'鼻子董'追究那拿扎枪扎他的事情了；现在梁普润那事他也不提啦，要不然，他能够把普润给害死。所以我想来想去，觉着我还是跟了他好……"

我说："但是，你未免太可惜呀！"她说："可惜什么？人生不过是这么一回事。"我说："这就完了！一个人的人生观若是这样，别人还能够说她什么呢？但是像崔某人那样的人，你能相信他会有一个比较长的时期'爱'你吗？"

她思量了一下，又说："光有爱情，没有饭吃，净是麻烦，也不好呢！”

我说：“你所说的，也好像是对的。但是人生不可只贪图享受，人生就应当不怕麻烦，不怕吃苦。你贪图享受，惧怕麻烦，避免吃苦，愿做一个恶霸的玩物，使坏人遂了心，这等于是奖励他，以后更得去做坏事，更得去欺辱人；你拥护封建的多妻制度，叫一些卑鄙的人更得崇拜恶势力与金钱，就凭这几点，你就不可以饶恕！”

她擦着眼泪，只说：“您不是我，您哪儿能够知道！”

我也觉着我与她并没有任何的关系，我又何必这样充师长，教训了人家一大顿！何况我已经看出来，她并不是不明白，并不是没有“良心”，她只是为一种什么势力压着，使她无力；被一种什么东西诱惑着，她拒绝不了。我不必责人过苛了！于是我们就改换了话题。

我问她：“刘宝成还能够回来吗？”她说：“他大概不能回来啦。”我又问：“你桂玲姐呢？”她说：“她时时想结婚，这么些日子还没有回来，必是在外省跟人结了婚啦。”她并且说：“我告诉你一件事，早先崔大爷的那个外家‘崔太太’，现在她可穷了，崔大爷也不理她了。她就在我们不远那条胡同，给人当了老妈子，她仿佛也老啦，天天接送她主人家里的小孩上学下学。”我心说：你将来要能够有那么一天，我倒许要敬重你！

她跟我又谈了半天的闲话，还求我再给梁普润介绍个女朋友，我就根本没有回答。她走了，我听见门外汽车响，知道她是走了，从此，在我的脑里抹去了一个胡丽仙。

第六回 胡丽仙的觉悟

北平的春天是凄凉的，时常落着细雨，气候寒冷，有时人们还得穿上棉袄。榆叶梅带着绿叶，娇媚地开着，但它是多么无聊呀，它还能够漂亮几天以供人开心呀？

我现在已经跟梁普润结成好友了，因为他受了他的未婚妻为强者所夺的刺激，弄得时常精神恍惚。他们路局里，也知道他的这件事，很有几个人同情他、可怜他，怕他时常在火车上，会出什么事，例如也许一时心窄，就寻短见而跳车。所以就有人自愿跟他调换职务，得到主管者的允许后，就把他调到总站上来了。这样他就可以不必上火车，而每日上午上班，四点以后就可以回家，这于他是有益的。

他的人很好，知识也相当丰富，只是因为家庭负担过重，所以使他变得很是老成，而缺乏一般年轻人应有的勇敢和进取心。他对于胡丽仙总是不能忘怀，实在是因为过去两个人太好了，他对于他们的婚姻，当初所抱的梦想太大了。一旦他的梦想粉碎，他就如同是生命被人夺去了，他日日地感伤，几至损害了他的身体，错乱了他的神经。

我要想法子宽慰他，我甚至真想替他介绍一个女朋友，可是我又认识谁呀？有一次我竟想把他跟那李翠秀撮合撮合。其实也是很好的，他同翠秀的年岁也相当，翠秀长得并不差，假如给他订一个李翠秀那样的未婚妻，有人要想欺负他们，可就不容易了；那李翠秀玩蛇像玩面条似的，连我都害怕。可是我又想：算了吧！谁知道李翠秀喜欢不喜欢他呀？关于别人的爱情，最好你不要做说客。

他下了班，就常找我来玩，礼拜日，我们更是常在一块。他还是专爱去逛公园，那个地方的男男女女多半是卿卿我我的，不是一个好地方，我倒是无所谓，只怕他看见了别人又伤心。依着我是除了天桥，只有马路可逛，他却嫌乱，偏要逛公园。

中央公园里的花木茂盛，画廊曲折。其实那里的仙鹤我最惬意，因为我看它像是一个永不会讲爱情，人生无烦恼的道貌岸然的老夫子，高傲得很，不像孔雀，见了穿漂亮衣裳的女人就要抖抖羽毛。可是这时公园中的芍药已经开了，因为已是暮春之时了。天又暖了，各地的阔佬们带着年轻的姨太太又都来啦，公园简直成了他们的御苑。我就劝梁普润不必再去啦，咱们两个都是光棍穷小子，跟人家挤着可有什么意思呀？梁普润却反倒像是生了气，说："怎么，难道咱们就没有看看芍药的权利吗?"我只好说："好吧！我就陪着你去看看芍药，也没关系。"

我们到了中央公园里，在芍药的花圃旁，就看见有那么些个男人、女人，男人多半是脑满肠肥，或是绸缎裹体，或是西服革履；女人的那些妖调华艳的打扮，更是叫人觉着可憎。人挤着人，真正的芍药我们没看见一朵，清幽的花香也一点没有嗅着，只嗅到了一些俗恶的脂香、粉香和什么"香水精"的刺鼻子的香味。

我就拉了一拉梁普润，我说："咱们走吧！何必要往里去挤呢?"但梁普润不听我的话，他依旧跟那些阔老爷、阔大爷们在一块挤，仿佛他不是为看芍药，而只是为赌一口气。他表现得倒很为积极，我的心里就想：他是因为未婚妻被人夺去了，他不能够去争，如今是以这同人争着看芍药，来"聊以自慰"吧？

我可不愿意跟他学，所以我就躲闪在一旁，站了一会儿。没有料到在这时候，我竟然又遇着了胡丽仙。

胡丽仙现在穿的是女洋服，只差没戴上眼镜，不然她可就更“文明”了，居然学会了“女博士”的派头。我现在真不愿意见她，但是我很惊讶，因为她现在比前些日瘦了许多，看上去抑郁而忧愁；在物质方面她虽已经是不错了，可以比得上一些阔太太们了，但精神方面，好像大不如从前。

她看见了我，先对我点了点头，似乎要跟我说话。但是她的“丈夫”崔大爷，洋服、皮鞋、照相机、手杖全份的装备，在跟着她了，我自然也不好跟她说话。所以我们只互相地看了一看，他们便走过去了。

我赶紧就叫着：“普润！咱们走吧！”我把梁普润从人丛中拉了出来，叫他赶紧跟着我去走。我做的可能过分了一点，我是极力不想叫梁普润与胡丽仙再见面，因为我觉着已经是“覆水难收”，何必又增添麻烦呢？梁普润这个青年人，精神上实在不能再受什么刺激了，所以我就拉着他快些走。梁普润这时还很气愤，他的气我知道他并不是对胡丽仙而发，因为他并没有看见那边的胡丽仙和崔大爷，他却是向所有的人生气；他尤其气恨那些拉着女人的阔先生和阔老爷，他似乎更恨女人。

我们由这里又往南走，我想拉着他离开这个公园，可是他偏不愿意走，直说：“忙什么的？在这里多玩一会儿吧！我回到家里也是寂寞，找人说话，没有人和我说话；找书看，可我又最怕看描写爱情的小说，看了有时就能一个人在屋里气得跳起来。我时常怕我要发疯，又时常想要毁灭我自己！”

我说：“你这就不对了！一个人实在不应当这样。世界是广大的，学问、事业，人生诸般问题，无论哪一样都足以供人研索、追求，何必把自己陷在一个小圈圈里，无谓地回忆早先那一些爱情上的失败而自寻苦恼呢？那是不对的。”

他也不言语，只是又往西边那人最多、也是女人最多的回廊上走了去。他到了那里，什么也不看，只在廊子的栏杆上一坐，我也只得随着他就坐下了。我掏出烟卷来，这东西早先我是非常憎恶的，假若有人在我的对面吸烟，我都觉着头疼，但是这一年以来，我竟离不开它啦；每天至少要吸十支，一小盒，把我的大褂烧得净是洞，手指头也熏黄了。我知道这是我生活堕落的表现，但也是因为失意潦倒所形成的吧！我不必劝导梁普润了，我们全都是意志薄弱的人，这应当羞愧！

我在这儿吸烟卷，他在旁边坐着发呆。隔着水塘的柳丝随风摆弄着，还有茅亭、土山、板桥，好像一幅画得很“匠气”的山水画，而我们的身后，却不断地响着皮鞋和轻巧的高跟鞋的声音，响亮而有节奏。我们都不回头去看，但是他们一边走，还一边笑语相谈，使我们听得很清楚，都是一些欢乐幸福、得意甚至是肉麻的言语。我在这儿倒不要紧，我却恐怕梁普润又因此受了什么刺激，所以就将我的半支烟掐灭了，我又说：“在这里没有意思，咱们走吧！天还早，上天桥去玩玩吧！”我用力把他拉起来，他还皱着眉说：“天桥又有什么意思呢?”我说：“总比这公园里……”

就在我说这句话的时候，我就看见胡丽仙由北边来啦！现在她只是一个人，而且直眉瞪眼地走得很急，我就仿佛又有点儿慌，赶紧拉着梁普润，想再逃走，我的意思是真不愿意叫他们两人又见面。我极力地想要叫梁普润别把视线触到胡丽仙的身上，最好是叫他莫名其妙地这就跟着我去跑，跑出这公园，逃出“美人关”。我实在是好意，可是胡丽仙还没来到我们的临近，就先高声地叫了；她似有怨意地，而且不顾旁人对她的注意，就带着哭声说：“普润！普润！你为什么躲着我呀?”

我想去堵住梁普润的耳朵，可已经来不及，他已经听见了，他也又惊讶又喜欢地看见了。这好像……我拟一句戏词吧，是“浪打的鸳鸯分复聚”，我再撰一句吧，是“断肠人又遇到了断肠人”！他们真的几乎是在“抱头痛哭”了，我站得远远的，也不由觉着鼻子发酸。

我见胡丽仙，跟上回她到报馆里找我去的那样子，是截然不同了，她似乎已经恢复了她的灵魂与良知。她实在是瘦了，她虽然穿着呢质的“女洋服”，然而似乎急切地需要温暖。胡丽仙并没顾得理我，我也故意地躲开他们几步。我见他们二人紧靠在油得很新的廊柱之旁，手儿互相地拉着，默默地相望着，眼睛里都满含着泪水，泪水里涌溢着他们的亲爱、悲痛之情。他们都好像是不会说话了，就像是那嘴里要跳出来他们血淋淋的心。我为他们不住地祷告上帝，叫他们把话都快说出来吧！说完了，就叫他们各自走吧！

胡丽仙说：“普润！我对不起你！……”她的泪水就随着这句话，流了下来。她又问说：“你恨我吗？”

梁普润却摇头说：“我一点也不恨你，我只恨我自己！”

胡丽仙又说：“我告诉你，我真没有想到，我竟会离开了你！跟着姓崔的这些日子，谁也不会原谅我，我自己也知道我不好，可是当时的那种情形，他那么厉害，那么狠毒，他要杀你、害你，我也不能够跟你说。反正我做的事情是对不起你，我的心，可是还是为你。今天我见了你，我就为告诉你，我在姓崔的家里再也住不下去啦！他的那些个小老婆、大老婆全都是一群老虎，时时想要吃了我。姓崔的干的那些事，我也看得更明白了，他简直就是整天拿损人、坑人、害人、欺负人、算计人，来挣钱养他家里和外头的那些小老婆。他还是看见了别人家的稍微好看点的姑娘就起心，什么手段他都能使，我就是这么叫他害啦！这几天他又惦记上李翠秀啦，听说他为了这事，还又上了两趟天桥……”

这时我就走了过去，我说：“丽仙，现在你已经明白了吧？”

胡丽仙看了我一下，说：“当初我也不是糊涂。”

我点了点头，就说：“对，当初你就是一个聪明的人，你为的是牺牲自己，而维护普润，可是这种下井救人的事情，我不敢说就赞成你。现在那崔大爷在哪儿啦？我见他刚才还跟你在一起，怎么就看不见他啦？”

胡丽仙说：“他在那边遇见了一个朋友，一块儿到茶社里去商量事了；是打算花钱运动什么巡阅使的七姨太太，要活动什么肥缺，所以他也顾不得我了。我是借着上厕所为名，离开的那茶社，因为我无论如何，也得来跟普润说几句话，我得叫他明白我……”说着，又惹起她的悲伤来了，眼泪又不住地往外溢。她拿着手帕直擦眼泪。过往的人对她都扭着头来注意地看。

我就觉得不大好了，这要叫报馆的记者遇见，又得登出新闻来：“公园内一幕爱情的戏剧”，或者说是“哀情的戏剧”，因为现在梁普润也哭啦。万一那个崔大爷这时也找来呢？那就又得“动武”，事态演得必然更大。所以我就向胡丽仙说：“算了吧！我们没有人误会你，全都对你很了解的！假定你有什么不好，那也不怪你，那怨社会。现在我看你的生活，虽然精神上难免痛苦，可是物质上一定还不错，我只盼望你利用这时的环境，赶紧去学一种技能，以便能够自立。因为你也明白，永远指望姓崔的是不行的，他喜爱你不过是因为你年轻，但人能够永远年轻吗……”

我还有许多的话要说，可是说不出来，因为我觉着那太残忍了，对于一个不幸的，而且并不是没有良心，没有觉悟的女子，实不该把话说得太过了。所以我就不再言语，仍是想拉着梁普润走。谁料到梁普润与胡丽仙一经见了面，便又难解难分，在这人来人往的地方，他们两人的手儿相拉着，简直就好像不能够放开了。

我心说：这不行，崔大爷来了一看见，麻烦立时又得起来。早先胡丽仙是梁普润的未婚妻，崔大爷都能够把她硬夺了去，现在她已经住在崔家这些日，已经是崔大爷的“人”了，崔大爷更算是有了权利了。梁普润哪能够斗得过他？崔大爷是比以前更为可怕了，因为他的身份已经由一个天桥地痞，变成了一个有势力的官僚。我就说：“这里的人这么多，你们这样不好！以后或是你们再订期见面，或是你们各自去努力，虽然不能成为家庭中的伴侣，也能成为人生上的伴侣，普润，咱们走吧……”

胡丽仙忽然急急地说：“我也跟着你们走。”

我可真有一点慌了，并不是我怕事，但这如何能够办得到呢？崔大爷还在那边等着她呢！她忽然跟着我们走了，这行吗？也不知是何人给予梁普润的胆气，他竟然与胡丽仙相挽着手，就往公园门外走去；走得还很快，把我都不睬了。我倒替他们不住地回首，恐怕那崔大爷能够追来，可是梁普润与胡丽仙居然就大模大样地走出去了。

我倒觉得这件事变得太快，他们就这么“破镜重圆”了吗？就去结婚去了吗？我此时对他们当然不能够拦，也无法劝，我只好也赶紧跟着他们走出了这个公园。我不是怕崔大爷自后边赶来抓住我，而是我倒要看看，这一对经过一场忧患，连“未婚夫妻”的名义都谈不到了的青年男女，他们究竟要如何？

第七回　西郊暂避

这公园的正门以外，就是伟大的建筑天安门啊！天安门是故宫的大门，也就是明清两代皇帝之家的家门口，有雕刻精美、造型宏伟的高高石柱，据说这叫作“华表”；并有数座白石栏杆的长桥，卧在御河上。有庄严、高大的故宫城垣，上有画栋雕梁的门楼；有东西南北交纵的石头铺平的望不见尽头的“甬道”；有红、黄、绿、蓝各色发光的琉璃瓦的檐脊；有朱红色的围子；和一切的豪华、伟大与古老……

在这之间往来的车和人，实在不少，而梁普润与胡丽仙就手儿相挽着，身儿相傍着，徘徊、流连、相谈又相视。我因为离着他们还很远，也听不见他们在那里说的什么话。我倒很替他们着急，我就觉着，他们要是有勇气的，应当这时就不顾一切地去走，还是依着我早先的那个主意，回到梁普润的家里就同居，以后有什么事情再说；要是没有勇气，那就趁早叫胡丽仙再买票去进公园，一声别吭地回去找崔大爷，梁普润也就只当是又做了一场梦。像这样地徘徊不去，似乎是拿不定主意，总有点危险，倘若崔大爷这时追出来，麻烦可实在是不轻！

忽见梁普润点着手叫我，我就赶紧过去。还没容我给他们两人出主意，胡丽仙就急急地对我说：“您赶紧到一趟天桥，见着李翠秀，叫她赶紧回去，我们就在她家里等着她啦。这事情很要紧，您跟她说话的时候，最好别叫外人听见，她爸爸跟她兄弟听见了倒不要紧……”

我连连地摇头，我说：“这不大容易办。李翠秀她已经骂过你们不要脸啦，你们千万别去瞎耽误工夫，去找钉子碰了，那拿着蛇就跟拿面条儿似的姑娘，恐怕也不会帮你们什么忙的。再说，丽仙，你总算是在天桥吃的亏，那个地方……李翠秀的家离着天桥有多么近呀，你们怎可以再去？”

胡丽仙气愤愤地说：“这事情也是为她好，又不是全为的是我，无论怎么着，也得叫她赶紧回家去，我好把话当面告诉她。得啦，您就快辛苦这一趟吧。”说着，她跟梁普润就叫来了两辆洋车，坐上往南去了。我倒怔了一怔，我又怕耽误了他们的事，所以也赶紧雇上了车，往天桥去了。

刚才我要拉着梁普润到天桥玩，想不到现在我独自个就来到天桥了。我今天还有特别要紧的事，心头很紧张。见“大金牙”“小金牙”都在那里拉洋片：“喂！看了一片又一片呀……”“云里飞”正在那边唱着滑稽戏，“大兵黄”又在那里骂着：“日娘的……”我却都顾不得看，我就直眉瞪眼地冲进稠密的人群，找到了“快手李”的戏法场。

这里正在咚咚咚铛铛铛地响着锣鼓，因为天色才不过下午五点钟，正是热闹的时候。来这里游逛的人，比公园里看芍药的不知多几十倍，然而这里的景物可与那公园截然不同：这里没有芳香美丽的花，没有高贵奢华的游人，来这里的大约都是些失业者、流浪的人，在此排遣他们的苦闷。

“快手李”老头子，把蛇像小辫儿似的盘在他那白发稀稀却被太阳晒得焦黑的光头上，弄着那原始的简陋的戏法，他的儿子在连串地翻跟头。他的女儿李翠秀姑娘在飞舞着三把又尖又快的短刀，每个刀柄下都有一铜环；她双手不停地总要接住两把，而使一把在空中飞舞，铜环就哗楞楞地响，招得一些围观的人都说：“好！好！”

但是待一会儿要钱了，他们又都很机巧地溜走了，散开了。

“快手李”头上的蛇还在蠕动着，他手里拿着锣，气得脸都白了，向着一些溜走的人大骂：“你们是回家看看，窝头蒸得了没有吧？妈的，看完了玩意儿就一走吗？我这老头子，跟我们这么大的姑娘，这么热的天，就给人白练，不吃饭了吗？‘人穷当街卖艺，狗穷拦路伤人’。我们爷儿三个，干这是没有法子。诸位先生们，有钱的扔几个，帮我们爷儿几个一顿粥喝；没有钱的，请站着给我们捧捧场，我们绝没有话说。要是他妈的拿我们开完了心，转身就一溜，那就叫他离开这天桥，就撞上电车，叫他养下孩子没有屁眼儿……”

由他这样破口大骂，人还是走得精光，可怜地下才扔了不到十个钱。我就觉着他们干这个不行，干这个不能够混了，同时我看出李翠秀姑娘也比前些日更瘦了，更显得穷了。我真不好意思向人家这挣扎于生活线上，尤其是向这劳顿无告、练了半天流了些汗、没挣到几个钱的愁眉苦脸的姑娘李翠秀，又去烦人家，管那无味的闲事，帮胡丽仙那么一个虚荣女子的忙。我怎向人说得出口呢？所以我就在那里徘徊、犹豫着。

李翠秀姑娘却一眼看见我了，向我点了点头，说：“你早来啦？”

我便赶紧递笑，往场子里走了走。我先向“快手李”招呼着，但那老头子此时正气恼着，他就向地下一坐，把蛇往旁边一摔，两手抱肩，眼睛望天，没有顾得理我。李翠秀的兄弟，此时也走到旁边歇息去了。我就走到李翠秀的近前，低声地对她说：“现在我来是找你有点儿事，胡丽仙跟梁普润现在都到你家里去了……”

李翠秀扬起了眉毛来问：“他们上我家里去干吗？”

我说：“他们是有事要求你。”

李翠秀摇头说：“我不管他们的事，我管够啦！”

我便恳求说：“李姑娘你还得帮一帮他们的忙！胡丽仙她已经觉悟了，她后悔了。刚才她把那崔大爷抛在公园里，她就跟着梁普润跑了出来，都跑到你的家里去了，看那样子，她是至死也不愿意再回去啦！她要求李姑娘想个法儿救她……"

李翠秀的颜色似乎显得缓和些，在她那眉宇间又露出一种"侠气"。她拿一块很黑的手巾，擦着脸上的汗和土，花小褂都被汗湿透了，辫子掠在肩前，可是她还没有表示可否。她的爸爸"快手李"也走了过来，问说："是什么事？"她就把我的话又向她的爸爸一说。

这时候四周围的人可又都聚拢而来，仿佛都要来听听我们在谈说什么。我可有点害怕，好，这天桥还是崔大爷的"天下"呀！倘若叫他手下的那些打手、流氓听见有关于胡丽仙逃出来的事，又一定不得了。我真不愿意李翠秀对她的爸爸去细说，连我都把"胡丽仙""崔大爷"几个字说得声音极低，而含糊不清。

我原想是李翠秀如若还是不愿意管，我就用"激将之法"，告诉她胡丽仙刚才还说了："事情是为她好，又不是全为的我。"这两句话的意思很显明，就是崔大爷大概还对李翠秀抱有野心。可是用不着我这么说，侠义的李翠秀已渐渐燃起来火焰一般忍抑不住的义愤。而"快手李"想了一想，就慨然地说："那么你就跟这位先生回去一趟吧！问问胡大姑娘到底拿的是什么主意。她要是真不愿意回姓崔的那儿去啦，那就叫她在咱们家里住几天，又有什么要紧？反正，看这情形，天桥这地方也没有咱们吃的饭啦，真肯帮咱们钱的人，倒得提防叫姓崔的使人揍一顿，姓崔的要逼死咱们。我没跟你说，昨儿他叫'鼻子董'和王铁口，把我拉到小酒店，要出五十块大洋、一疋缎子，两个什么金戒指，买我的女儿……"

我没有想得到，他竟说出来更有效的"激将之法"！不，这一定是事实啊，是老头子忍在心里的一口恶气啊！现在他才把这话告诉了他的女儿，我赶紧注意地看李翠秀究竟要生多大的气。可是她只微微地冷笑了笑，什么话也没有说，向我说了一句："你就跟着我上我们家里去吧！"

好！我就离开这场子去跟她向东走。我觉着我实在没有跟着她去之必要，完成了我的使命，叫她回家直接和胡丽仙去商量，不就完了吗？可是我还想去看看，看这位姑娘还有什么帮人的法子，她顶多是会打人的嘴巴呀，她还能会什么？但目前的事，似乎并非仅靠打人嘴巴即可解决，我倒要看看这位姑娘还有什么本事。现在她是在我的前边走着，她的背影是那么健美，走得又是那么急速而敏捷，我简直追不上。我痛恨那淫恶凶横的崔大爷，竟连这么一位风尘谋生的苦难的姑娘也要玩弄，也想霸占，真是可恨！我愿意叫他碰一个硬钉子，我期望李翠秀就是那种小说书上所说的惩奸杀恶的侠女！

在烈日直晒之下，我们又到了“臭水坑”这地方。看见胡丽仙跟梁普润正站在李家的屋门前，他们原来还没有进去，李翠秀就跑着过去先叫着：“胡大姐。”由她让着，胡丽仙跟梁普润才随她进了屋，我也赶紧气喘吁吁地走到，跟了进去。

李家这间正当夕照的小屋，热得跟一个蒸笼似的，那位白发的病老太太——翠秀的祖母，依然躺在炕上，连眼睛都不睁。胡丽仙走进屋来，就不住地抽搐着痛哭，说：“李大妹妹，我真没有脸来见你！我一时的糊涂、软弱，就跟了姓崔的这么些日子。我可是也没有享着什么福，因为我还不能像别的女人似的那么没心没肺，我强忍着苦受着，也是不行；姓崔的无论跟我说什么好听的，给我买什么好东西，带着我出来玩。我也知道他是坏蛋。我也知道我不对，我见不起人，我还一时一刻没忘了普润，可是我也没有脸再跟他啦……”

梁普润就赶紧摆着手说：“不！一切我全都能原谅你，咱们还是结婚，过去的事情全都不提，今天你就跟我到我家里去。只是那姓崔的他还不能就善罢甘休呀！最好请李姑娘给咱们想一个办法。”

胡丽仙又哭泣着，对翠秀说：“李大妹妹我还告诉你，姓崔的对你也没怀着好心！他说什么天桥儿有两个美人儿，一文一武，文的就是我，武的就是你；他已经得到一个了，他还要得到那一个。他还说：‘凭她李翠秀会练什么把戏，多么泼辣会打架，我也得把她弄到手里！薛平贵还有一个代战公主做小老婆呢，我姓崔的就弄不到一个会翻跟斗、拿大顶、耍飞刀的又漂亮又厉害的崔太太吗？'”

梁普润赶紧拦住她，说：“你就别说啦，叫李姑娘听了生气。”

李翠秀却把她手里的那块手巾向桌上一摔，说：“我才犯不上为这件事生气呢！他姓崔的既然说这话，有这个心，我倒想要见见他，看他敢不敢当着面来跟我说！”

这时我在旁边看出来，李翠秀已经是极度的愤怒。我很担心她会一怒就找崔大爷去，那还是没有用，于胡丽仙的事也丝毫无补；姓崔的还能够一面用捉拿“逃妾”的手段去找丽仙，一面对翠秀再施用或软或硬的手段。我倒替她们发了愁，因为看她们是限于经济的能力，恐怕连买火车票逃去的钱都没有，更没有可以保障她们，容留她们去暂住的亲友家吧！

我才想到这一点，就见李翠秀沉着脸儿，紧皱着眉，咬着嘴唇儿，也在不住地泛思索，想主意。她忽然就向丽仙说：“你们还是应当暂时离开城，往别处去躲避躲避！”

胡丽仙发着愁，说：“可是上哪儿去呀？”

梁普润也皱着眉说：“早先我当车守跟车的时候，倒是可以在沿火车线的小站上找一两间房子，现在我可又调到总站上来了。”

李翠秀摇着头说：“用不着走那么远……”

忽然屋门一开，她的爸爸跟弟弟都抱着那些变戏法的器具回来了。“快手李”是放下了东西先拿起茶壶，咕嘟咕嘟地喝了一气凉茶，然后说：“反正在那儿也挣不着钱，我就也收了场子，可是……”他向外指了指，悄声地说：“待一会儿‘鼻子董’也许回来，因为刚才他看见我收了场子，直跟我打听回家来有什么事。那家伙现在被姓崔的收买啦，他净顾了他的孩子、老婆跟喝酒吃饭，把他妈的人格给卖啦！咱们说话得避着点他。你们到底商量出来主意没有？依着我说，索性就叫胡大姑娘跟梁先生快找房子，过日子吧，管他妈的什么崔大爷！当初又没有三媒两证，凭什么把人家订下的媳妇儿硬抢去，现在还不让人恢复自由吗？”

翠秀说："不过我想他们要是在城里住，叫姓崔的找到，还是个麻烦。姓崔的有势力，他要是带着几个马弁去找，谁能够惹得了他们？要打官司吧，衙门里恐怕都是他的熟人。"

"快手李"跺着脚说："怕他这些个还行？真要拿咱们的命跟他去拼，他也没什么办法，他们那种人我也看出来啦，你越怕他就越欺负你。我告诉你吧！别说胡大姑娘今天来求咱们，就是没有她这件事，咱们早晚也得跟姓崔的去拼。我带着你在天桥混饭也这么几年啦，咱们卖的是艺，是力气、精神，我还真没看见有什么人敢多盯你一眼，他妈的姓崔的，原来他还早就瞧上我'快手李'的女儿啦！好混账，他要一箭射他妈的多少只雕？他一个人要霸占多少良家女子做他的小老婆，听他糟践？他姓崔的有势力有钱，好！我现在正要找有钱有势力的啦！从今儿起，买卖我也不做啦！你不用管，你带着你兄弟拿洋车拉着你奶奶，出城上你舅妈那儿去。这屋子我借给梁先生跟胡大姑娘啦，这就是他们小两口的家，我在院子睡，不分白天黑日的，我给他们看门；等着姓崔的派人来找，我就要跟他们拼拼！"

翠秀却说："也用不着你这么大年岁跟着生这气呀！既然要叫我们上我舅妈那儿，为什么不叫胡大姐、梁先生也跟我们去呀？我舅妈住在西直门外挂甲屯，那个地方，姓崔的他一辈子也找不了去。"

"快手李"仍然着急地说："那倒是行，可是人家梁先生在铁路局有事，人家还得上班呀，难道叫人家天天从挂甲屯赶进城里来上班？"

翠秀说："他不会不去？就叫我胡大姐去。"

"快手李"说："咳！你真不明白，人家本来是小两口，无缘无故地叫姓崔的那忘八蛋给拆散啦。人家好容易又团圆了，难道还不叫人小两口儿在一块去住，诉一诉分别之后的苦情？"

他这样一说，他的女儿脸倒红了，胡丽仙也害羞了，同时簌簌地又堕下泪珠儿来。结果是梁普润说："我请两天假也不要紧，好在也不过是暂时躲避躲避麻烦，也不能为怕姓崔的，我们就都一辈子也不敢到城里来啦。”

“快手李”说：“好吧！好吧！就这样办吧！我劝你们还是当时就走。我们姑娘她的舅妈家姓刘，人很好，家里只有个儿子，在颐和园里头做事，儿媳妇人也老实，房子可以腾出来一间半间的富余。只是家境跟我们一样，穷一些，你们去了，也得受些委屈。翠秀去了，也就暂时别回来了，这儿的事情都有我；我这老混混儿，可不怕他姓崔的来捣麻烦，还有这位先生，也能帮咱们的忙呢。”他指的“这位先生”就是我，惭愧！我能够帮得了他们什么忙呀？我这时已经叫“快手李”父女的这种急人之急、救人之难、慷慨热心的道义之情，把我感动了，我也觉着精神兴奋，热血沸腾。

我们正在屋里谈着话，门外突然有人问说：“大哥跟姑娘都回来了吗？”

“快手李”把话止住，用眼向外瞪着，他的儿子——翠秀的兄弟在旁边表露出鄙视的样子，说：“是‘鼻子董’！”“快手李”就把手摆了一摆。

这时屋门由外面开了，果然是“鼻子董”，他尴尬地向屋中看了看，笑着说：“原来胡大姑娘也在这儿啦，天气可真热呀！”

胡丽仙跟梁普润这时全都吓白了脸。我是非常气愤，“鼻子董”这家伙已为崔大爷所收买，他来是做探子吗？已经被他看见了，就瞒不了他了，叫他去报告崔大爷吧！该怎样就怎样吧！李翠秀姑娘的态度却是冷冷的，连向门外看也不看。“快手李”倒是招呼着说：“老二，你进屋来吧。”

“鼻子董”可还是尴尬地笑着，在屋门外逡巡着，李翠秀可沉着脸说了话：“董二叔，你要进屋就快进来，别给我们净开着门，收苍蝇！”门外的“鼻子董”脸通红的，鼻子上长的疙瘩都成了紫色的了。他的脸上、鼻子上都是汗，也许是羞的，不仅是因为天气热，连连地笑着说：“好，好！我给你们关上门。”遂就把屋门给关上了，他也没进来。

李翠秀用不小的声音说："他妈的！真给在天桥混的丢人，当了姓崔的狗腿子啦！忘了他老婆跑了的时候，我们怎么照顾他的孩子啦？狼心狗肺！叫他去告诉姓崔的吧！胡丽仙在我们这儿啦！是我不叫她回去的，看他们能怎么样？"她的兄弟也骂着说："揍他姓董的，我不怕他的扎枪，我拿刀割他的鼻子！""快手李"就向他的儿女们呵斥着说："都别再说了！"

我看出来，"快手李"已显出忧虑发愁的样子。如今，胡丽仙来到这里的事，可以说就已经叫崔大爷知道了，这事情很严重。我忍不住就催着她们说："我看你们还是快些雇上车，快些走吧！"

李翠秀说："在我们这儿也叫不来车！有的洋车，拉洋车的全是这一带的熟人，他们都跟'鼻子董'也认识，那不能坐。走吧，走到前门大街再雇车去吧！反正现在光怕也是不行啦，咱们就要这么办。咱们躲出城去不是怕他姓崔的，是给他留着点儿面子；他要是还想斩尽杀绝，只要是他听了'鼻子董'的话，敢来到我们家里捣麻烦，那我就跟他不客气！"

胡丽仙又擦着眼泪说："为我的事，叫大妹妹生气、着急……"

李翠秀说："我才不生气不着急呢，咱们这就走吧。"

"快手李"说："你不带点儿什么吗？"

李翠秀说："还有什么可带的？天这么热，连被盖也不用带。反正我陪他们到那儿住上一两天，我就还回来，回来咱们还上天桥做买卖去。要不然叫人说，咱们怎么不在天桥练啦？是为什么事跑啦？咱们犯不上抬那些闲言闲语。"

我现在更看出来这李翠秀的个性刚强，她简直是什么也不怕！她就像一根铁钉，也可以说，她就是一个用钢铁锤炼出来的少女，她有着侠士的性格、美人的风韵，我简直要向她拜倒了！

依着"快手李"，是非得叫他女儿把他的那有病的老娘也带走不可，翠秀可不愿意，她说："那有多么麻烦，过两天我再回来接我奶奶吧！我们现在是带着胡大姐去逃灾避难，我奶奶又老又病，跟着去干吗？"

“快手李”愤愤地说：“我是叫家里的人都走了，我好放心。这儿留下我一个人，我好等着姓崔的，我看他到底有几个脑袋？我看他哪个大爷，有势力的，敢跟我这穷混混儿碰碰？”说着他还拍拍胸脯。

我在旁边，觉得“快手李”也太兴奋了，这种气话，倘若叫外边的“鼻子董”听见，传到崔大爷的耳朵里，究竟是不大好的，所以我倒直拦阻他。

当时李翠秀带着胡丽仙、梁普润就都走出了屋，我也不便在此多留，就也跟着他们走了。我们倒是没有再看见“鼻子董”，离开臭水坑的时候，倒也没看出有什么人对我们特别加以注意。“快手李”跟在后边，一直送得快到了天桥，就遇着了一辆马车，我去跟赶马车的把价钱讲好了；我还不住惊惶地回过头去看，恐怕什么“鼻子董”之类的人追上我们来。李翠秀、胡丽仙、梁普润都坐上了马车，我呢，自然也跟着坐上去了，我就跟行将要“鸳梦重温”的梁普润坐在一起。“快手李”又高声地嘱咐了一句：“你们就放心在那儿住着吧！”胡丽仙感谢着说：“你回去吧！”这马车就走了。我见她穿着一身女洋服，与我们是很不协调的，她只深深地低着头坐在那里。

我同他们坐在一起是没什么必要的，我也不必到李翠秀的舅妈家里再去“蹚一头”，虽然乡间的景色我很想观览一下；胡丽仙与梁普润怎样就结为夫妇了，我也想去亲眼看看才好。但究竟我在这里边不算是个什么“角色”，梁普润又托付我今天务必到他家里去送个信儿，免得他家里的人以为他是失了踪，所以，我只陪着他们坐马车到了西直门，没等出城，我就下了车。

我本想再托付李翠秀说：“对他们要多多地照应呀！”我又想预先向胡丽仙、梁普润二人道喜：“白头到老，举案齐眉。”但在这车往车来的热闹的城门口，是不容我这么“贫嘴老婆子”似的絮絮地说的，我便招着手，笑着说了一声：“再见。”又再说了一声：“再见。”胡丽仙在车上也向我招了招手，她们的马车就出城去了。我站在路旁，也不知是因为什么缘故，倒不由得有些怅然。

我去到梁普润的家里，见了他家里的人，把今天的事情说明了。他的母亲听了还真害怕，我劝了劝，说：“这事不要紧，一半天他就回来，还许把你的儿媳妇就带回来啦，你放心吧!”他的母亲还皱着眉说：“她已经嫁过一回人啦，这行吗?”好像有些不乐意似的。但我认为这是一般“老太太”所不可免的旧思想，也没再说什么，我就走了，我好像就办完了我所应当办的一切事。

回到我的住处，天已经黑了，室中的电灯照着孤零零的我，回想着这时城外的挂甲屯，我替梁普润喜幸，我祝胡丽仙，永远得到她的快乐、平安!

第八回　再遇“崔太太”

现在的事，就这样算是暂时告一段落。我照旧还得到报馆经理部去做我的事情。可是我的心里总是不安，我得不到胡丽仙在挂甲屯的一点消息，也不知道崔大爷将对他们再采取何种手段，我又没处儿去打听。

过了四五天，天气更热了，热得我除了上报馆，简直就不敢出门。在我房间的窗外，“伏天”“伏天”的蝉鸣之声，是整天不断地响，晚间是蚊子、老鼠一齐闹，使我连夜地失眠。然而在那时，北京一般人的夜生活，很多是奢侈的，尤其我住的是距离南城繁华区不远，南城的夜间是一片纸醉金迷，“八大胡同”到晚间比白昼的天桥还要热闹。

我依旧是一个孤零零的人，我的朋友全都不在我的身畔了。天桥那个地方我不敢再去，因为那里有些人，大概都已认识我了，假若遇有崔大爷手下的流氓找我的麻烦，问我要胡丽仙，那我可实在有些吃不住。“快手李”的家里，我本来也想去，但也有同样的顾忌。连梁普润的家里，我本来应当再去探问探问，可是我都多方考虑，因为我是怕崔大爷正派人跟着我，我要把他带到梁家去，那还了得？所以，我也不知道他们的事，是否就顺利而成，还是又有变化？我自己把自己关在闷葫芦里，每天是又疑虑，又无聊。

晚间八时左右，就听见火车头在呜呜地吼叫，我就想：不知道梁普润是否已上了班？他的太太娶成了没有呀？接回城里来没有呀？这些其实说不上与我有什么相干的事，咳！它倒成了我的一件沉重的心事。走在街上，我也是愁闷的，总是念念不止地低着头。

这天晚间，我就走在前门大街上，街灯照着孤零零的我。无数的车辆、行人全都高兴地走着，往那我所知道的“八大胡同”去了，这是些有钱的老爷们去冶游、寻欢。再向南边去看，那里远远的就是天桥，却是黑沉沉的，有如一片大海。

我在马路彳亍着，就突然遇着了一个女人，直在后面追我。我越躲着她，她越追，追得我真害怕了，我只好止住了步。我真不认识这个女人，也没看清楚她的模样，只隐约地看出她是个年轻的妇人，头发半长不短的，穿的是二蓝色的布褂，她向我说：“你站住！我有很多日子没有见着你啦！”

我听到她的语声，才回忆起，她原是“崔大爷”早先的那个外家，所谓的“崔太太”呀！我也不知道她本来姓什么，名字叫什么，我还叫她为“崔太太”吧，但是我并没有这样叫出来，因为我知道她早已与姓崔的脱离了关系。我认为她是一个维护正义、不顾自身利害的有热情有灵魂的女人，我对她十分钦敬，不会把她看作还是昔时那样的“下流女人”，所以我对她很是客气。

她的第一句话竟是问我：“崔大爷那个地痞流氓，他碰了硬钉子，遭了恶报的事情，您知道吗?”

我听了这话，倒不由得一阵诧异，我摇头说：“我不知道，也没有听说，这是几时的事情呀?”

“崔太太”笑着说：“这就是昨天的事情，您怎么还不知道呀？不能吧，您怎么能够不知道呢?”

这话问得我有点害怕，我感觉到必定是这四五天来，我没跟胡丽仙、梁普润、李翠秀他们再见面，关于“崔大爷”的事，是一点也没有听说。而就在这短短的几天之内，他们一定做出了一件可惊的事，也一定是一件令人称快的事，这由“崔太太”的称心、高兴的表情上就可以看得出来。

我实在不是装傻，我不能不摇了摇头，说：“我实在没听见什么，到底是怎么一件事呀？请你详细地告诉我！”

因为她是一个女的，我也不能够请她到路旁的酒店，或卖酸梅汤的铺子去对座举杯，听她谈论，好在这时候马路旁人来人往的很是热闹，谁也不注意我们。我们就在一根电线竿子的旁边对面站着长谈，“崔太太”当时就指手画脚地跟我谈了起来，足足谈了好大半天。

这以下记述的，便是“崔大爷”碰钉子、遭恶报的详细情形：

那一天，李翠秀就护送着胡丽仙、梁普润，乘坐马车到了挂甲屯，以躲避崔大爷的凶焰。

挂甲屯是北平西郊、海淀附近的一个小村。这村子就靠近着汽车道，房屋多半是瓦房，并有几家小铺，所住的人家多一半是前清旗人的后代，早先也享受过“尊荣”。因时代变更，现在他们都成了破落户，有的变为赤贫，有的把子弟送进城去学手艺，或是经营小生意，克勤克俭地维持着生活。不过也有的是原来的农家，到现今仍旧种着地，他们是不受时代政变的影响的。他们所住的地方虽然傍近“京畿”，但向来度的是一种质朴的生活，邻人们和城里一些贵人们的盛衰兴亡、沧海桑田，他们对之是漠不关心。

李翠秀的舅母家是姓刘，属于第一种住户，在前清时候曾经过过好日子，不然如何能够与“快手李”家结亲呢？“快手李”本来也被人称呼为“李爷”，是小康之家出身。少年时结了婚之后，还是什么正当的行业也不干，只会游手好闲，还花着钱学了一手戏法；原为的是自己玩，或是在亲友家遇着什么喜庆宴会之日，以来宾的资格凑个趣，当众表演几套戏法，为的是传赞、出风头。

谁料后来日子过穷了，他真挨过饿。他把卖房子的钱全都花光了，搬家到了“臭水坑”，这才一咬牙，教练儿女也学会了变戏法和练把式，到天桥去谋生。这种生意有个江湖的名称，叫作“平地抠饼”，原是很艰苦很不容易的事。但是在那天桥，就把他磨练得越穷越硬，豪侠仗义，好打不平。他的女儿李翠秀也就是在这种环境下长大的，养成的。

李翠秀不能记忆她爸爸的“玩乐”时代，从能记事时起，她的爸爸就沦落于天桥了，她的母亲就出外做佣工去了。她的舅父死了，舅母家中的日子也越过越穷，幸亏她有一个表哥，很早就在颐和园里当听差。

她们来到这里，很惹起她的舅妈——刘大妈的惊异，因为还来了一个穿洋服的大姑娘，也许是个小媳妇，另外还有一个学生似的文绉绉的年轻小伙子。外甥女李翠秀说：“只在这里住三天。”她也不帮她爸爸变戏法去了，也要陪在这里住三天。谁都看得出来，这事情不简单，其中必有北平人所说的“猫儿腻”（即内幕）。

刘大妈也是靠着京城住的，不是纯粹的乡下老婆儿，她还能够看不出来这情形可疑！所以她就问外甥女说：“你爸爸怎么不跟来？不是我不放心，只是你送来的人，我真不敢收留。”

李翠秀说：“我还能够把贼送到你的家里来，叫你给窝着？”

“不是这么说。”刘大妈就指着胡丽仙说，“我看这位姑娘也是规矩的人。”

李翠秀说：“本来么，人家还在学堂里做过事呢！”又指着梁普润说：“这是铁路做事的，人家这是……小两口。”她说出“小两口”这三个字，仿佛有点不好意思，惹得她跟胡丽仙同时都脸红了。

刘大妈半晌也没言语，她本来想说：“既是小两口，为什么没有一个家？天这么晚了，太阳都落了，可非得到我们家里来住着不可。”她不好意思这么问，只把李翠秀叫出了屋去，细问了一问。

李翠秀就笑着向她的舅妈把实话全都说了出来，并说：“你想一想，还能不救人家这步难吗？还不应该成全人家这对夫妇吗？”

刘大妈怔了好半天，才低声说：“可是，那个姓崔的既是有势力，他要是找来不答应，那可怎么办？”

李翠秀昂然地说：“那全有我！我为什么也想在这儿住几天？就为的是陪着他们，姓崔的来了，我是一点也不怕！”

刘大妈的儿媳，也就是翠秀的表嫂，人是很忠厚的，她在旁边听了，就说：“要不，就暂时留人家两人住下吧！大概也不至于有什么事。他们得罪的那个姓崔的，就说有势力吧，可也不能像个老虎，他还能够找到这儿来，把人全都吃了吗？”

李翠秀又愤愤地说：“谁管他是不是老虎？就是老虎来了我也不怕！我也知道那姓崔的都有什么本事，顶多了，他又派一辆汽车来抢人，那，这回可不行啦！上一次是我不愿意把事情弄大了，因为那时我还想帮助我爸爸做买卖，维持家计。现在我们受姓崔的欺负，买卖也不能够做啦！在天桥练一天，也挣不了几个钱，因为姓崔的叫人拦着，我们练的玩意儿好，人家就是想给钱，可也不敢给。”

表嫂在旁说：“哎呀！这姓崔的竟是这么坏？”

李翠秀咬了咬牙，又说：“他还有些欺负人的事情呢，我都不愿意说！反正我爸爸跟我都是被他逼到绝路上啦，就是不为我胡大姐，我也得找他去报仇。舅妈你放心，无论怎么着，我也不能给你家里招事，我要跟他打，也得离开你这儿再打，绝不能给你家招麻烦。”

刘大妈还是不住地发愁，可是也不能再说什么了，就留下她的外甥女和胡丽仙、梁普润在这儿住了。她儿子在颐和园里，每隔两三天才回来一趟，所以她家里现在没有男人，有的只是这位陌生的客人梁普润。然而今天到底是不是就叫梁普润跟胡丽仙“圆房”呢？说新名词就是“同居”，刘大妈似乎倒没有考虑到这个问题；李翠秀是心里想到了，可是没有说出来。

他们院里也没有邻居，三间小瓦房，是分出来一明两暗，东里间就是刘大妈住，西里间住的是她的儿媳，她的儿子若回来，当然也是住在这儿。今夜，胡丽仙还不好意思当着许多人，就跟梁普润接近，所以她和李翠秀就同刘大妈、儿媳一起，都住在西里间，把东里间叫梁普润一个人去住。一间屋里是老少四位妇女在絮絮地闲谈，谈到崔大爷家里的情形，胡丽仙是既羞愧又悲伤，还又哭了一回。声音被东里间的梁普润听见了，他只是枯坐着发愁，后来躺下了仍忧虑着，大概是一夜也没得睡好觉。

次日，梁普润和胡丽仙全都依然是那么拘束着，两人互相不说一句话。只在别人不注意他们的时候，他们用眼睛互相传达心里的意思，似乎心里还都存着无限的幽情，存着许多想说的话，只能借助眼睛来表示。但是他们的这种表情，每次都被李翠秀看见了，弄得他们倒都觉着很不好意思。他们两个连在人家这里喝一碗白开水也觉得心里很不安的人，都一天也没敢出门。

李翠秀可是在屋里待不住，她的手脚仿佛一闲着就难受，不受日头晒，不受风吹雨打，她就觉着不舒服。她是一点儿也坐不住，看见板凳，仿佛就想拿大顶。连她的舅妈都说："你看你这坐没坐相、站没站相的样子，都是你爸爸把你给养野啦！你看人家胡大姑娘，有多安稳。连这位梁先生也跟个大姑娘似的，比你安稳得多，你倒像是个野小子，野驴子！"说得胡丽仙一笑，梁普润倒脸上通红的。李翠秀便跳了几跳，她就出屋去了，出门去了。

这挂甲屯村子的东面是柏油浇成的汽车路，平坦整洁。路的两边是栽种多年的垂杨柳，浓荫蔽天，车行过时，连太阳光都晒不着。本来这是清朝，尤其是西太后执政时代，花了不少的公帑，征了若干的民夫，劳民伤财，专为她一人往颐和园游幸寻乐而修筑的御道。现在那种旧日的车辇都已成春梦，都消灭了，而代之者都是一些游春的大汽车；尤其是星期假日，真不知有多少城里的学校，满载着男女学生，从这条路上风驰电掣一般地来来往往。总之，往来的多半是一些都市的人。

但在村子的西面呢？却恰恰与这相反，却是绿油油的一片田野。村里的农家，真正的乡下人老百姓，代代不绝、年年不辍、日日不息地在那里耕种、锄耘，而现在正是夏收的时季。

李翠秀这两天表面上是十分的兴奋、愉快、活泼，其实她的心里却是抑郁的，不但感觉着沉重，而且思绪纷纭。她也是十八岁的大姑娘了，自幼在贫苦之中长大，自幼在天桥的风尘里卖艺谋生；自幼就不但要学变戏法，还要学那些常人所不堪痛苦的技艺，这些与她女性天赋的爱美之心，与她的芳龄、身体绝不相宜的生活，几乎要耽误了她的青春。

她爸爸是整天为生活劳碌而烦恼、谩骂，母亲在外当佣工，整年不回家；祖母有病，弟弟幼小，亲戚住得远，街坊又都很穷，所以从无人稍微关心过她，或曾经说到她的“心事”。然而她也是有心事的，跟别的年轻的女子一样，有着她的衷曲，但她没有地方去说，没有人能够体会。

现在她很烦闷，这并不是因为什么崔大爷，那她根本没看在眼里。

她曾经有过一次，因为跟她的爸爸吵嘴，她的爸爸说：“永远咱们不变戏法啦!”她就一赌气，用切菜刀把两条变戏法所用的蛇，一下就都给剁死了。为这事，她的爸爸真有半个月没到天桥变戏法，后来因为家里实在没有窝头吃了，不得不“爷儿俩”连她兄弟就又去变戏法了。而变戏法若没有活蛇，没有那叫人看了就害怕的蠕动的蛇，又真“不叫座”，所以她的爸爸又特地跑到城墙根，又去捉来了两条；就是现在还在家里养活着的那两条活蛇，有时还得喂活的麻雀。

如今，她是还没有得到机会，倘若姓崔的来到她的跟前，敢像欺负胡丽仙那样欺负到她的头上，她的手里再有刀的话，那崔大爷也能够跟那蛇一样，很容易被她“送入阴曹”。

所以她并不顾虑崔大爷，她并没有把这像一件事似的往心里放，而现在放在她心上的，盘踞在她心上咬噬在她心上的，却是胡丽仙跟梁普润给她的一种刺激。她看见了胡丽仙与梁普润久别重逢、破镜重圆、相亲相爱、愈深弥笃的那种感情，那令人妒又令人羡的爱情。她觉着她没有，她得不到，也遇不着，她天天在天桥变戏法，拿大顶，舞飞刀，恐怕永久也不会有的。即使将来有，她爸爸忽然想起来应当给她找一个女婿了，那也一定是不如意的，不如人家的，还不如根本别有。

现在她很烦恼，但她也不会哭，她只是凝眸地望着那一片绿油油的田野。

第九回　小村旷野展侠风

这田野间有许多农人正在割收麦子，离着李翠秀很近的是一个年轻的农人和一个也就是二十来岁的农妇，他们像是夫妇。两人一边辛勤地工作，一边还互相笑着，看他们似是新婚不久，表现出一种甜蜜的爱情。他们一起在这大自然里劳作，把那黄金般的麦子一棵棵地刈断，放在一旁。蝴蝶儿向着那农妇的头上飞绕，因为虽然她的头上是罩着一块蓝布，头发上大概还是抹了芬芳的头油；这更可以看出她是当了新妇未久，而且她在田间操作着，脸上还擦着胭脂呢。

李翠秀又有点妒忌似的，其实她是真羡慕人家，她觉着无论什么人都比她过得好，都比她生活得快乐。不但人家的工作都比她强，人家也都快乐，还都能得到爱情，而自己是什么也没有的，并且好像也永远得不到了！她心里更觉着烦恼，转身就要走，那位农家少妇却说："哎呀！这个大姑娘，不是咱们村里的吧？你看辫子有多么长呀！"

李翠秀更怕人看，转身就疾疾地走。但是这时，村子里又有一个年轻的男子推着一辆独轮小车来了，也把她不住地看，并且还仿佛显出一种惊疑的样子。这人也是乡下人的打扮，比那边正在刈麦子的农人还要年轻些，也就是不到二十岁的样子，不仅健壮，眉目也长得很好。李翠秀也不知是为什么原因，突然就觉着脸上发热了。这要是在城里，尤其是在天桥，倘若有男子像这样目不转睛地恨不得把眼睛贴在她的脸上来看她，她一定要生气了，纵不抡起巴掌打去，也得骂几声“讨厌缺德”。天桥就是那么一个地方，姑娘们在那里，要是不那么厉害，就得天天受人的欺负。但是在这里，李翠秀竟好像是一点儿气也不敢发泄了，她也实在不太觉着生气，倒觉着有一些惭愧与害羞。

她躲开了这推车男子的目光，又转过身来，走回到那农妇的近前，没话找话地带笑问说：“大嫂子，你也是在这村里住吗？”

这农妇也含着笑回答说：“对啦！我们就在这挂甲屯住，我可是上一个月才娶过来的，我的娘家不在这儿，是在香山后边，也是种地的。姑娘，你是从城里来这儿看亲戚吗？”翠秀点了点头，这农妇又问说：“你姓什么呀？这村里哪一家是你的亲戚呀？”

翠秀还没有回答，因为她并没想在这儿跟人家拉扯闲话儿，她只是为躲避那推小车的，那个人把她看得太厉害了。想不到那小车吱吱扭扭的响声，此刻竟已来到了近前，翠秀就连头也不敢回了。仿佛小车已经停住了，那人就把这夫妇刈下来的麦子，抱起来往小车上去放，原来那人是给他们帮忙的。

这农妇倒很爱谈闲话儿，立时就都向翠秀介绍，她指着那正在刈麦的青年农人，说是她的“当家的”，姓纪；又指指身后推小车的男子说，那是她的娘家弟弟，名叫张勤，是住在在香山后面，他将自己种的麦子收割完了，又来给他姐姐帮忙。

翠秀想不到他们都是亲戚，于是就说自己是来这儿看舅母。这位“纪大嫂”一听，立时就说：“你是刘大妈家的亲戚吧？我昨晚就听说她家里来了几个客。”

翠秀点了点头，心里可想着：叫胡丽仙她们在这儿住着可也不好，因为这村子太小，谁的家里来了客，邻舍们就都知道了。可是，别人大概还不晓得我们来到这儿是为什么事吧？没有人认识我是谁吧？这大概也不要紧。

她这样地想着，可是身后推小车来的张勤，这个年轻人竟然说话了："这位姑娘我认识，她是在天桥变戏法的。"

李翠秀吃了一惊，就带着气把头一回，用眼去瞪他，而这个小张勤却又笑着说："过新年的时候，我进城去买东西，到天桥去玩了一整天。就看见这位姑娘跟着一个老头儿，还有一个小孩儿，在一块变戏法，这位姑娘拿大顶可拿得真好……"

李翠秀当时就怒声问说："怎么？你认得我吗？"

诚朴的小张勤点了点头，笑着说："我看你练过一回，我就认识你啦！我小的时候也拿过大顶，可没有你拿的那么好，我不会在桌子上练……"

他的姐姐赶紧拦阻他说："你就是认识人家，可也不应当这么说，人家……人家是一位姑娘！"

小张勤点头笑着说："我知道，我也没说姑娘的坏话呀！我就说我认识她，我佩服她的本事大；她拿的那大顶，我练一年也学不会，真不是容易的事。姐姐姐夫，你们都没看过就是啦，将来等这姑娘再练的时候，我带着你们进城开开眼去！"

他的姐姐说："你快去一边儿去吧！说话真不知道深浅，你看，招得这位姑娘都生了气啦！"又向翠秀赔罪似的说："姑娘可别生气！我这娘家兄弟是山后头长大的野孩子，他什么都不懂得，又傻又怔，还没娶媳妇啦！都十九岁了，可还像是个小孩子。"

翠秀冷笑说："我生什么气？本来他没认错人吗？我是在天桥变戏法的，我是会拿大顶，可是那也不算是寒碜！"说到这里，自己又仿佛很伤心。

小张勤更高兴了，说："那一回，我看了你拿的大顶，练的玩意儿，我就回家跟我们香山后全村里的人说了。嘿！你猜怎么着？他们有的人还不信！说女的不能有那么大的本事，气得我直要跟他们打架。我叫他们进城到天桥去看看，他们可又怕驴进了城，看见汽车就惊着。我跟他们打赌，我说是真的，他们可还摇头。你有工夫没有？你几儿有工夫，我就几儿带你到香山后，你练几下子，叫他们瞧一瞧!”

他的姐夫在远处嚷着说：“你就别净顾了聊天啦！快往车上堆麦子吧!”小张勤就笑着，高兴着，他的姐姐、姐夫在刈麦，他就抱着向车上去堆。他的话可还不断，又向翠秀说：“我也是好练把式的，我会打猴拳，我还会爬山、上树，还会浮水，等明儿，我再叫你看看我的功夫!”

翠秀竟被他说得呆了，心里一点儿也不生气，一点儿也不觉着这个小张勤讨厌。

小张勤逞能似的一边抱着麦子，一边又说：“其实把我会练的那些把式，拿到天桥那地方去练一练，比那儿卖艺的‘鼻子董’，保准还练得好。可是我就是不去练，种地比什么不好？卖艺，在天桥那个地方，日子长了，好人也都变成坏人了。”

这话叫翠秀听了，更觉着他说得对，因为翠秀也确实早就厌烦了天桥，早就厌烦了那种卖艺的生活了。以前她曾羡慕过胡丽仙能够在学堂里做事，现在她又喜爱这田野了。她妒忌过胡丽仙能有梁普润那样斯文的又有正当职业的人爱着，现在她忽然又想到，能够得到小张勤这样一个人的爱，能够在一起，像张勤的姐姐跟姐夫这样生活，这样劳作，这样相好，她也甘心愿意而且快乐。只要能如此，就永远也不上天桥，永远不再去卖艺，可是当离开天桥的那天，自己也誓必要把那崔大爷剪除、弄死，以使那个地方永远不会有恶人再欺负好人!

翠秀心里这样想着，嘴里自然不能够说出来，她就不由得欣悦地望着那边的小张勤，仿佛也要去帮一帮忙。张勤一边向车上搬麦子，一边也不住地向她来看，仿佛也是在心里跟她说话似的。两个人就这么相对着，相视着，无声地传递着言语，竟也像是越来越密切了；他们当然不会想起来那四个字，这应当叫作“一见倾心”。青春，夏初，在这无边的旷野上，早麦都已成熟了，蝴蝶也寻到伴侣了，野花儿都结了籽了。云朵在天空中轻柔地飘着，热风阵阵吹来，远处的小河那么活泼地流淌着，处处都流露着大自然的蓬勃生机。

年轻的男女，即使是最天真质朴的，可也怎能不心生萌动，而去追求他们的美丽梦幻呢！

然而在那边的村里，还有一对经过风波的年轻的爱侣——胡丽仙与梁普润，他们在那小屋里，还是不得机会说话儿吗？李翠秀的心里才这么一想，便又斟酌着：我是不是应当回去看看他们有什么事没有，但我一回去，他们一定更觉不方便啦！为什么不叫人家多说几句话儿呢？人家的心里一定都有不少的话急着要说啦，我还是在这儿再多待一会儿吧！

在这时候，忽然地就见那边有个人跑了过来，正是胡丽仙，她惊慌得就如被猎犬追逐，仓促而逃来的小兔似的，随跑随喊着："李大妹妹！翠秀……"她喘得说不出整句的话来。

李翠秀这时忽地就把自己的思绪打断了，她跑着迎了过去，急问说："怎么啦？什么事情？"

胡丽仙战战兢兢地回手指着说："他们那些人……来啦！都来啦！拿着刀，拿着枪……"

李翠秀一听这话，当时眼睛就瞪起来了，说："你不用害怕！我去看看，姓崔的来了没有？拿着刀，拿着枪，就唬得住人吗？"

小张勤是已经把麦子堆满了一小车，可也顾不得推走了，连他的姐姐和姐夫全都站了起来，问说："是什么事？怎么啦？"

李翠秀还没有回答，她正急急地要往村那边去走，可是那边，梁普润也慌慌张张地跑来了。跟在梁普润后面的就有六个人，但是他们拿着的不过是扎枪、单刀、宝剑、虎头钩、匕首和梢子棍，在前头走的拿扎枪的就正是"鼻子董"。

小张勤就大声嚷着说："啊呀！天桥练把式的全都来啦！这是怎么回事呀？"

李翠秀先将胡丽仙拉到一边，她疾速地跑向前，揪着梁普润说："你跟胡大姐都往西边去，一点儿也不用害怕！"梁普润这时的脸可都吓白了，气喘得也很厉害。

李翠秀又向那边高声叫着说："董二叔！你到这儿干什么来啦？

拿着枪，这么厉害，怎么又像是那晚上打不平，去找姓崔的似的?”

“鼻子董”本来耀武扬威地跑在最前面，他瞪着两只凶眼，手握着梨花扎枪，仿佛就要先一枪戮死梁普润，再一枪吓住胡丽仙，然后抓她回去交给他的“主子”崔大爷去请赏似的。然而他没有想到李翠秀竟在这儿了，而且迎着他来了，他立时就威风顿失，扎枪也有点挺不起来了，脸通红，鼻子上的那些疙瘩，更红得像是一堆樱桃。

他想要回身避开，但是李翠秀先还拿话损他，此时却走过来了，就指着他的脸大骂，说：“董二叔你可识相些！我叫你二叔，还是拿你当个人，你可也得自己尊重一点，别叫我骂你是给姓崔的当三孙子，帮助他欺负人家老实人，抢夺良家妇女，是打手、碎催、狗仗人势的忘八蛋！你得拍拍良心！你想想，人家梁先生、胡大姑娘跟你有什么仇？胡大姑娘的爸爸早先也照应过你，她师哥刘宝成还都跟你有过交情。你这小子占了点便宜，得了姓崔的一点脸，就来欺负人，还赶人赶到了这儿?”

“鼻子董”说：“大姑娘你不知道！胡家这丫头是个放鹰的，她在崔大爷家里那几天，拐了人家不少钱……”

李翠秀冷笑着说：“又是这套！姓崔的还会编造出什么来，给人栽赃？他要无赖，净要这一套，也太贫啦！也太不新鲜啦！再说真要是拐了他家的什么东西，为什么不告去？他为什么不自己来？用得着你姓董的，觍着脸给他当这条狗，真是一点人味儿没有!”

“鼻子董”可把脸沉下来了，叫着李翠秀的小名说：“秀子！你怎么敢骂我了？我回去可告诉你爸爸去!”

李翠秀愤怒地拍着胸脯，往前逼进一步，说：“是我爸爸叫我来的，叫我来保护着我胡大姐和梁先生躲一躲姓崔的；也不是怕他，是暂时还跟他合不着、犯不上，将来反正饶不了他！你去告诉他，别再这么倚势横行！你自己也打算打算，我今儿还理你，还认识你是个老街坊，在天桥是混人熟饭的，这就是面子；你还提什么我爸爸，我爸爸不认识你这狗杂碎!”

"鼻子董"又勉强地笑着，说："秀子姑娘你骂我什么，我今天也不还言。因为我跟你爸爸是多年的朋友，咱们又住了好几年街坊，我是你的长辈……"

李翠秀啐着说："呸！你是谁的长辈？我告诉你，你们趁早儿滚！别找着不自在，废话都别说。"

"鼻子董"又假笑着，低声说："姑娘你可千万别这样儿！告诉你，昨儿晚上你们一走，我就知道你是把他们带到这儿来啦！人家崔大爷可也早就有人跟下你们来啦！今天崔大爷本想打电话叫衙门派几个巡捕，他再派几个护兵、马弁来。我知道你还没回去，我怕连你也叫他们抓了去，那我就对不起你爸爸了；我这才去见崔大爷央求了半天，我自告奋勇，还请来了这几位……"说时用手一指他带来的那五个人。

这五个人李翠秀就认识多一半，一个叫小庞，一个叫"沙螃蟹"，一个叫"天不怕"。外两个横眉立目的小子虽然觉着面生，可是知道也是平日在天桥连"把式"也不练，专门游手好闲，喝茶酗酒，调戏妇女，欺负老实人的，他们的职业就是当崔大爷的爪牙、帮凶；崔大爷现时虽已做了官，却依然豢养着他们，指使、纵庇他们在天桥横行。

这几个人之中，以那"天不怕"最为刁恶，他手里抽出来一把光闪闪的匕首，这家伙大概还是西洋货，俗名儿叫作"电刀"，是又尖又快。他嘴里骂骂咧咧的，小声说："他妈的！一个'快手李'养活的丫头，竟他妈的敢在这儿叫字号？"他将匕首暗藏，趁着李翠秀生着气跟"鼻子董"说话的时候，他就悄悄地过来，走到临近，突然就扬起匕首，向着翠秀的后腰凶狠地刺去。不料人家早有准备，只听吧的一声，李翠秀翻身扬手，就揪住了他的腕子。

"天不怕"说："哦喝！你要怎么样？你个小丫头，还真个了得？"

见翠秀灵便地将匕首夺在手中，"鼻子董"忙摇起扎枪来威吓着说："秀子你可不准胡来，这都是你的长辈！"

此时，“天不怕”手里没有了家伙，就知道要糟糕，这个在天桥有名的变戏法的姑娘，果然有两下子！他回身要跑，不料翠秀一把就将他的脖子揪住了，顺手儿就一匕首扎去。“天不怕”杀猪似的怪叫着：“哎哟……”他的肩膀就流出血来，吓得那边的胡丽仙用胳臂挡住了眼睛，不敢往这边看，梁普润也惊惶着，脸色更白了。

那小张勤却高兴地跳了起来，喊了一声：“好！好姑娘！真痛快！”他并且由地下拾起来一根粗木棍，抡舞着，过来又向“天不怕”的秃脑袋上嘣地猛砸了一下。小庞抡着单刀，“沙螃蟹”要起来虎头钩，齐来问说：“你是干什么的？”小张勤却不言语，木棍飞舞，就跟这两个人厮杀起来。

另两个恶徒，一个使宝剑的，一个抡着梢子棍，就都奔向了李翠秀。李翠秀以短短的匕首力敌二人，两三合她就又把梢子棍抢到手里了；吧吧地打去，打得小庞的耳朵都肿啦，使宝剑的那个人鼻子也破啦。李翠秀真是十分奋勇，她手快力大，身子也极为敏捷，只见她脚不沾地，飞扑着紧追着那几个人，就是一阵毒打。她一只手里闪烁着匕首，这东西她用得颇为谨慎，似乎还不愿意杀人；另一只手中哗啦哗啦飞舞着的梢子棍，打下来可真是无情，就如同打狗似的。

张勤这勇悍的小伙子抡着木棍来帮助李翠秀，“沙螃蟹”问他：“喂！你算是干吗的？你是哪儿来的？”小张勤不容分说，横抡一棍，就打在他的腿上。“沙螃蟹”痛得差点没爬下，刚要抡钩去钩，不防李翠秀又自旁一棍，打得他甩着手叫了声：“哎呀！”两只钩就全都扔在地下了。

小庞怒喊着说：“这还行？咱们这几个大人都白活啦，来到这儿栽在一个丫头的手里？”他的单刀用的是“连环双绕追风劈”，刀光急，势派确是可观。不料张勤拦腰就是一木棍，李翠秀又用左手的梢子棍压住了他的刀，斜着一脚踹去，小庞当时就坐在地下了。然而他趁势一滚，想要来一套“地趟刀”，以刀去扫翠秀和张勤的腰，但他却没得施展开。李翠秀腾身一跳，顺手又向下砸了一棍，小庞骂了声："妈的……"再骂他却骂不出来了，连嘴里的牙都被梢子棍打落了几个，顺着嘴流血。可是他还不扔下刀，又站了起来，想要做"困兽之斗"。

李翠秀气得扑上前就要用匕首扎他，梁普润就在那边大声惊喊道："可千万别杀了人！"远处的一些农夫、农妇，尤其是小张勤的姐姐和姐夫，也都跑过来一齐又拦又劝，都说："算了吧！叫他们知道这儿不是好欺负的，也就行啦，别真弄出官司来！"李翠秀仍一手紧握着匕首，一手高举着梢子棍，咬着牙，沉着脸，仿佛是在说："出了官司我也不怕！"但是小庞早就一边擦着嘴上的血，一边还表示着不服气似的，回身跑了。

那边的"天不怕"是受伤最重，得叫"鼻子董"搀着他。"鼻子董"是根本就没和翠秀动手，他只是吆喝着："快走吧！快走吧！不能够管的事情，咱们就不管啦！姓崔的又不是咱们的爸爸，咱们犯不上为他丢这个人。好在翠秀是'快手李'的女儿，都有交情，挨她两下子，就算是倒霉了还不行吗？走吧！走吧！"由他拉着扯着，搀着拽着的，他们这几个人就"狼狈而逃"了。

李翠秀还向他们越走越远的背影，怒目而视，旁边的小张勤却笑着夸赞她，说："姑娘你可真高！你真行！"她转头看了看张勤，抿着嘴儿，没说什么话，但脸上又有点儿红，心里也似乎有一种爱慕、愉悦之情。

第十回　湖山风雨宿鸳鸯

这时候，李翠秀就被许多种庄稼的人围着，争着看她，小张勤又悄声告诉旁边的人，说："这位姑娘天天在城里天桥那地方，跟着她的爸爸和弟弟变戏法……"谁都知道变戏法是一种极穷的、最没办法的人干的"行业"，因此李翠秀的家庭状况，更博得这些人的无限同情。

村里又有几个抱着孩子的妇人来了，有个就说："把我们也都吓了一大跳！你说刘大妈的家里好好地过着日子，怎么忽然就来了这么几个拿刀动杖不讲理的人呀？"

又有个妇人仔细地看了看胡丽仙，说："这位女学生长得有多么好呀！人也挺规矩的，这是得罪了谁啦？幸亏是跑得快。也幸亏那位少爷有主意，见那几个老虎似的凶汉来了，也不跟他们多废话，拉着这姑娘就往野地跑。跑得对，要是不跑，这位有本领的姑娘也许还不知道呢，那可真得吃亏啦……咱们这挂甲屯平日安安静静的，连个吵嘴的人都没有，今儿可真是没想到，刀儿枪儿地打起来啦……"

村里的人都是胆子很小的，哪看见过这样拼命流血的"武戏"？况且，胡丽仙穿的这一身女西服，人家就多半看不惯，所以叫她为"女学生"，而梁普润的打扮又像是个"男学生"。常听人说，男女学生是都爱在一块儿“讲恋爱”的，这必是因为“讲恋爱”而得罪了人，他们总也有些理亏，不然为什么见了那几个人来了，不说什么就跑呢？而这位变戏法的李姑娘，怎么也不说什么，就打呢？就抢了小刀子要杀人呢……

当时一些人纷纷地议论着，猜疑着，有的又抱怨刘大妈不该招这个外甥女来，给这村子招事。总之，虽然都佩服李翠秀有本事，可又都怕以后再惹出什么事来，所以都很发愁。

只有小张勤大声地向众人说：“没有什么的！刚才来的那几个都是城里的流氓、混混儿，他们叫李姑娘一打回去，也就都不敢来啦！大家都回去吧！人家在这儿住亲戚，住上几天，大概也就进城去啦！”说着，他就推了他那堆满了麦子的小车先走了。

胡丽仙依然低着头，梁普润就悄声对李翠秀说：“我因为知道你是到这村子外边散心来了，所以‘鼻子董’他们一来找，我就趁空拉着丽仙往这边跑；我知道你一定能打他们，救我们。”

李翠秀却也没有回答，她把手里拿着的那杆梢子棍也丢在这旷野上了，而那把匕首，她依然拿着。她回首向张勤的姐姐点了点头，说了声：“再见！”又含笑向四周围的人抱歉地说：“对不起！叫你们都受惊了！我们回去啦，诸位大娘、婶子们，请到我舅妈的家里去坐一坐，好不好？”抱着孩子的几个妇人齐都说：“不啦！”说着，可还不住地看着她，并且都带着些惊疑的样子看着胡丽仙与梁普润。

李翠秀同着丽仙和梁普润又回到她舅母的家中，她的舅母跟她的表嫂，简直都吓得了不得，愁得连午饭也没有吃。幸亏到了下午，她的表哥刘孟钟回来了。大家在一起一商量，反正胡丽仙是不能再在这儿住了。但是她又没有一个家，城里暂时更不敢回去了，结果就决定，由刘孟钟将他们两人悄悄地带往颐和园里边去暂住，也就是暂在那里边藏躲着，以避免崔大爷再派人找来打架、欺凌。

刘孟钟也是一个极端小心谨慎的人，他劝他的表妹也应当到那园里去躲一躲。可是翠秀绝不同意，她说：“我为什么也去呀？我还要在这儿等着姓崔的啦，看他还有什么办法！我已经给这村里惹出事来了，我在这儿，再有事，我可以再出去挡。反正冤有头，债有主，胡丽仙是我给带到这儿来的，‘天不怕’那几个人是我给打伤了的，他们要是有本事，有胆子，可以再来找我。我要一走，他们那些人再来这儿一胡搅，惊动了人家街坊邻舍，我就对不起人家!”她是这样的坚决，她的表哥就只好暂时把胡丽仙、梁普润两个人给带走了。

“颐和园”就在这挂甲屯的西北，不算太远，那园里有一个汪洋数十顷的大湖，名字叫作“昆明湖”，又有一座数十丈高的大土山，名字叫作“万寿山”；这是北京的名胜之地，也是帝王封建时代的“御苑”“离宫”。据说这颐和园原名叫“清漪园”，并不像后来这样的奢华、宏丽。因为西太后这个专制奢侈的“女主”，为了个人的避暑和享乐，所以把一笔预备建海军用的公帑悉数地花了，修建了这么一座颐和园。

园子是修成了，可是因为海军力量的微薄，以致甲午年间在渤海上被日本打败；中国遂降为弱国，因之“清廷”不久也就垮了台。空留下这一座伟大的园林，开放任人观览，门票可卖的非常之贵；里边有一些偏院的房屋，都是早先一些值班的朝臣所居住的，也分租给一些有钱的人避暑或是养病，这些收入，就是“颐和园公园”事务所的经费的来源。

李翠秀的表哥刘孟钟在这事务所里做的虽只是“工友”一类的事，可是他和园里上下都很熟。园里的空院子、空房子本来还有不少，他把胡丽仙、梁普润两个人一带来，就在园中最清幽的一个所在“谐趣园”（据说这是当年西太后钓鱼的地方)，犄角儿最僻静之处找了间小屋。吃饭由刘孟钟给他们做，因为反正他一个人每天也得自己做两顿饭。

于是，胡丽仙和梁普润就算是在这儿住下来了，他们这时才“团圆”了。几多的风浪、危难，虽还没有完全渡过，可是由于李翠秀给予他们的温暖、帮助，使他们暂时得到了幸福。胡丽仙便催着梁普润，说：“明天你就进城去上班吧！别把事儿再弄丢了。我在这儿大概倒没有什么不放心的，姓崔的还能够知道我在这儿住吗?”

梁普润倒是把这个问题考虑了半天，结果他把头摇了摇，说：“不要紧！路局的同事都是很帮忙的，这次我突然没请假就没去上班，他们一定就明白了，是为了与你有关的事。你被姓崔的霸占了去，他们都非常不平，都希望咱们能够团圆；我这两天不去，他们会自动给我替工，或是给我请假。我想我再在这儿陪着你住两天，看看到底还有什么事情没有，过两天要没有事，咱们就一块儿进城去住。因为这样长了，也是不行呀！麻烦人家刘孟钟，耽误李翠秀也不能去帮助她父亲做买卖，究竟是不对呀！姓崔的有钱，可以耗得起，咱们却都耗不起呀!”

在他们的心里，只挂着这些忧愁，胡丽仙并且想起以往的事情来，又伤心，梁普润就劝慰她，直劝到她也喜欢了。这幽静而近于荒凉的园里，深夜的景象是很可怖的，当夜又落了一宵潇潇的大雨，这小屋子因多年失修，还有些漏水。然而喜获团圆的胡丽仙与梁普润，他们两人像鸳鸯似的，竟那样的“交颈而眠”了。

这一夜的雨，直下到次日，歇了一会儿，接着又是风雷交作，连下了两夜两天。

这颐和园一过了春天，天气一热，每天来游逛的人就渐渐稀少。这么一下雨，城里的人，谁还来逛呀？所以白天也是冷冷清清，“门票处”售票的两位职员在那儿打盹，竟连一张票也没有卖出。刘孟钟想回到挂甲屯去看看，可又发愁没有一双“油毛窝”（一种鞋帮上涂了桐油的棉鞋，鞋底钉上许多钉子，着雨不透，这是老式的人穿的，比胶皮雨鞋还耐穿)。

由这颐和园迤逦地通到城里的那条马路，被雨水冲洗得十分清洁，可也汪着不少的雨水，汽车一走过去，把水就溅起来多高；骑自行车的人，像是在水面上飞的蜻蜓，人力车就像是小舟了。但是这两日，在这条路上往来的车跟人都很少，寥寥少数。在挂甲屯住的李翠秀，她是知道得最清楚的，因为这两天，虽然是下着大雨，她也总是站在村前一家小杂货铺的门首，暗藏着匕首。她注意地向着东边那条马路上去看，但是，她所看见的只有几辆长途汽车，还都是由西北而往东南，往城里去的，所以每次都使她失望。

今天，这时候才不过上午十点，忽然看见由东南来了两辆自行车，越来越近，前面那个骑车的，还向这里指着，就往这边来了。李翠秀看见前面骑自行车的是“鼻子董”，不由得很是生气，心想：他怎么还敢找我来？后面那骑车的她也认识，就是早先曾在天桥搭着席棚变“魔术”的。

因为“魔术”就是洋戏法，所以跟“快手李”的旧式戏法恰恰是对头冤家。“快手李”早先就常常地骂：“小崇那小子装个洋鬼子的样子，什么‘卓别林’？弄了一份破洋鼓洋号，变的那是什么呀？那叫要怪样子、卖德行！咱们这才是真正道地的玩意儿、功夫。”因此，李翠秀就对这假卓别林小崇的印象很深。又因为他是杨桂玲的表哥，而杨桂玲又是胡丽仙的干姐姐，都是在天桥混饭的，所以彼此都有点儿认识。

假卓别林小崇近年来是在“东安市场”里做小买卖，听人说混得不错啦。但今天见他骑的自行车也未必是他自己的，那套连“行头”带便衣的蹩脚洋服也不穿了；穿的是一身白布裤褂，裤腿上是溅了不少的泥，小褂也不大干净，可见他离开天桥之后，混得还是不怎么强。他同着“鼻子董”一来到，两眼还发着直，问说：“就是这儿吗？是在第几个门儿呀？有狗没有狗呀？”

“鼻子董”倒是先看见了翠秀，就用手一指，说：“这不是李大姑娘吗？”说着，他们就一齐下了自行车。

李翠秀沉着脸，故意不看他们，“鼻子董”可是推着车，厚着脸，又往近走来，态度与那天大不一样，他说：“秀姑娘，你怎么还没回家？我又找你来啦！你一定要说，你这董二叔脸真厚，那天叫你给打了个屁滚尿流，现在还又找你来啦？不是，不是，今儿我还没来的时候，就先见了你爸爸，我跟小崇一块儿来他赞成。我们现在是在车行租的这两辆车，赶着忙着地来，不是为别的，就为来给你一个信，因为远亲不如近邻，无论如何咱们是老街坊。我帮助姓崔的干吗？我帮助他，也不过是怕他。可是那一天，你看，我就没有动一下手！我人格是完啦，良心可还没丧尽……”

李翠秀当时就瞪起眼来，说：“你跟我说这些个话干吗？我不听，我不认识你！你跟姓崔的，还有什么‘天不怕’‘河螃蟹’，有什么法子，尽管再使！”

“鼻子董”直起急，连连地说：“不是！不是！我敢赌咒，我跟小崇来，这一回，可全是为你们好呀！因为我得做人事啦！那天由这儿回去，我简直没有脸再见我的快手李大哥，他却照旧招呼我，什么也没说，那可比叱骂我还厉害！这一两天是下雨，不下雨我也没脸再上天桥见人啦！老婆再跑，孩子再病，那是我活该，我再也不给姓崔的那号儿当奴才啦！今儿我是听了点儿事……”

这时旁边的假卓别林也说：“我也是听来了点事，听说姓崔的已经招呼那个小魏了，说是今天就要来抓人，带着马弁带着兵……小魏早先是在天桥当流氓，后来崔大爷给他找了个差使……”

李翠秀说：“那我也不怕！我在这儿，就是为等着他们！”

假卓别林说：“可是，胡丽仙跟我的表妹是干姐妹！崔大爷当初怎么对胡丽仙起的意，他们又怎么得罪的崔大爷，我全都知道，我表妹又没在北京，我不能不来替她照应照应胡丽仙……”

李翠秀怒声说：“你们现在一块儿来这儿，是打算用这一套花言巧语，就把胡丽仙骗走吗？”

“鼻子董”摇头说：“不是！不是！今天我们两人要是存着别的心，叫我让汽车撞死，还得喂狗，叫他小崇也断子绝孙。我来是为叫你回去，他来是叫胡大姑娘再找个别处躲一躲，因为崔大爷一定要来……”

李翠秀冷笑着说：“我就怕他不来！”

“鼻子董”长长地叹了口气，假卓别林小崇也皱起眉来了，看他们二人今天的来意，倒确实是好意来送信。假卓别林又说：“李大姑娘你就是不怕姓崔的，可是也得让丽仙跟那姓梁的躲一躲。崔大爷来了还了得？他能当场就枪毙人呀！”

"鼻子董"也说："我为什么怕他崔大爷呢？是真因为现在的崔大爷跟早先也不一样了。早先他跟咱们全都是在天桥混的，他不过比咱们有钱，现在他是什么长啦，官不小呀……"

李翠秀就更生气地说："他越是个官，我越不怕！"

说话时，"鼻子董"本来就不住地回头看，现在忽然看见自东南有三辆轿形的汽车，带着风，溅起地下的水，飞也似的来了。他就更为惊惶，连说："不好！不好！来啦……"他跟小崇就慌慌张张地要把自行车都推到小铺里去藏着。

那边来的三辆汽车确实也惊人，因为每辆汽车的车门外头全都站着两个腰带盒子枪、耀武扬威的兵。假卓别林也说："李姑娘你快躲一躲吧！"李翠秀却依然冷笑着，说："我犯不上躲，我倒要看他们敢怎么样？""鼻子董"已吓得简直丢了魂，他在天桥的那股英雄气儿一点也没有了，哆哆嗦嗦的，说不出一句话来。

忽然假卓别林小崇说："许不是崔大爷吧？要不然怎么没往这边儿来呀？"就见那三辆汽车只是在这挂甲屯附近的马路上，开得仿佛是慢了些，可是并没有停住，现在竟掠此而过，直向西北，看那样子是要往颐和园去了。

李翠秀这时才显出来有些惊惶，但是她立时就镇定下来。她赶紧就向"鼻子董"借自行车，"鼻子董"说："这车是我们赁来的呀！骑一天要花两毛钱啦，还是先找人打的保，怕把车子拐跑了……"李翠秀却不听他说，当时就抢了他这辆车。李翠秀飞跑着推着上了马路，翩然地骑到车上，她两脚用力地踏着，双轮如飞，很疾速地就追上了前面的那三辆猛兽一般的汽车。

第十一回　匕首　恶人的血

李翠秀练惯了把戏，是个会翻筋斗拿大顶的姑娘，骑这自行车真是轻而易举，一霎，就把三辆汽车追赶上了。车上的人也看见她了，当时就由那第二辆车里坐的人发出了话，三辆车同时停止，让李翠秀到了跟前；她一看，这辆车里坐的正是那个崔大爷。

崔大爷的一些护兵、马弁可当时也都跳下车来，把李翠秀围住了，盒子枪、手枪都对准了她。李翠秀却将自行车的前轮横住，就坐在车上，毫无惧色，并且向车里怒声说："滚出来！姓崔的你要干什么去？你不用去找胡丽仙，你就先找我吧！"

崔大爷穿着便衣洋服，抽着雪茄，在车里扭着头看她，又笑了笑，点头说："先找你？好！也行！"

李翠秀怒骂着说："你别拿你的势力欺压人！你先睁一睁眼睛，看一看人！"

崔大爷却隔着车玻璃，淡淡地笑说："我早就看见你啦！我知道你现在住在挂甲屯，可是胡丽仙藏在颐和园里头啦！你们什么事也别瞒我，什么事千万都乖乖的、顺顺的，别自找没趣。今天我找着两辆空车来，就打算的是先用头一辆装上胡丽仙，再用后一辆装上你，干脆说吧！你们都得跟我回去，我叫你们怎么伺候我，你们就得怎么伺候我。凭她有多么别扭，凭你有多大的能耐，我要是连你们这两个小丫头、小娘儿们全都制不了，那我就从此不姓崔!”

李翠秀怒声说：“你凭什么?”

崔大爷说：“凭什么，就凭我的势力呀！我本来跟你们讲面子，第一回，我都不叫我的护兵马弁来，我只打发了‘鼻子董’跟小庞，为跟你是熟人，好说话，再说我何必把一两个娘儿们的事，当件真事儿办？可是你不识抬举……”

李翠秀说：“你混蛋!”

崔大爷冷笑着说：“随你骂，反正你跑不了！告诉你，你今天还千万别依赖你那抡刀弄枪的天桥本领，那都不行。你看见了没有？我的马弁跟护兵都拿着枪啦！只要砰的一声，你就玩儿完，你就跑到阎王爷那边去啦。可是你年轻轻的，长得又不错，还没享过什么福，这么就死了有多冤？我也再没处去找你这样好的小老婆呀……”

李翠秀怒骂着：“你放屁！放屁!”抡起拳头就要向车玻璃上打。这时旁边七八个雄赳赳的护兵、马弁，就真要向她开枪了，这却真的使她有一些胆寒。骄傲、凶暴的崔大爷只要一努嘴，自己必然就立时没有命了，这她是知道的，相信的。然而，她绝不甘心就受姓崔的这样侮辱，不能眼见他到颐和园去抢胡丽仙，虽然他有这种淫威，可也不能就任他横行。

李翠秀这时忽然想出来一个主意，她当时就扑哧一笑。她这一笑，汽车里的崔大爷也笑了，说：“怎么着？你可别跟我变戏法儿呀？我可懂的!”李翠秀又哼地冷笑了一声，说：“你先别拿你这些护兵、马弁吓唬我，现在是在城外头，你也不用摆臭架子。你说实话，别吹，也别太欺负人，你到底打算怎么办吧?”

崔大爷抽着雪茄细寻思了寻思，说：“你既说出了这话，就都好办啦！你想，我既是成心打算要你们，还能够太跟你们过不去？连胡丽仙，我见了面，都不跟她说什么，只要她肯跟我回去。你呢，也肯去给丽仙做伴儿，那我待你们一定都一个样，绝错不了，可是……”说到这里，他那白净的肥胖的脸，突然露出来一种杀气，淡淡地说：“可是，那个叫什么梁普润的人，我可不能够对他客气！”又说：“好吧！那么你就先上后边的那辆车吧！”

李翠秀摇头说：“不用！我还是骑自行车吧！”当时她就蹬动了车轮，又向前去走。三辆汽车反倒在后面跟着，几个马弁、护兵保护着车，保护着崔大爷，同时也都严密地对她加以监视。

不多时，就到了颐和园高大宏伟的园门，这里有停车处，李翠秀就把自行车放在那里了，又抖了抖裤腿，掠了掠辫子。崔大爷也下了车，雪茄依然在手里拿着，显得十分得意，只叫两名挂着盒子枪的马弁跟着他。他这样儿的人当然用不着买什么门票，李翠秀也就跟着他进去了。

一进了园门，先见到的就是宫院似的房子，这都是当年西太后和宫娥们住的地方，崔大爷就问说：“丽仙藏在哪儿啦？”

李翠秀笑了笑，说：“我要跟你说她没在这儿住，你一定不信，顶好是你自己去找！”

崔大爷说：“这么大的地方，这么多的房子，我怎么能够一处一处去找？我是只听说你有个表哥在这儿做事，丽仙一定是被你们送在这儿来啦。其实我想要问出来是很容易的，叫我的马弁去把你那表哥揪来，我想他一定得说出来，可是我得给你留点面子，我不愿意那么办！”

李翠秀就笑着说：“那你就跟着我走吧！反正现在有两个马弁拿枪保护着你啦，你还怕什么？”

崔大爷摇着头说：“我不怕！我要怕，还敢招惹你吗？把你这样儿的搬到家里去当小老婆，换个别人，他有那胆子吗？我可是就有这份胆子。我还专喜欢找这特别的，凭我的钱，凭我的地位，要什么样儿的女的不行？可是那没意思。胡丽仙跟我闹腾，我才觉着她有意思；你因为有那两手儿能耐，会说几句厉害话，我才觉着你也有意思，这是真的，我早先是没有注意你，要不然，我早就叫你享了福啦！”他就一边说着，一边高视阔步，得意洋洋地跟着李翠秀顺着游廊去走。

李翠秀又故意把眉毛皱了皱，说：“我也真受不了天桥的那个苦啦！”

崔大爷笑着说：“我看这句话才真是你心里的话！我就知道，你不是‘鼻子董’他们说的那蝎子精似的蛮不讲理的人。前两天他们来了，是因为他们不会说话，不会办事，才挨了你一顿打。今天我亲自出马，也就是为这个，本来，咱们这种事都好办，我要是个娘儿们，我还赌的是一口气，争的是个脸。你们，我就不信，十八九岁的大姑娘，不想吃好的，住好的，穿好的，戴好的？”

李翠秀听了他的这些话，只是一声也不言语，她心里燃烧着愤怒的火焰，可是极力地压抑着。

游廊上被宿雨淋得很湿，地下连个人的足迹也没有，李翠秀带着他们仍然往西去走。崔大爷遂走着，遂不住地回首望他那两个马弁，马弁都挂着盒子枪，走得却有点发懒似的，一个就说：“再往那边走，可就看见湖啦！那边只有几家卖茶的，没有人住。”崔大爷一听这话，当时就止住了步，说：“喂！李姑娘，你要把我往哪儿带呀？你以为我没逛过这颐和园吗？”

李翠秀说：“我走我的，你爱跟着不跟着！”

崔大爷说：“你怎么又说这话啦？咱们不是找的是胡丽仙么，难道她还能够藏在桥底下？我告诉你，你可别跟我变戏法，别耽误工夫，快一点找着胡丽仙，咱们快一点坐汽车回城里去，我还要先给你们两人一人买一件最时兴的衣料呢！”

李翠秀却半跑着往西边走去，并回首，招着手笑说：“你快来！到这儿来！你有两个马弁保护着，你还怕什么？你先来，看看这刚下过雨的湖景儿，我还有几句话要跟你说呢！你别这么凶神似的，你要这样，我可就不管啦！你爱找胡丽仙，你就自己找去吧，我可也不理你啦！”

崔大爷微微地笑着，说：“行！先看一看湖景儿也行，有你陪着我，我还能不乐吗？先不去找胡丽仙也可以，你可得陪我到茶社去喝会儿茶。咱们借那儿的纸笔还要写张字儿，你得说，你愿意嫁给我啦，我才能够信你是真心真意……”他边说边往前快走了几步。

他那两个马弁离着他有二三十步之远，这也是为他们的大爷，因为他们的“官儿”正在跟女人调情，而这女人的手里又什么家伙也没有拿着，他们总是有点不好意思永远跟在屁股后面。

这段游廊的尽西头，就有一个很小很窄的门儿。像李翠秀这样窈窕的少女，两个人同时走进这门儿都可以，但像崔大爷这越来越“发福”、越吃越胖的人，进这门儿，可真是仅能容一个人过。李翠秀是那样的轻快而妩媚，她如同小蝴蝶儿一般，到了那门前，又回身笑着招了招手，说：“你倒是快来呀！快走几步儿呀！看这湖边的景致有多么好，你快来看呀！哎呀！还真有几个人在这儿逛……你快来!”

崔大爷自然就快走了几步，李翠秀是先出了那小门，崔大爷随后也就走到了那门外。他往那小门外至多也就走了三四步，后边的两名马弁随着走来，可还没有来到这小门，在这一刹那之间，就听得小门外传来了哎哟”一声极为惨厉的呼叫。两名马弁惊得赶紧摘下了盒子枪，往小门去跑。出了门一看，他们的崔大爷已仰卧在地下，身子发僵，从肚子向下流了一大汪的血；他还在牛一般的喘气、呻吟……

这小门的外边就是万寿山和昆明湖的全景，雨后的水面依然笼罩着烟雾，著名的排云殿、石舫、玉带桥、龙王庙和十七孔桥畔的铜牛，全都在迷茫的烟雾中，看不清楚；也没有一个人，连行凶的李翠秀也没有了，一点踪影都没有了。

这两名马弁惊慌慌地去找本园事务所的人，人倒是来了不少，可是也没有办法，这附近连一家医院也没有；于是就一面用汽车将崔大爷载回城里，一面由那些马弁、护兵，在园里各处去搜找。结果，这崔大爷在半路上就因为伤重而死了，死了这么一个恶魔，可是那行凶的女子李翠秀依然无踪影。

这件事当日就传到城里。那两个紧跟着保护崔大爷而结果还是叫“崔大爷”死了的马弁，为了减轻他们的责任，把这件事更说的是“有枝添叶”，把李翠秀简直“神化”了，甚至说她有“飞檐走壁”之能。

现在给人家当佣工的早先的那个“崔太太”，她是把崔大爷恨极了，她听来了这件事，并且打听得详详细细，她就称心、高兴得了不得，简直好像得了“头奖”啦。第二天就特意跑到南城外，去告诉她认识的人，说：“那崔大爷，早先害过我的那姓崔的小子，他到底遭了恶报啦！叫在天桥变戏法的姑娘李翠秀，拿刀杀死在颐和园里头啦！这可是应了那句俗话：善恶到头终有报，只争来早与来迟……”

崔太太从南城回她的“宅门”，半路上，又在大街上遇见了我，她就把我追住，详细地告诉了我这件事。我呢？听了吓得有点打哆嗦。我本来是一个很懦弱的人，给胡丽仙帮忙，叫她与梁普润“破镜重圆”，也只是想叫他们去躲避几天也就是了。求李翠秀帮助，也不过是为了使他们能到李翠秀的舅妈家中去借住，谁料到李翠秀那拿蛇像拿面条似的一个姑娘，她竟会杀人呢？杀了作恶多端的崔大爷，固然可以给恶人一个警戒，以后或者可以少一些他那样的恶棍再去欺负人、害人，总而言之，这件事固然是大快人心。可是李翠秀的这行为，法所不容，而且崔某人有阔亲，他的亲戚比他更有权势，岂能不为他报仇、缉凶？

因此，我对李翠秀倒很是挂念，我不知道她的家里、她的爸爸“快手李”是否已经受了她的连累，更不知道胡丽仙和梁普润现在是否仍然避居在颐和园或是挂甲屯。我想上那两个地方去打听打听，可是我因为有许多的顾虑，便没有敢去一趟。咳！世间有仗义扶危的侠女，人家奋不顾身，烈烈的行径，超过了我平素所敬慕的天桥“风尘四杰”，但我呢？连出头去打听打听，看一看，也都不敢，咳！我真是一个懦夫呀！

第十二回　香山访侠女

自从别了“崔太太”，自从知晓了这件事，我终日是寝食不安。在这几天之内，各报上都登着“悬赏缉凶”的广告。也不知道他们是从哪里找来的李翠秀的相片，做成了铜版，登在报上是那么显眼，可是我却不敢细看，倒好像我跟她有什么关系似的。我只听见旁人说：“啊！这个姑娘就是在天桥变戏法、练把式的，看，长得有多漂亮呀！可是，又有多么厉害……”一个月之后，倒也没听说缉到这个女凶手，我倒有点担心了，恐怕李翠秀在行凶之后，她也已经畏罪而投湖自尽。

秋凉时，我才又到了天桥。天桥依然是那么风高土大，可是变戏法的不见了，“快手李”和他的女儿、儿子都不见了。我想要到“臭水坑”他们的故居之处再去访问访问，探询探询，可还有一些犹豫，正在天桥徘徊着，忽然遇见了“久违”的女伶杨桂玲和她的表兄假卓别林了。

杨桂玲已经像是一位中年的妇人了，她已完全不着昔时那女伶的男装，现在她穿的是蓝布大褂，还抱着她的已经六个月的小女儿。她是因为到外埠去唱戏，后来与一位在“实业界”做事的人结了婚，就不再唱戏了，如今随着她的先生回到北京已有一个多月了。据她说，她还住在那院子里有几棵榆叶梅的那个地方，其实我也没有到她家里去过。

假卓别林还是那么瘦，穿着灰大褂，倒像是一个买卖人。他先悄声问我说：“这些日子你没见着胡丽仙吗?”

这也正是我急于要打听的，我就说：“我真不放心他们，也不知道他们在哪儿住？近况怎样？还有早先在这儿变戏法的那位‘快手李’……”

杨桂玲把我拉到一边，说：“大概你还都不知道！因为胡丽仙的事，李翠秀不是杀了崔大爷吗……”

我赶紧悄声地问说：“李翠秀姑娘到底是上哪儿去啦?”

杨桂玲摆手说：“你先别着急，你听我慢慢地说。其实我回到北京也不过一个来月，这些事，我可都知道。李翠秀杀了崔大爷弄出事来之后，就没再进城；她倒不要紧，她家里的人可受了连累了，‘快手李’有半个多月没敢回家。后来刘宝成回来了，他是看见报上说姓崔的死了，他回到北京是想安顿他的师妹胡丽仙。可是胡丽仙跟梁普润成了小两口，日子过得很好，早先听说他们是住在颐和园里的一间小屋，很严密，后来索性进城回家里住着来啦，梁普润照旧做事。崔大爷死的那件事大家都不知道与他有关，只都由李翠秀担当了，所以也没有人去找寻他们，我们现在正是想要看她去。”

我刚要说话，杨桂玲却又抢着说：“刘宝成现在外省还混得不错，他身体强，有力气，能吃苦，走到哪儿不行？他也很挂念你，不过上次他回来，没敢去拜访你。”

我问说：“为什么呢?”

杨桂玲说：“他本来是为丽仙跟翠秀的事情回来的，回来就是看了看丽仙，把‘快手李’跟翠秀的兄弟，还有那位病老太太，可是都给带走了。他说：他没在北京，他师妹胡丽仙受姓崔的欺负，是李翠秀替他帮了丽仙的忙，打了不平，剪除了崔大爷那个恶棍。可是为此事，人家李翠秀抛了自己的家，‘快手李’也不敢再上天桥了，弄得生活没办法，所以他得给想主意；他把‘快手李’全家接走，借这个，好替胡丽仙报答翠秀。因为翠秀的事情总算至今没有完，他就没敢去看你，他人粗，可是心细，怕给你沾上什么麻烦。他带着‘快手李’全家走了，也有不少日子啦！他说到外省只要有力气，肯吃苦，就有饭吃，不像咱们这地方找事这么难，‘快手李’跟他儿子虽是一老一少，可也闲不着。”

我又问：“李翠秀现在倒是在哪儿啦？”

杨桂玲笑了笑，说：“她也很好！这么着吧，我们现在正要去看胡丽仙，她跟梁普润新近搬在白纸坊那边去住了，另组织了小家庭，离着这儿可是不近；你要是现在有工夫，咱们这就一块儿去看看她，好不好？”

我还有一点儿迟疑，因为胡丽仙已经确确实实的成了梁太太了，我又不是她娘家的什么亲戚；连假卓别林都可以算是她娘家的“干表亲”，我却与她没有什么关系。我知道她好，我放了心，也就行啦，倒是没有去看她的必要。

杨桂玲说：“你身体既是还不好，那就不必去啦，改日吧！”

我说：“我可是想知道知道李翠秀的情形。”

杨桂玲想了半天，就说：“这么着也行！我先去找丽仙，跟她订好了，明天上午十点钟，咱们在西直门城门脸见面，然后一块儿再雇车，出城去看李翠秀，我也想去瞻仰瞻仰这位女英雄。丽仙倒是常同着梁普润去看她，现在去看她，也没什么大关系了，因为崔大爷死的那事情已经凉了，他的那些个外家跟小老婆，早就分了他作恶的钱，散啦！人已经死了，完了，他的亲戚也就不大记得他了。就这么着，明天只要不下雨，咱们就一块儿去看李翠秀！”

我高兴地说：“好吧！明天的车由我雇。”

我们就不再提这件事了，因为杨桂玲跟小崇要去看胡丽仙，需要穿过天桥，而我还想在天桥逛一逛，所以我们就一同走着，随行随谈着话。

假卓别林小崇对我说：“自从崔大爷一死，天桥再也没有欺负人的人啦！小庞、小魏、‘天不怕’‘河螃蟹’那些个平日叫崔大爷养活的人，现在也都没有了着落，天桥这个地方他们吃不开啦！

顶是‘鼻子董’，他当初一步走错，受了姓崔的一点儿好处，他的名誉可就完啦，天桥没有人理他啦；他的老婆又跑了，这回连他的孩子都给带跑啦，他连气带懊悔，就疯了。你看，他不是在那边了吗？”

我扭头一看，看见“鼻子董”依然拿着他的那杆扎枪，站在那里发着怔，那枪头儿大概都要掉下来了，他形容枯槁，脸瘦得好像只剩下一个长着许多疙瘩的鼻子了。他没有练枪，也没有人过去看他。

我同他们就在这里分了手，我赶紧回到报馆里，向会计先生借了几块钱，便迫不及待地要去看望看望那位侠女。当晚我连觉都没有睡好，恨不得一睁眼就到西直门，去出城会晤那位“有传奇性”的今世女侠。我可又自觉自己有些不对，真的，我跟李翠秀又有什么关系？她虽然没有表示过厌烦我，可也向来没有和我多谈过话，我难道是想巴结人家吗？不，实在是因为我对她太钦佩了。

次日，我特意由车行里雇了一辆汽车，在十点钟左右，开到了西直门门脸儿。我见杨桂玲和胡丽仙都已经先来了，胡丽仙也穿着朴素的蓝布褂，手里还提着一份礼物，大概是点心跟茶叶。她见了我，还觉着不好意思似的，问说：“您倒好呀？”我连说：“好，好！”我又问：“普润呢？今天他还上班吧？”丽仙的脸上又一红，笑着说：“对啦！他一点儿工夫也没有，总想看看您去，可总是没去。”我说：“我们自己人，何必客气？”我让她们都上了车，车就开出了西直门，由胡丽仙指点着路。

今天杨桂玲也没抱着她的孩子，她还是那么诚恳、洒脱，跟胡丽仙，跟我全都说上话没有完。当我与胡丽仙谈话的时候，她便在旁边用手指轻轻地敲着玻璃窗，低声唱着：“行过东来又转西，举目无亲甚惨凄。衣衫褴褛怎遮体，吹箫讨饭来行乞……”她又唱起《伍子胥》来了。胡丽仙向我笑着说：“您看，她还没有忘了她的老本行！”我没有言语，我是正在想：她们都好了，都已经由苦难之中挣扎出来了！只有我，我却仍然是一事无成……

车窗外是新秋七月的田野，无垠的大地，茂盛的庄稼，马路两旁被微风吹拂着的柳丝，好像也微微地染上一点黄色了。这条路上，汽车往来的倒不算多，骑自行车的倒是不少，都是来这郊外游玩的男女学生。胡丽仙忽然说："李翠秀就会骑自行车，将来她要有一辆自行车，也就能够常进城来看我们啦!"

杨桂玲说："你还提她骑自行车呢！我听小崇告诉我，那一天她杀崔大爷，是怔骑上'鼻子董'赁的一辆车，追去的。那辆车其实没有丢，是寄放在颐和园的门口了，可是那时候，事情多么严重呀？吓得'鼻子董'怕受连累，也不敢去取车，结果就算是扔了，由小崇跟他凑钱，赔了人家赁自行车的一辆。'鼻子董'合着是没占着姓崔的什么大便宜，倒跟着倒了不少的霉。"

我忽然凛然地想到：我们现在所要去拜访的是一个"女凶犯"呀，不，是一位除暴安良的女英雄！她到底在哪里了呢？离着这里还有多远，还要再走几时才能到呢？

现在这辆车已经过了海淀、挂甲屯，并且过了颐和园，又走了少时，就望见苍翠的西山了。这西山是太行山的支脉，而这里又是西山风景最幽美的一部分，这一脉冈峦，应名之曰"香山"。我知道这是靠近京郊最有名的天然的名胜，山上有"碧云寺"等古刹，还有"香山饭店"，这是有钱的人来玩的地方呀！怎么，李翠秀竟会匿居在这里，她又依什么为生呀……

我还是不知道李翠秀到底住在一个什么地方，就听胡丽仙告诉着司机说："往这边，再往那边……"车已开到了马路的尽头，没有法子再向前边开了，因为前边就是山谷了，在这里我们就都下了车，叫车停在这里等着我们。我和杨桂玲都随着胡丽仙走，我还替她拿着那份礼物。

我们径往山上走去，这蜿蜒的山岭，斜陡的山峰，坎坎坷坷的山路，我的天爷！我哪儿爬得动山呀？我恨不得谁借给我一根手杖，要能雇上一乘上山的小轿那更好，但是现在这一带除了我们，简直就没有人了。山鸟倒是很多，吱吱地叫着，噗噗地飞着，还有泉水顺着石缝流下，发出潺潺的声音。

我真是脚又疼腿又软，我又怕遇着野兽，心里直发怯。杨桂玲走得倒很高兴，她又大声地唱了起来："好一个聪明小韩信，他将古人打动了我的心，他道我萧何……"胡丽仙倒是很努力地往上走，她也累了，可是还不肯休息。她也不过仅来过一两趟，现在也有点迷路了，转向了，可是还是直着眼睛，尽力地在寻找，我知道是有一股热情在她的心里滚涌着，是侠女李翠秀的友情、义勇，在那里吸引着她。

我们爬过了两道山岭，又慢慢地往下走。这里已是香山的山后了，眼前展开了一片平谷，不，这是平原吧？因为种着无边的、茂盛的庄稼。这里种的都是玉蜀黍，北平人叫它为老玉米，是磨玉米面（即棒子面）的"原料"，这庄稼长得十分茂盛，都成熟了，已经到收的时候了。我们看见了田间有两幢茅屋，能听见汪汪的犬吠声。

我们下了山，仍由胡丽仙在前，就穿过了森密的、高高的、叶子像刀子似的玉米地。接着就听见咕咕地鸡叫了，胡丽仙高声喊着："李大妹妹！翠秀妹妹！"又喊着："妹夫！张勤！"我又有点诧异了。

我们到了小茅屋前，健壮的年轻农人张勤已经来迎我们，李翠秀也自屋里笑着走了出来；她头上包着手巾，梳的是一个发髻，已成了一个少妇，一个勤劳健壮、快乐的农家少妇。他们小夫妇将我们让到屋里，在这个万山丛中，田野之间的简朴的小巢里，就宿着他们一对快乐的鸟儿，不过，他们可不是像麻雀、画眉那样懦弱的鸟儿，他们是像鹰似的侠义的猛禽。

这侠女李翠秀，招待着我们喝茶水，并回述了她那日剪锄凶恶，杀死崔大爷的事情。她说她那天猛然地用匕首将"崔大爷"刺倒，随即便跑到"耶律楚材墓"藏了起来（那是一座古墓，在颐和园中一个僻静的角落里）。直到夜间，她由那高墙爬出，到挂甲屯找着了张勤，便一同到这里来了。这里是张勤的家，由是，他们同居了。

李翠秀还向我们说："要再有姓崔的那样的人，你们就来告诉我，我还能够去，我不能容世间有这种恃财凭势欺负人的人！"山风呼呼，田野茫茫，碧云飘飘，阳光炎炎，我真要对着这侠女高唱：“风萧萧兮易水寒！”她是我一生的奇遇，是我所见到的“四杰”之外的一位奇女子。

我们怕耽误了进城，所以不敢在这里多待。胡丽仙留下了她送给李翠秀的礼物，而李翠秀就摘了许多她亲手种的老玉米给她，作为酬谢。

当下我们辞别了这位侠女，又爬过了山岭，乘汽车回到城里，我与胡丽仙、杨桂玲也分了手。因为此后不久，我就又失业离开了北京，再往他处谋生，风尘仆仆，人事纷纭，我就再也没到北平，至今约三十年了。然而，我的记忆里的侠女李翠秀，她还是年轻的。

附录一

为《王度庐武侠言情小说集》而作

张赣生

我第一次读度庐先生的作品，是四十多年前刚上中学的时候，做梦也想不到今天为《王度庐武侠言情小说集》写序。

度庐先生是民国通俗小说史上的大作家，他的小说创作以武侠为主，兼及社会、言情，一生著作等身。最为人乐道的，自然首推以《鹤惊昆仑》《宝剑金钗》《剑气珠光》《卧虎藏龙》《铁骑银瓶》构成的系列言情武侠巨著，但他的一些篇幅较小的武侠小说，如《绣带银镖》《洛阳豪客》《紫电青霜》等，也各具诱人的艺术魅力，较之“鹤–铁五部”并不逊色。

度庐先生以描写武侠的爱情悲剧见长。在他之前，武侠小说中涉及婚姻恋爱问题的并不少见，但或作为局部的点缀，或思想陈腐、格调低下，或武侠与爱情两相游离缺少内在联系，均未能做到侠与情浑然一体的境地。度庐先生的贡献正在于他创造了侠情小说的完善形态，他写的武侠不是对武术与侠义的表面描绘，而是使武侠精神化为人物的血液和灵魂；他写的爱情悲剧也不是一般的两情相悦、恶人作梗的俗套，而是从人物的性格中挖掘出深刻的根源，往往是由于长期受武德与侠道熏陶的结果。这种在复杂的背景下，由性格导致的自我毁灭式的武侠爱情悲剧，十分感人。其中包含着作者饱经忧患、洞达世情的深刻人生体验，若真若梦的刀光剑影、爱恨缠绵中，自有天道、人道在，常使人掩卷深思，品味不尽。

度庐先生是一位极富正义感的作家，这在他的社会言情小说中表现得格外鲜明。《风尘四杰》《香山侠女》中天桥艺人的血泪生活，《落絮飘香》《灵魂之锁》中纯真少女的落入陷阱，都是对黑暗社会的控诉，很能引起读者的共鸣。度庐先生自幼生活在北京，熟知当地风土民情，常常在小说中对古都风光作动情的描写，使他的作品更别具一种情趣。

度庐先生是经受过“五四”新文化运动洗礼的人，他内心深处所尊崇的实际上是新文艺小说，因而他本人或许更重视较贴近新文艺风格的言情小说和社会小说创作。但从中国文学史的全局来看，他的武侠言情小说大大超越了前人所达到的水平，而且对后起的港台武侠小说有极深远影响的，是他创造了武侠言情小说的完善形态，在这方面，他是开山立派的一代宗师。几十年来出版的中国现代文学史，无例外地排斥通俗小说，这种偏见不应再继续下去，现在是改写中国现代文学史的时候了。

附录二

已知王度庐小说目录

1926—1937

作品名称	始载时间	连载报刊/署名/备注
半瓶香水	1926.9之前	小小日报/王霄羽
黄色粉笔	1926.9之前	同上
红绫枕	1926.9	小小日报/王霄羽/同年报社出版单行本
残阳碎梦	1926.12	小小日报/王霄羽
侠义夫妻	1927.1	同上
琪花恨	1927.3	同上
孀母孤儿	1927.4	同上
飘泊花	1927.5	同上
红手腕	1927.8	同上
护花铃	1927.8	小小日报/霄羽
青衫剑客	1927.10	小小日报/王霄羽
蝶魂花骨	1928.3	同上
疑真疑假	1928.4	小小日报/ 葆祥
双凤随鸦录	1928.7	小小日报/王霄羽
战地情仇	1929.6	同上
自鸣钟	1930.4	同上
惊人秘柬	1930.4	同上
神獒捉鬼	1930.6	同上
空房怪事	1930.7	同上
绣帘垂	未详	同上
玉藕愁丝	1930.7	小小日报/香波馆主
烟霭纷纷	1930.7	同上
鳌汉海盗	1930.8	小小日报/霄羽
缠命丝	1931.8	小小日报/王霄羽
触目惊心	1931.8	同上
燕燕莺莺	1931.8	小小日报/香波馆主
黄河游侠传	1936.10	平报/霄羽
燕赵悲歌传	1937.4	同上
八侠夺珠记	1937.7	同上

1938—1949

作品名称	起止时间	连载报刊 署名	出版时间、出版社/署名
河岳游侠传	1938.6–1938.11	青岛新民报 王度庐	
宝剑金钗记	1938.11–1939.7	青岛新民报 王度庐	1939年青岛新民报社，1948年上海励力出版社（改题《宝剑金钗》）/王度庐
落絮飘香	1939.4–1940.2	青岛新民报 霄羽	1948年上海励力出版社，分为四册：《落絮飘香》《琼楼春情》《朝露相思》《翠陌归人》/王度庐
剑气珠光录	1939.7–1940.4	青岛新民报 王度庐	1941年青岛新民报社，1947年上海励力出版社（改题《剑气珠光》）/王度庐
古城新月	1940.2–1941.4	青岛新民报 霄羽	1949–1950年上海励力出版社，分为四册：《朱门绮梦》《小巷娇梅》《碧海狂涛》《古城新月》/王度庐
舞鹤鸣鸾记	1940.4–1941.3	青岛新民报 王度庐	1941年（？）青岛新民报，1948年（？）上海励力出版社（改题《鹤惊昆仑》）/王度庐
风雨双龙剑	1940.8–1941.5	京报（南京） 王度庐	1941年南京京报社/王度庐，1948年上海育才书局/王度庐
卧虎藏龙传	1941.3–1942.3	青岛新民报 王度庐	1948年上海励力出版社（改题《卧虎藏龙》）/王度庐
海上虹霞	1941.4–1941.8	青岛新民报 霄羽	1949年上海励力出版社，分为二册：《海上虹霞》《灵魂之锁》/王度庐
彩凤银蛇传	1941.5–1942.3	京报（南京） 王度庐	
虞美人	1941.8–1943.10	青岛新民报 霄羽	1949年上海励力出版社，分为数册：《琴岛佳人》《少女飘零》《歌舞芳邻》《暴雨惊鸳》等/王度庐
纤纤剑	1942.3–1942.10	京报（南京） 王度庐	
铁骑银瓶传	1942.3–1944.?	青岛新民报 王度庐	1948年上海励力出版社，改题《铁骑银瓶》/王度庐
舞剑飞花录	1943.1–1944.1	京报（南京） 王度庐	1949年上海励力出版社，改题《洛阳豪客》/王度庐
大漠双鸳谱	1944.1–1944.7	京报（南京） 王度庐	

（接上表）

寒梅曲	1943.10-？	青岛新民报 霄羽	1948年（？）上海励力出版社，分为数册：《暴雨惊鸳》等/王度庐
紫电青霜录	1944-1945	青岛新民报 王度庐	1948年上海励力出版社，改题《紫电青霜》/王度庐
春明小侠	1944.7-1945.4	京报（南京） 王度庐	
琼楼双剑记	1945.4-1945（？）	京报（南京） 王度庐	
锦绣豪雄传	1945.5-？	民民民 王度庐	
紫凤镖	1946.12-1947.7	青岛时报 鲁云	1949年重庆千秋书局/王度庐
太平天国情侠传	1947.5-?	民治报 鲁云	
清末侠客传	1947.4-1948.?	大中报 鲁云	1948年上海励力出版社，分为二册：《绣带银镖》《冷剑凄芳》/王度庐
晚香玉	1947.6-1948.1	青岛时报 绿芜	1948年上海励力出版社，分为二册：《绮市芳葩》《寒波玉蕊》/王度庐
雍正与年羹尧	1947.7-1948.4	青岛时报 鲁云	1948年上海励力出版社，改题《新血滴子》/王度庐
粉墨婵娟	1948.2-1948.7	青岛时报 绿芜	1948年元昌印书馆，分为二册：《粉墨婵娟》《霞梦离魂》/王度庐
风尘四杰	1948.2-？	岛声旬刊 佩侠	1949年上海励力出版社/王度庐
宝刀飞	1948.4-1948.9	青岛时报 鲁云	1948年上海励力出版社/王度庐
燕市侠伶	1948.7-1948.10	青岛时报 绿芜	1948年上海励力出版社/王度庐
金刚玉宝剑	1948.9-1949.2 1949.2-？	青岛公报 联青晚报 王度庐	1949年上海励力出版社/王度庐
香山侠女			1949年上海励力出版社/王度庐
春秋戟			1949年上海励力出版社/王度庐
龙虎铁连环	1948.9-1948.10	军民晚报 王度庐	1949年上海励力出版社/王度庐
玉佩金刀记	1949.1-1949.?	民治报 王度庐	

附录三

王度庐年表

徐斯年 顾迎新

说明：

1.本表曾在《西南大学学报》刊出，此为补订本，包括增补史料及其说明、考证，并订正了个别疏误。

2.本表包含许多新发现的资料，特别是在辽宁省实验中学档案室发现的王度庐档案，从而补正了徐斯年《王度庐评传》的一些误判和部分欠缺。

3."度庐"实为1938年启用的笔名，为了统一，本表用为表主正名。

4.由于史料不全，历年行状、著述依然详略不一，有待继续挖掘、补充史料。

5.表中所记日期，阳历用阿拉伯数字，清、民国年份及旧历日期用汉字。

6.表中所系年龄均为虚岁。

7.由于旧报缺失严重，所以连载作品肯定不全。表中所录者，始载时间和结束时间多难确认，一般仅记月份，有线索可资考证者在按语中加以说明。

1909年（清宣统元年，己酉） 1岁

正月，清帝爱新觉罗·溥仪改元"宣统"。清廷决定消除"旗""民"界限，旗人不再享受"俸禄"。是年七月廿九日（9月13日），王度庐生于北京

“后门里”司礼监胡同四号一户下层旗人家庭，原名葆祥（后曾改为葆翔），字霄羽。父亲“在清宫管理车马的机构里当小职员”。家庭成员除父母外还有一位姐姐、一位未嫁的姑母和一位叔祖父。一家六口，全靠父亲薪金维持生计。

按：后门即地安门，后门里位于地安门内，属镶黄旗驻地。司礼监胡同，得名于明代位于该地之司礼太监署；后改称“吉安所左巷”，则得名于清代宫中嫔妃、宫女卒后停尸之“吉祥所”（后改“吉安所”）。毛泽东青年时代曾租寓于本胡同8号。

关于父亲职务的记述引自王度庐手写简历，其父任职机构当系内务府下属之“上驷院”。内务府为管理皇家事务的机构，成员均为满洲上三旗（镶黄、正黄、正白）“从龙包衣”。“包衣”，满语，意为“自家人”，一定语境下也指“奴仆”“世仆”。据此，王氏当属编入满洲镶黄旗的“汉姓人”（不同于“汉人”“汉军”），这一族群不仅属于“旗族”，而且也被承认为满族。

1912年（民国元年，壬子）　4岁

1月1日孙中山宣誓就任中华民国总统。2月2日，清宣统帝宣告退位。根据清室优待条件，宫内各执事人员照常留用，王度庐父亲依然可以领受部分薪金，家庭生计勉得维持。

1916年（民国五年，丙辰）　8岁

1月，王度庐父亲病故。2月，遗腹弟出生，名葆瑞，字探骊。家境日蹙，主要靠母亲为人缝补浆洗维持生计。

是年2月2日，王度庐夫人李丹荃生于陕西周至。

按：葆瑞出生时间据人民日报社1991年1月3日印发之《谭立同志生平》。葆瑞（即谭立）为遗腹子，由此可知其父当卒于1月份。周至，离西安甚近。

1918年（民国七年，戊午）　10岁

是年王度庐始入私塾读书。曾与姐、弟同染重症，母亲变卖家当为之治

疗，终得转危为安，而家庭经济更加贫困。

1919年（民国八年，己未） 11岁

五四运动爆发。王度庐仍在私塾就读，至1920年。

1921年（民国十年，辛酉） 13岁

是年王度庐入景山高等小学就读，至1924年。

1925年（民国十四年，乙丑） 17岁

是年1月，宋心灯在北京创办《小小》日报（后改《小小日报》），自任社长、主笔。王度庐从景山高等小学毕业，先在精精眼镜店当学徒，后在《平报》和电报局任见习生，可能已经开始向《小小》日报投稿。

按：宋心灯（？—1949），字信生，原籍河北大兴（析津）。新闻专科学校毕业，也是北京早期足球运动和羽毛球运动的发起者之一。《小小》日报即注重刊载体坛信息，后来发展为综合性小报。

又按：辽宁实验中学所存退休人员档案中的王度庐登记表，"文化程度"一栏填为"九年"，当系虚数。

1926年（民国十五年，丙寅） 18岁

是年《小小日报》先后刊载王度庐所撰侦探小说《半瓶香水》《黄色粉笔》和"实事小说"《红绫枕》，均署"王霄羽"。《小小日报》馆印行《红绫枕》单行本，标类改为"惨情小说"。12月，《小小日报》连载社会小说《残阳碎梦》，亦署"王霄羽"。12月24日，《小小日报》刊出宋信生所撰《本报改版宣言》，"将旧有之八小版易为四大版"。

按：由于存报缺失严重，《半瓶香水》《黄色粉笔》未见，不知确切发表时间。因《红绫枕》内文提及它们，故知连载于《红绫枕》之前。由此亦不排除其一已于上年开始见报的可能。又据李丹荃女士回忆，早期作品还有《绣帘垂》《浮白快》两种，均未见。《残阳碎梦》，现存第十次载于是年12月20日，由此推知当始载于12月1日；现存第三十三次载于次年1月21日，末注"（未完）"。

1927年（民国十六年，丁卯） 19岁

是年王度庐始在宽街夜授计民小学任职，先当会计，后任教员，直至1929年。同时继续卖稿和自学，包括到北京大学旁听，往三座门北京图书馆、鼓楼民众图书阅览室阅读。

1月，《小小日报》连载武侠小说《侠义夫妻》，署“王霄羽”。3月，《小小日报》始载社会小说《琪花恨》，署“王霄羽”。4月，《小小日报》连载社会小说《嫣母孤儿》，署“王霄羽”。5月，《小小日报》连载社会小说《飘泊花》，署“王霄羽”。 6月，《小小日报》连载侦探小说《红手腕》，署“王霄羽”。 8月，《小小日报》连载侠情小说《护花铃》，署“霄羽”。10月，《小小日报》连载武侠小说《青衫剑客》，署“王霄羽”。

按：《侠义夫妻》，现存第八次载于1月31日，当始载于《残阳碎梦》结束后；连载结束时间当在《琪花很》始载之前。《嫣母孤儿》仅存5月2日第十一次，由此推知始载时间在4月（《琪花梦》结束之后）。《飘泊花》，现存第六次载于5月30日。《红手腕》，现存第十一次载于7月9日，可知始载于6月末。《护花铃》仅存十四、十七次，载于9月2日、5日，是知始载于8月，标类“侠情小说”，写当时题材。《青衫剑客》，第四次载于10月9日，至11月9日犹未结束。

1928年（民国十七年，戊辰） 20岁

是年北京改称“北平”。3月，《小小日报》连载侦探小说《疑真疑假》，署“葆祥”。3月，《小小日报》连载社会小说《蝶魂花骨》，署“王霄羽”。5月，《小小日报》连载社会小说《揉碎桃花记》，署“王霄羽”。7月，《小小日报》连载“讽世小说”《双凤随鸦录》，署“王霄羽”。

按：《疑真疑假》，第四次载于3月12日，当始载于8日。《蝶魂花骨》，第三十四次载于4月11日，当始载于3月9日，与《疑真疑假》同时，故用两个笔名。《双凤随鸦录》，第四十二次载于8月21日。

本年存报缺失严重，当有不少连载作品至今未知。以下类似情况不再逐一说明。

1929年（民国十八年，己巳） 21岁

6月，《小小日报》连载社会小说《战地情仇》，署“王霄羽”。

按：《战地情仇》，仅存7月4日一次（序号未详）。本年几无存报。

1930年（民国十九年，庚午） 22岁

是年王度庐离开宽街夜授计民小学，改任家庭教师，不久认识李丹荃。

按：李丹荃在所遗手稿《王度庐小传》中说：“我在北京读中学时，在一个同学家里认识了王度庐。那时，他正给我的同学的弟弟补习功课。记得他曾送过我两本书，一本是纳兰容若的《饮水词》，另一本是《浮生六记》。我不喜欢《浮生六记》，却很喜欢那本词，有些句子至今仍能记得，如‘摇落尽，有发未全僧，风雨消磨生死别，似曾相识只孤灯；情在不能醒……’‘瘦狂那似肥痴好，任他肥痴好，笑他多病与长贫，不及衮衮诸公向风尘……’”（按文中所记纳兰词句与原作略有出入。）

3月，《小小日报》连载侦探小说《自鸣钟》，署“王霄羽”。

按：《自鸣钟》残存连载文本至三十一次告“全卷终”，次日接载《惊人秘柬》第一次。故暂系于3月。

是年，王度庐始用笔名“柳今”在《小小日报》开辟个人专栏“谈天”，每日发表短文一篇，纵论国事、民生、世态、人情、风习、学术、艺文等。“柳今”在这些短文里经常述及“自己”的“经历”，多属杜撰；但是，这位论说者的心态、性格、气质又与当时的王度庐十分相符。

按：因存报缺失，“谈天”开栏、终结时间未详。所载杂文均署“柳今”，以下不作逐篇标注。

4月1日，《小小日报》“谈天”栏刊出杂文《世态》。4月4日，《小小日报》“谈天”栏刊出杂文《荒芜的青年》。

按：4月2日、3日报纸缺失，或漏杂文两篇。以下类似情况不再加注按语。

4月5日，《小小日报》“谈天”栏刊出杂文《中等人》。4月6日，《小小日报》“谈天”栏刊出杂文《架子》。4月7日，《小小日报》“谈天”栏刊出杂文《性的广告》。4月8日，《小小日报》“谈天”栏刊出杂文《笑》。4月9日、10日，《小小日

报》“谈天”栏连续刊出杂文《永垂不朽》(一)(二)。4月11日,《小小日报》“谈天”栏刊出杂文《女性的教育与生育》。4月12日,《小小日报》“谈天”栏刊出杂文《一位平民文学家》,赞赏满族鼓词作者韩小窗。文中说:“世界本来是平民的世界,尤其是文学家,更要有一种平民化的精神,他才能够用文学的力量,来转移风化,陶冶民情;否则琢句雕章,自以为是,至多不过只能得到少数的文蠹的几遍诵读罢了。”韩小窗“这人确实是位有天才、有词藻、有思想的文学家。他能把他这种才学,不去作八股,不去批试帖,而能用来编大鼓,他的平民思想可见了,他的环境可见了,而他的清高也可见了。”

按:韩小窗(约1828—1890),辽宁开原人,满族,子弟书(即鼓词)作家。其代表作有《露泪缘》《宁武关》《长坂坡》《刺虎》《黛玉悲秋》《红梅阁》及影卷《谤可笑》《金石语》等。

4月13日,《小小日报》“谈天”栏刊出杂文《绝顶聪明》。4月14、15日,《小小日报》“谈天”栏连续刊出杂文《道德》(一)(二)。

4月17至23日,《小小日报》“谈天”栏连载杂文《伦理与中国》。全文分为五节:一、伦理的产生;二、伦理的优点;三、伦理被利用以后;四、伦理存亡与中国之存亡;五、伦理的蟊贼。

4月25日,《小小日报》“谈天”栏刊出杂文《小难》。4月26日,《小小日报》“谈天”栏刊出杂文《女招待》。4月27日,《小小日报》“谈天”栏刊出杂文《落子馆》。4月29日,《小小日报》“谈天”栏刊出杂文《麻醉剂》。4月30日,《小小日报》“谈天”栏刊出杂文《万寿寺》。

4月,《小小日报》连载侦探小说《惊人秘柬》,署“王霄羽”。

按:《自鸣钟》残存连载文本至三十一次告“全卷终”,次日接载《惊人秘柬》第一次,具体日期均难考定。

5月1日,《小小日报》“谈天”栏刊出杂文《赘泽品》。5月2日,《小小日报》“谈天”栏刊出杂文《童子军》。5月3日,《小小日报》“谈天”栏刊出杂文《女腿》。5月4日,《小小日报》“谈天”栏刊出杂文《颠倒雌雄》。5月5日,《小小日报》“谈天”栏刊出杂文《歌舞剧》。5月6日,《小小日报》“谈天”栏刊出杂文《招与待》。5月7日,《小小日报》“谈天”栏刊出杂文《恢复北京》。5月8日,《小小日报》“谈天”栏刊出杂文《野鸡》。5月9日,《小小日报》“谈天”栏刊出杂文《女招打》。5月13日，《小小日报》“谈天”栏刊出杂文《署名》。5月14日，《小小日报》“谈天”栏刊出杂文《迷》。5月15日，《小小日报》“谈天”栏刊出杂文《恶五月》。5月16日，《小小日报》“谈天”栏刊出杂文《送春》。5月17日，《小小日报》“谈天”栏刊出杂文《哭》。5月18日，《小小日报》“谈天”栏刊出杂文《雨天》。5月19日，《小小日报》“谈天”栏刊出杂文《名士派》。5月20日，《小小日报》“谈天”栏刊出杂文《小算盘》。5月21日，《小小日报》“谈天”栏刊出杂文《自行车》。5月22日，《小小日报》“谈天”栏刊出杂文《穷北京？》。5月23日，《小小日报》“谈天”栏刊出杂文《服从》。5月24日，《小小日报》“谈天”栏刊出杂文《奴隶性》。5月28日，《小小日报》“谈天”栏刊出杂文《澡堂里》。5月29日，《小小日报》“谈天”栏刊出杂文《安慰》。5月30日，《小小日报》“谈天”栏刊出杂文《中国剧》。5月31日，《小小日报》“谈天”栏刊出杂文《游民》。5月，《小小日报》连载侦探小说《触目惊心》，署“王霄羽”。

按：《触目惊心》未见，据《空房怪事》前言列入，连载时间在《神獒捉鬼》之前，故系入5月。

6月1日，《小小日报》“谈天”栏刊出杂文《端午节》。3日，《小小日报》“谈天”栏刊出杂文《打麻雀》。4日，《小小日报》“谈天”栏刊出杂文《谋事》。5日，《小小日报》“谈天”栏刊出杂文《无聊的北平》。6日，《小小日报》“谈天”栏刊出杂文《病》。同日开始连载侦探小说《神獒捉鬼》，署“王霄羽”。

按：《神獒捉鬼》共连载二十五次，当结束于6月30日（7月1日始载《空房怪事》，参见《空房怪事》引言）。

7日，《小小日报》“谈天”栏刊出杂文《造化儿子》。8日，《小小日报》“谈天”栏刊出杂文《疯人》。9日，《小小日报》“谈天”栏刊出杂文《阔事》。10日，《小小日报》“谈天”栏刊出杂文《骗术》。11日，《小小日报》“谈天”栏刊出杂文《财神　阎王》。12日，《小小日报》“谈天”栏刊出杂文《画中人》。13日，《小小日报》“谈天”栏刊出杂文《醉酒》。14日，《小小日报》“谈天”栏刊出杂文《夫妻间》。15日，《小小日报》“谈天”栏刊出杂文《不开壳》。16日，《小小日报》“谈天”栏刊出杂文《憔悴》。17日，《小小日报》“谈天”栏刊出杂文《伤心人》。18日，《小小日报》“谈天”栏刊出杂文《情书》。

19日，《小小日报》“谈天”栏刊出杂文《琴声里》。20日，《小小日报》“谈天”栏刊出杂文《☯》。21日，《小小日报》“谈天”栏刊出杂文《什刹海》。22日，《小小日报》“谈天”栏刊出杂文《凶杀案》。23日，《小小日报》“谈天”栏刊出杂文《关于裤子》。24日，《小小日报》“谈天”栏刊出杂文《三件痛快事》。25日，《小小日报》“谈天”栏刊出杂文《诗人》。26日、27日，《小小日报》“谈天”栏连续刊出杂文《贵族学校》（一）（二）。28日，《小小日报》“谈天”栏刊出杂文《穷　住》。29日，《小小日报》“谈天”栏刊出杂文《妙影》。30日，《小小日报》“谈天”栏刊出杂文《罪恶场中之未来者》。6月，《小小日报》连载社会小说《烟霭纷纷》，署“香波馆主”。

按：现存《烟霭纷纷》第三十六次连载文本复印件上有副刊“编余”一则，云“今天这版算作‘七夕特刊’”。查1930年七夕为阳历8月30日，由此推知《烟霭纷纷》当始载于6月27日。

7月1日，《小小日报》“谈天”栏刊出杂文《吃饭问题》。5日，《小小日报》“谈天”栏刊出杂文《平民化》。6日，《小小日报》“谈天”栏刊出杂文《面子》。7日，《小小日报》“谈天”栏刊出杂文《醋　忌讳》。8日，《小小日报》“谈天”栏刊出杂文《文士与蚊士》。9日，《小小日报》“谈天”栏刊出杂文《人品与装饰》。12日，《小小日报》“谈天”栏刊出杂文《消夏》。13日，《小小日报》“谈天”栏刊出杂文《财神爷》。同日，《小小日报》始载惨情小说《玉藕愁丝》，署“香波馆主”。

按：《玉藕愁丝》始载日期据预告图片背面报头推知。

14日，《小小日报》“谈天”栏刊出杂文《妓女问题》。15日，《小小日报》“谈天”栏刊出杂文《杨耐梅　朱素云》。

按：杨耐梅，生于1904年，中国早期影星，曾出演《玉梨魂》《奇女子》《上海三女子》《空谷兰》等无声片。当时北平讹传她已“香消玉殒”，作者故撰此文悼念。实则杨在1960年卒于台湾。朱素云，京剧小生演员朱沄之艺名，生于1872年，卒于1930年。

16日，《小小日报》“谈天”栏刊出杂文《难民返国》。17日，《小小日报》“谈天”栏刊出杂文《灯下人》。18日，《小小日报》“谈天”栏刊出杂文《捧》。19日，《小小日报》“谈天”栏刊出杂文《快乐人多？》。20日，《小小日报》“谈天”栏刊出杂文《西游记》。21日，《小小日报》“谈天”栏刊出杂文《火警》。22日，《小小日报》“谈天”栏刊出杂文《人体美》。23日，《小小日报》“谈天”栏刊出杂文《穷　光　蛋》。24日，《小小日报》“谈天”栏刊出杂文《抵抗力》。25日，《小小日报》“谈天”栏刊出杂文《香艳文章》。26日，《小小日报》“谈天”栏刊出杂文《雨夜柝声》。27日，《小小日报》“谈天”栏刊出杂文《爱河》。28日，《小小日报》“谈天”栏刊出杂文《调戏》。29日，《小小日报》“谈天”栏刊出杂文《“嫁”的问题》。30日，《小小日报》“谈天”栏刊出杂文《阎罗王》。31日，《小小日报》“谈天”栏刊出杂文《知音》。7月，《小小日报》连载侦探小说《空房怪事》，署“王霄羽”。

按：《空房怪事》共连载二十九次，残存文本图片均无报头，难以确认具体时间。（第一次疑载于7月3日，见图片背面；结束于第二十九次，当为8月1日。）

8月2日，《小小日报》“谈天”栏刊出杂文《战》。

3日，《小小日报》“谈天”栏刊出杂文《时髦》。4日，《小小日报》“谈天”栏刊出杂文《人逛人》。5日，《小小日报》“谈天”栏刊出杂文《跳舞场里》。6日，《小小日报》“谈天”栏刊出杂文《奸杀案》。7日，《小小日报》“谈天”栏刊出杂文《阴阳电》。8日，《小小日报》“谈天”栏刊出杂文《办白事》。9日，《小小日报》“谈天”栏刊出杂文《眼光》。10日，《小小日报》“谈天”栏刊出杂文《无与偶　莫能容》。11日，《小小日报》“谈天”栏刊出杂文《喜新厌旧》。12日，《小小日报》“谈天”栏刊出杂文《洋化的话》。13日，《小小日报》“谈天”栏刊出杂文《发财学》。14日，《小小日报》“谈天”栏刊出杂文《儿童　成人》。15日。《小小日报》“谈天”栏刊出杂文《英雄难过美人关》。16日，《小小日报》“谈天”栏刊出杂文《交际》。17日，《小小日报》“谈天”栏刊出杂文《呻吟》。18日，《小小日报》“谈天”栏刊出杂文《枇杷巷里》。19日，《小小日报》“谈天”栏刊出杂文《捕蝇》。20日，《小小日报》“谈天”栏刊出杂文《殉情》。21日，《小小日报》“谈天”栏刊出杂文《人死不值钱》。22日，《小小日报》“谈天”栏刊出杂文《癞蛤蟆　天鹅肉》。23日，《小小日报》“谈天”栏刊出杂文《作时评》。25日，《小小日报》“谈天”栏刊出杂文《马路》。26日，《小小日报》“谈天”栏刊出杂文《女朋友》。27日，《小小日报》“谈天”栏刊出杂文《跳楼者》。28日，《小小日报》“谈天”栏刊出杂文《蟋蟀》。29日，《小小日报》“谈天”栏刊出杂文《古城返照》。30日，《小小日报》“谈天”栏刊出杂文《惹气》。31日，《小小日报》“谈天”栏刊出杂文《活得弗耐烦》。8月，《小小日报》始载武侠小说《鳌汉海盗》，署“霄羽”。

按：《鳌汉海盗》连载文本基本完整，但原件图片无报头，难以确认日期。共连载四十二次，当结束于9月间，时《烟霭纷纷》仍在连载。

9月1日，《小小日报》“谈天”栏刊出杂文《由线订书说起》。2日、3日，《小小日报》“谈天”栏连续刊出杂文《“娶”的问题》（一）（二）。4日，《小小日报》“谈天”栏刊出杂文《罂粟味》。5日，《小小日报》“谈天”栏刊出杂文《忏悔》。6日，《小小日报》“谈天”栏刊出杂文《想当然耳》。7日，《小小日报》“谈天”栏刊出杂文《标奇与仿效》。8日，《小小日报》“谈天”栏刊出杂文《复古》。9日，《小小日报》“谈天”栏刊出杂文《野草闲花》。同日同报又载影评《看了〈故都春梦〉》，署“柳今投”。10日，《小小日报》“谈天”栏刊出杂文《倡门》。12日，《小小日报》“谈天”栏刊出杂文《乞丐》。13日，《小小日报》“谈天”栏刊出杂文《心》。9月15日，《小小日报》“谈天”栏刊出杂文《短　小　经济》。9月16日，《小小日报》“谈天”栏刊出杂文《性的文章》。9月17日，《小小日报》“谈天”栏刊出杂文《逢场作戏》。9月18日，《小小日报》“谈天”栏刊出杂文《浮云变幻》。9月19日，《小小日报》“谈天”栏刊出杂文《敲钗小语》。20日，《小小日报》“谈天”栏刊出杂文《俗礼》。21日，《小小日报》“谈天”栏刊出杂文《何不当初》。22日，《小小日报》“谈天”栏刊出杂文《醋的考证》。23日，《小小日报》“谈天”栏刊出杂文《劲秋》。 28日，《小小日报》“谈天”栏刊出杂文《柴　米　油　盐　酱　醋　茶》。30日，《小小日报》“谈天”栏刊出杂文《烛边思绪》，叙述阅读《朝鲜义士安重根传》的感受，抒发爱国情怀及对国内现实的愤懑。

10月1日，《小小日报》“谈天”栏刊出杂文《吵嘴》。29日，《小小日报》“哈哈镜”栏刊出杂文《团圞月照破碎国家》，署“柳今”。

1931年（民国二十年，辛未）　23岁

是年，王度庐应聘担任《小小日报》编辑员。5月，《小小日报》连载哀情

小说《缠命丝》，署“王霄羽”。同时连载社会小说《燕燕莺莺》，署“香波馆主”。9月18日，沈阳发生“九一八”事变，日本加紧侵华。

按：《缠命丝》仅存第九〇次，内文曰“全卷终”，图片有“31, 8, 1”标注，据此倒推，当始载于5月；《燕燕莺莺》仅存第六二次，未完，图片注“31, 8”。

又按：耿小的在《我与〈小小日报〉》中说，自己进入《小小日报》任编辑是在“1933年后”，“之前似乎赵苍海编过很短时期”，却未提及王霄羽。若其记忆无误，则王之去职，当在赵前。

1934年（民国二十三年，甲戌）　26岁

是年，李丹荃随父亲离北平去西安。不久王度庐亦往西安，任陕西省教育厅编审室办事员，《民意报》编辑员。

3月10日，陕西省教育厅在西安民众教育馆举办西安中小学讲演竞赛会；28日、29日，又在西安民乐园举办西安中小学第二届唱歌比赛，均派王霄羽任记录。

3月20日，西安《民意报》“戏剧与电影周刊”第一期刊载《中国戏剧生命之革新》第一节“九一八后的中国戏剧界”，署“柳今”。文中慨叹中国剧坛进步缓慢，以至“今日远东国际纠纷之病菌集于中国，而我国之戏剧仍然如沉睡，如枯死，反使他人——俄国——高呼曰：‘怒吼吧中国！’”27日，“戏剧与电影周刊”第二期续载《中国戏剧生命之革新》第一节“九一八后的中国戏剧界”，署“柳今”。文中续论中国戏剧的觉醒与“推翻”“旧剧势力”之关系。同期又载《电影是应合大众所需要　真不容易利用它》，署“潇雨”。文中说：“艺术只要不是‘自我’的而是‘大众’的，那就当然要被利用成为一种工具。电影尤其要首先被人利用的，不过常常又见人们弄巧成拙，利用影片作某种宣传，结果倒被观众利用，”从而形成与国外影片亦步亦趋的种种题材热，当前已由伦理片、武侠侦探片演进为民生片。当局于“九一八”后号召影界多制作“关于唤起民族精神的片子”固然不错，但是“现在的民众，只是恐慌他们的经济穷困，生活惨淡，实在没有充分的力量去供给到民族上。或者，现在的电影也只走到了替穷人呼吁，次一步，才是民族精神”。

4月3日，西安《民意报》“戏剧与电影周刊”第三期未见，当续载《中国戏剧生命之革新》第二节“新旧戏剧之检讨”。10日，“戏剧与电影周刊”第四期续载《中国戏剧生命之革新》第二节“新旧戏剧之检讨”，署“柳今”。文中认为，“中国旧剧虽然不能追随时代，但确能利用科学，亦缘近代科学文明多供给于资产阶级之享乐，旧剧靡靡之音当愈适合于人之享乐。新剧□□□□，自难免在比较之下落后也”。（原件有四字无法辨认。）同期并载《伦敦公演〈彩楼配〉的问题》，署“潇雨”。文中认为，在伦敦由中国人与外国人用英语同演旧剧《彩楼配》，只能像《蝴蝶夫人》那样，迎合一部分外国人的扭曲了的东方观，“但是歪曲的东西在现代剧坛上实在没有它的地位，何况这《彩楼配》国际性质的公演”。

按：（1）王度庐档案中的履历表填：“1934—1935年 西安民意报 编辑员”，“1935-1936年 陕西省教育厅 办事员”。而从文章刊出情况判断，任《民意报》编辑员应该在后（报馆编辑不可能受厅长派遣去任竞赛记录），或者同时兼任二职。

（2）西安《民意报》“戏剧与电影周刊”仅存一、二、四期，日期据打印稿说明（周刊第四期为4月10日）向前推算而得。4月3日报缺失，内容可据前后两期推知（不排除3日还有其他文章刊出）。4月10日以后报纸缺失，当有其他未知史料。

5月，《陕西教育月刊》第五期发表《陕西省教育厅举办西安中小学讲演竞赛会经过》和《陕西省教育厅举办西安中小学第二届唱歌比赛会经过》记录，均署“王霄羽”。

10月，《陕西教育旬刊》第二卷第廿九、卅、卅一期合刊“论著”栏刊出《民间歌谣之研究》，署“王霄羽”。全文五章：第一章“歌谣之史的发展”；第二章“歌谣的分类法”；第三章“歌谣价值的面面观”；第四章“歌谣技巧的研究”；第五章“结论”。文中有这样的论述：“贵族化的文学在‘五四’时就已被人打倒，现在一般人都提倡大众文学。真正的‘大众文学’在哪里？我们离开了歌谣，恐怕再没有地方寻找了罢？”

1935年（民国二十四年，乙亥）　27岁

是年，王度庐与李丹荃在西安结婚。婚后李父卒于三原，王度庐前往料理丧事，曾遭歹徒劫持。

按：王度庐后来在《〈宝剑金钗〉序》中写及“频年饥驱远游，秦楚燕赵之间，跋涉殆遍”当有所夸张，实则未离陕西。

1936年（民国二十五年，丙子）　28岁

是年王度庐夫妇返回北平。10月13日，《平报》刊载《献于〈平报〉——十五周年》，署“王霄羽”。同日，《平报》开始连载武侠小说《黄河游侠传》，署“霄羽”。12月12日，发生“西安事变”。

按：李丹荃在遗稿中回忆返京前后的生活说：“我有晕眩症，那时常犯，昏迷中常听到王叨念：‘谢家有女偏怜小，自嫁黔娄万事乖……’后来我知道了这是元稹的悼亡诗。我就说：‘你老叨念什么，我又没有死呀！’现在回想当时情景，如在目前。”

1937年（民国二十六年，丁丑）　29岁

是年春，王度庐夫妇应李丹荃二伯父伊筱农召，同赴青岛。4月17日，《平报》连载《黄河游侠传》结束。18日，《平报》开始连载武侠小说《燕赵悲歌传》，署“霄羽”。4月末，王度庐回北平料理“文债”，于端午节后返青岛。不久，弟探骊与北平进步青年同来青岛，王度庐夫妇送他们取道上海奔赴陕北参加革命。

按：李丹荃在所遗手稿中说：“弟弟到了青岛，我们大家分析了当时的形势，都赞成他去内地找出路。他们兄弟一向感情很好，分手时不无留恋。最后王度庐慨然说：‘你就放心走吧，我们以后会团聚的，母亲的生活，家里的一切，有我呢。’他把自己的怀表给了弟弟。”

7月7日，卢沟桥事变爆发。9日，《平报》连载《燕赵悲歌传》结束。10日，《平报》开始连载武侠小说《八侠夺珠记》，署“霄羽”。30日，北平、天津失守。

12月底，青岛守军撤离。

按：伊筱农（1870—1946？），广东法政及警察速成学校毕业。1912年

来青岛，创办《青岛白话报》（后改名《中国青岛报》），在当地颇有影响。“伊”为满族所冠汉姓，可知李丹荃家族亦有满族血统。

《八侠夺珠记》殆未载完。

1938年（民国二十七年，戊寅）　30岁

1月10日，日寇全面占领青岛。伊筱农博平路宅第被日军作为“敌产”没收，王度庐夫妇与伯父同往宁波路4号租屋居住。生计陷入极度困难之时，王度庐偶遇在《青岛新民报》任副刊编辑的北平熟人关松海，应约向该报投稿。

5月30日、31日，《青岛新民报》发布《本报增刊武侠小说预告》，称“已征得名小说家王度庐先生之精心杰作长篇武侠小说《河岳游侠传》”，即将刊出。是为“度庐”笔名首次见报。

按：《青岛新民报》和后来的《青岛大新民报》在刊出王度庐作品之前都先发布预告，下不一一列载。

6 月1日，《青岛新民报》开始连载武侠小说《河岳游侠传》，署“王度庐”。2日，《青岛新民报》刊载散文《海滨忆写》，署“度庐”。

11月15日，《河岳游侠传》连载结束。共20回，未见单行本。16日，《青岛新民报》开始连载武侠悲情小说《宝剑金钗记》，署“王度庐”。配图：刘镜海。

按：刘镜海，时在海泊路23号开设“镜海美术社”，除为王氏作品配插图外，在生活上与王度庐夫妇也经常互相照顾。

1939年（民国二十八年，己卯）　31岁

是年春，王度庐长子生于青岛。4月24日，《青岛新民报》开始连载社会言情小说《落絮飘香》，署“霄羽”。配图：许清（刘镜海笔名）。7月29日，《宝剑金钗记》在《青岛新民报》载毕。30日，《青岛新民报》开始连载武侠悲情小说《剑气珠光录》。

是年，青岛新民报社印行《宝剑金钗记》单行本，前有王度庐自序，谓“频年饥驱远游，秦楚燕赵之间跋涉殆遍，屡经坎坷，备尝世味，益感人间

侠士之不可无。兼以情场爱迹，所见亦多，大都财色相欺，优柔自误。因是，又拟以任侠与爱情相并言之，庶使英雄肝胆亦有旖旎之思，儿女痴情不尽娇柔之态。此《宝剑金钗》之所由作也”。

按：《宝剑金钗记》自序仅见于青岛新民报版单行本，也是至今所见王度庐为自己著作所写申述创作意图的唯一自序（其他著作连载时虽或亦加引言，均系说明性文字，出版单行本时皆被删除）。

1940年（民国二十九年，庚辰） 32岁

2月2日，《落絮飘香》在《青岛新民报》载毕。3日，《青岛新民报》开始连载社会言情小说《古城新月》，署“霄羽”，配图：许清。22日，《青岛新民报》刊载《〈落絮飘香〉读后》，作者傅琍琳系关松海之夫人。文中介绍霄羽“曩在北京主编《小小日报》时，以著侦探小说知名”，并且透露“霄羽”“度庐”实为一人。

4月5日，《剑气珠光录》载毕，随后亦由报社印行单行本。7日，《青岛新民报》开始连载《舞鹤鸣鸾记》，署“王度庐”，配图：刘镜海。此日所载为该书“序言”，出单行本时被删却，全文如下：“内家武当派之开山祖张三丰，本宋时武当山道士，曾以单身杀敌百余，因之威名大振。武当派讲的是强筋骨、运气功、静以制动、犯则立仆，比少林的打法为毒狠，所以有人说‘学得内家一二，即足以胜少林。’此派自张三丰累传至王咸来，咸来弟子黄百家，又将秘传歌诀，加以注解，所以内家拳便渐渐学术化了。可是后因日久年深，歌诀虽在，真功夫反不得传。自清初至近代，武当派中的侠士实寥寥无几，有的，只是甘凤池、鹰爪王、江南鹤等。甘凤池系以剑术称，鹰爪王专长于点穴，惟有江南鹤，其拳剑及点穴不但高出于甘、王二人之上，且晚年行踪极为诡异，简直有如剑仙，在《宝剑金钗记》与《剑气珠光录》二书中，这位老侠只是个飘渺的人物，如神龙一般。而本书却是要以此人为主，详述他一生的事迹。又本书除江南鹤之外，尚有李慕白之父李凤杰，及其师纪广杰。所以若论起时代，则本书所述之事，当在李慕白出世之前数十年了。”

8月16日，南京《京报》开始连载《风雨双龙剑》，署“王度庐”。配图：刘镜海。

按：南京《京报》为汪伪时期出版的四开小报，原系三日刊，1940年8月16日改为日报，终刊于1945年8月16日。该报约得王度庐文稿，当亦出诸关松海之绍介。

介绍王度庐去市立女中代课的是潘思祖，字颖舒，河北邢台人，1930年毕业于河北大学国文系，时在青岛市立女中任教。李丹荃在回忆手稿中说："潘先生常来我家，一坐就是半天。他善谈吐，知道的事情多，打开话匣子什么都说。""潘先生是王度庐那时唯一可以谈得来的人，只有和潘先生在一起，王度庐才肯毫无顾忌地说话。在有些言情小说里，故事情节也是取自潘先生的谈话资料。"王子久则在《王度庐和他的小说》（载于1988年1月9日《青岛日报》）中说，"下课后学生常常把他包围起来"，要求他别把《落絮飘香》《古城新月》里女主人公的下场写得太惨。

1941年（民国三十年，辛巳） 33岁

是年王度庐任青岛圣功女中教员。3月15日，《舞鹤鸣鸾记》在《青岛新民报》载毕，随后亦由报社印行单行本。16日，《青岛新民报》开始连载《卧虎藏龙传》，配图：刘镜海。4月10日，《古城新月》在《青岛新民报》载毕。11日，《青岛新民报》开始连载《海上虹霞》，署"霄羽"。配图：许清。5月9日，《风雨双龙剑》在南京《京报》载毕，共17回。随后即由报社印行单行本。10日，南京《京报》开始连载《彩凤银蛇传》，署"度庐"。配图：刘镜海。8月27日，《海上虹霞》在《青岛新民报》载毕。28日，《青岛新民报》开始连载社会小说《虞美人》，署"霄羽"。配图：许清。

按：《风雨双龙剑》连载本与后来的上海育才书局重印本相比，在回目、内文上都略有差别，后者当经作者修订。

1942年（民国三十一年，壬午） 34岁

是年王度庐曾任青岛市立女中代课教员一个多月。

按：青岛王铎先生之母当年为市立女中教员，他听母亲说，王度庐担任的是培训社会人员的课程，上课地点在市立女中附小（即位于朝城路5号的今朝城路小学）。

3月1日,《彩凤银蛇传》在南京《京报》载毕,共13回。2日,南京《京报》开始连载《纤纤剑》,署“王度庐”。配图:刘镜海。3日,南京《京报》刊载读者傅佑民来信《关于〈彩凤银蛇传〉鲁彩娥之死》,对《彩凤银蛇传》女主人公因伤重死于中途而未见到自幼失散之生母的结局提出异议。该报副刊编辑在《编者谨按》中说:“王先生写鲁彩娥之死,才正是脱去中国武侠小说的旧套……给读者一种‘此恨绵绵无绝期’的尾巴……这才是全书的力量。”“读者越是这样着急,气愤,越是著者的成功,越见王先生文笔感人之深。6日,《卧虎藏龙传》在《青岛新民报》载毕。同日,南京《京报》又载读者陈中来信,再次对《彩凤银蛇传》写鲁海娥之死提出商榷,以为固然“不必‘大团圆’或带‘回令’”,而“‘见娘’似为必要”。信中还提及“某日路过平江府街,闻一擦皮鞋者与一少年,亦在津津然预测鲁海娥之未来”,可见读者关心之一斑。7日,《青岛新民报》开始连载《铁骑银瓶传》,署“王度庐”。配图:刘镜海。17日,南京《京报》再载读者王德孚来信,认为虽然鲁海娥之死写得好,但是还应加上一些交代后事、劝导爱人走正路的临终遗言。24日,南京《京报》刊出王度庐《关于鲁海娥之死》一文,回答读者批评,说明“在写该书的第一回之前,我就预备着末了是一幕悲剧。”“向来‘大团圆’的玩意儿总没有‘缺陷美’令人留恋,而且人生本来是一杯苦酒,哪里来的那么些‘完美’的事情?‘福慧双修’的女子本来就很少,尤其是历史或小说里的‘美人’。古人云:‘自古美人如名将,不许人间见白头。’西施为千古美人,原因是她后来没有下落;林黛玉是读过了《红楼梦》的人一定惋惜的,原因也是她早死。近代的赛金花就不够‘绝代佳人’的条件,她是不该后来又以老旦的扮相儿再登台。‘好花不常开,好景不常在’,美与缺陷原是一个东西。本此种种理由,于是我更得叫我们的‘粉鳞小蛟龙’死了。”“因为这样的女人决不可叫她去与人‘花好月圆’,度那庸俗的日子;尤其不能叫她跟十三妹一样去二妻一夫的给男子开心。”

10月31日,《纤纤剑》在南京《京报》载毕,共10回。

是年,《青岛新民报》与《大青岛报》合并,更名《青岛大新民报》。

1943年(民国三十二年,癸未)　35岁

是年王度庐曾任《治平月刊》编辑员一个多月。1月23日，南京《京报》开始连载《舞剑飞花录》，署“王度庐”。配图：刘镜海。

10月5日，《青岛大新民报》刊出《寒梅曲》广告，其中说：“名小说家王霄羽先生自为本报撰《落絮飘香》《古城新月》《海上虹霞》《虞美人》等数篇之后，篇篇脍炙人口，远近交誉，百万读者每日争先竞读，投来赞誉之函件无数。盖王君文学湛深，复精研心理学，对于社会人情，观察最深；国内足迹又广，生活经验极为丰富；并以其妙笔，参合新旧写法，清俊流畅，细腻转宛；描写之人物，皆跃跃如生，令人留下深深印象。其所选之故事，又皆可悲可喜，新颖而近情合理，章法结构，亦极严谨，无懈可击。即以现刊之《虞美人》言，连刊二年余，若换他人之著作，恐早已令人生倦，然王君之文，日日有新的描写，故事有新的发展变幻，令人如食橄榄，越嚼其味越长；如观大海，久望而其波澜无尽。是以每日每人争相阅读，并常有向本社函电相询者。此均系事实，凡读者皆能信而不疑者也。故虽饱学之士，极富人生阅历之人，对王君之著作亦莫不称誉，谓之为当代第一流之小说家。今《虞美人》即将终篇，新作已由王君开始动笔，名曰《寒梅曲》。系由民国初年北京极繁华之时写起，先述女伶之生活，但与一般的俗流写法迥异；次叙一好学上进的女子，于艰苦环境之中不泯其志气，不失其天真。渐展为一段恋爱，男主角为一音乐家，于是《寒梅曲》遂写入本题矣。其后则此女主角遭境改变，如寒梅之遇风雪，花片纷落，然不失其皓洁。中间穿插许多新奇而合理之故事，出现许多面貌不同、心情各异之人物，但人物虽多而不杂乱，每个人又都是在前几篇中未见过的，可也就许是读者眼前常见的。写至中段，则情节极为紧张，能不下泪、不感动者恐少；斯时又写一洁身自爱、有为之少年人，排万难立其身，颇富伦理知识，且有教育意味。至篇末结束之时，写得尤为高超，读者到时自然赞佩。并且此书与前几篇不同，王君之作风稍加改变，简洁流丽，不作繁冗之藻饰，不用生涩的字句，更以悲哀与滑稽相衬而写，非但令人回肠荡气，有时亦令人喷饭。总之，王君之作品早已成熟，已至炉火纯青之候，已有挥洒自如之才力，此《寒梅曲》尤最，不待多加介绍也。” 6日，《虞美人》在《青岛大新民报》载毕。7日，《青岛大新民报》开始连载《寒梅曲》，署“霄羽”。配图：许清。

按：因存报缺失，《寒梅曲》连载结束时间未详。

1944年（民国三十三年，甲申） 36岁

是年《铁骑银瓶传》在《青岛大新民报》载毕（具体月、日未详）。1月18日，《舞剑飞花录》在南京《京报》载毕，共19章。19日，南京《京报》开始连载《大漠双鸳谱》，标“侠情小说”，署“王度庐”。配图：镜海。7月3日《大漠双鸳谱》载毕，共6章。4日，南京《京报》开始连载《春明小侠》，标“侠情小说”，署“王度庐”。

按：《舞剑飞花录》后由上海励力出版社印行单行本，改题《洛阳豪客》，被压缩为16章。连载本之章题与单行本完全不同，文字出入也较大。

又，本年上海《戏世界》报曾刊出武侠小说《铁剑红绡记》，署“王度庐”，现仅存4030、4031、4032、4033、4034、4035、4036、4038、4039、4040十期（即十段连载文本，分别属于第一、二章,时间为3月20日至30日）。待辨真伪。

1945年（民国三十四年，乙酉） 37岁

2月18日，王度庐之女生于青岛。25日，《春明小侠》载至第20章。5月1日，南京《京报》连载《琼楼双剑记》第二章，署“王度庐”。同日，青岛《民民民》月刊连载《锦绣豪雄传》，署“王度庐”。是年夏秋之际，《青岛大新民报》停刊。8月15日，日本正式宣布投降。10月25日，青岛举行日军受降典礼。《青岛时报》等老报复刊，《民治报》《民众日报》等新报创刊。

按：《春明小侠》于本年2月25日载至第二十章，改标“武侠小说”，以下报纸缺失，连载结束时间当在4月末。《琼楼双剑记》亦因报纸缺失而不知始载时间；至5月27日，所载内容仍为第二章，以后殆未续载。《锦绣豪雄传》亦未载完。

1946年（民国三十五年，丙戌） 38岁

是年王度庐为维持生计，曾任赛马场办事员，于周日售马票。12月2日，《青岛时报》开始连载王度庐所著武侠小说《紫凤镖》，署名“鲁云”。

1947年(民国三十六年,丁亥) 39岁

5月1日,青岛《民治报》开始连载王度庐所撰武侠小说《太平天国情侠传》,署"鲁云"。19日,青岛《大中报》开始连载王度庐所撰武侠小说《清末侠客传》,署"鲁云"。6月11日,《青岛时报》开始连载王度庐所撰社会言情小说《晚香玉》,署"绿芜"。7月18日,《紫凤镖》在《青岛时报》载毕。19日,《青岛时报》开始连载王度庐所撰武侠小说《雍正与年羹尧》,署"鲁云"。是年王度庐收到弟弟来信,得知中共即将获得全面胜利。

按:《太平天国情侠传》仅见一节,未知是否载毕。《雍正与年羹尧》《清末侠客传》当于次年载毕。

李丹荃在回忆文中说:"1947年,我们忽然收到分离多年的弟弟的信,那信是经过几个人辗转捎来的。信中大意是:我在外买卖很好,我们不久即可团聚,望你们放心。信虽很短,但却是莫大喜讯。信中真实的含义,我们是明白的,知道多年的战争是将结束了。只是这时他们在北平的母亲已故去,没有来得及知道,是终身遗憾。"

1948年(民国三十七年,戊子) 40岁

是年王度庐曾任青岛摊商工会文牍。1月31日,《晚香玉》在《青岛时报》载毕。2月1日,《青岛时报》开始连载《粉墨婵娟》,署"绿芜"。4月29日,《青岛时报》开始连载武侠小说《宝刀飞》,署"鲁云"。6月,上海育才书局出版增订本《风雨双龙剑》。7月10日,《粉墨婵娟》在《青岛时报》载毕。15日,《青岛时报》开始连载侠情小说《燕市侠伶》,署"绿芜"。9月17日,《宝刀飞》在《青岛时报》载毕。9月20日,《青岛公报》开始连载武侠小说《金刚玉宝剑》,署"王度庐"。

按:《金刚玉宝剑》之"玉"字当系"王"字之误,参见丁福保主编之《佛学大辞典》:【金刚王宝剑】(譬喻)临济四喝之一,谓临济有时一喝,为切断一切情解葛藤之利剑也。《临济录》曰:"师问僧:有时一喝如金刚王宝剑,有时一喝如踞地金毛狮子,有时一喝如探竿影草,有时一喝不作一喝用,汝作么生会?僧拟议,师便喝。"《人天眼目》曰:"金刚王宝剑者,一刀挥断一切情解。"又:【金刚】(术语)梵语曰缚罗。……译言

金刚，金中之精者，世所言之金刚石是也。…… 又（天名）持金刚杵之力士，谓之金刚。……【金刚王】（杂语）金刚中之最胜者，犹言牛中之最胜者为牛王也。……

9月24日，青岛《军民晚报》开始连载武侠小说《龙虎铁连环》，署“王度庐”。10月，上海励力出版社将《清末侠客传》分为两册印行，分别改题《绣带银镖》《冷剑凄芳》。11月，上海励力出版社出版《宝刀飞》。同年，上海励力出版社还出版或再版了王度庐的以下作品：《鹤惊昆仑》（即《舞鹤鸣鸾记》），《宝剑金钗》（即《宝剑金钗记》），《剑气珠光》（即《剑气珠光录》），《卧虎藏龙》（即《卧虎藏龙传》），《铁骑银瓶》（即《铁骑银瓶传》），《紫电青霜》，《新血滴子》（即《雍正与年羹尧》），《燕市侠伶》，《落絮飘香》《琼楼春情》《朝露相思》《翠陌归人》（此为《落絮飘香》连载本的四个分册），《暴雨惊鸳》（此为《寒梅曲》连载本的第一分册，以下分册未见），《绮市芳葩》《寒波玉蕊》（此为《晚香玉》连载本的两个分册），《粉墨婵娟》《霞梦离魂》（此为《粉墨婵娟》连载本的两个分册）。

按：《燕市侠伶》之后集为《梅花香手帕》。后集未见连载，励力版《燕市侠伶》亦未见，该版当不包括后集。

1949年（己丑）　41岁

是年，王度庐之弟谭立（即王探骊）出任中共大连市委副书记。1月1日，青岛《民治报》开始连载《玉佩金刀记》，署“王度庐”。未完。2月，《金刚玉宝剑》改由《联青晚报》连载。4月，上海励力出版社出版《金刚玉宝剑》，共三册。6月29日，王度庐幼子生于青岛。

是年秋，王度庐夫妇携长子、女儿同由青岛迁往大连（幼子暂留青岛）。王度庐任旅大行政公署教育厅编审委员。李丹荃先在市教育局初教科任科员，后任教于英华坊小学和大同坊小学。

本年，重庆千秋书局出版《紫凤镖》。上海励力出版社还出版了王度庐的下列作品：《朱门绮梦》《小巷娇梅》《碧海狂涛》《古城新月》（此为《古城新月》连载本的三个分册），《海上虹霞》《灵魂之锁》（此为《海上虹霞》连载本的两个分册），《琴岛佳人》《少女飘零》《歌舞芳邻》（此为《虞美人》连载本的前四个分册，以下分册未见)，《洛阳豪客》(即《舞剑飞花录》)，《风尘四杰》，《香山侠女》，《春秋戟》，《龙虎铁连环》等。

1950年(庚寅) 42岁

王度庐在旅大行政公署教育厅任编审委员。

1951年(辛卯) 43岁

王度庐调入旅大师范专科学校任教员。

1953年(癸巳) 45岁

是年夏，王度庐调入沈阳东北实验学校(现辽宁省实验中学)任语文教员，李丹荃任该校舍务处职员。

1955年(乙未) 47岁

5月，《人民日报》公布《关于胡风反革命集团的材料》。在清查“胡风分子”时，王度庐曾经受到无端怀疑。

1956年(丙申) 48岁

1月13日，文化部发出《关于续发处理反动、淫秽、荒诞图书参考目录的通知(56)(文陈出密字第9号)》，其第二条称：“有一些人专门编写反动、淫秽、荒诞的图书，如徐訏、无名氏、仇章专门编写政治上反动的、描写特务间谍的小说，张竞生、王小逸(捉刀人)、蓝白黑、笑生、待燕楼主、冷如雁、田舍郎、桑旦华专门编写含有反动政治内容或淫秽、色情成分的‘言情小说’，朱贞木、郑证因、李寿民(还珠楼主)、王度庐、宫白羽、徐春羽专门编写含有反动政治内容或淫秽、色情成分的神怪、荒诞的‘武侠小说’。为了肃清反动、淫秽、荒诞的图书，请各省市文化局在审读图书时，对于徐訏……徐春羽等二十一人编写的图书特别加以注意。但决定是否处理和如何处理，仍应按书籍内容而定。”(见中国出版科学研究所、中央档案馆编：《中华人民共和国出版史料》第8辑，中国书籍出版社，

2002。)

同年，王度庐加入中国民主促进会，并任该会沈阳市第五届市委委员；又曾被选为皇姑区政协委员和沈阳市第六届人民代表大会代表。

按：以上政治身份据辽宁省实验中学所存退休人员登记表及李丹荃回忆文。加入民进当在本年，其他事项或在其后，因无法查实年份，姑均暂系于本年。

1957年（丁酉） 49岁

实验中学也掀起“反右”运动，王度庐没有受到大冲击。

1966年（丙午） 58岁

“文化大革命”爆发。王度庐受到冲击，被贬入“有问题的人学习班”，接受“清队”审查。

1968年（戊申） 60岁

王度庐仍处于“逍遥”状态。

1969年（己酉） 61岁

王度庐当在是年被结束“审查”，获得“解放”，即被宣布没有查出问题，恢复原来的政治身份。

按：依照“文革”程序，“有问题的人”被“解放”之前，仍需召开一次表示“结案”的批判会。李丹荃在回忆文中写道：“……开了一个小型批判会。也不知从什么地方找来一本《小巷娇梅》，批判者念一段，批判一番……当批判者念到生动有趣处，听者笑了，王度庐也忍不住笑了，当然要招来申斥：‘你还笑？你要端正态度！’批判者们又从我们家拿走了我们的一本相册，里面有两张全家照片。一张中有我抱着1949年初生的幼子；另一张是我穿着在旅大行政公署发的女干部服装，王度庐穿着他兄弟给他的呢子干部服装。批判者举着照片说：‘你们穿得这么好，可见你们过去生活多么优越！你爱人还穿着裙子！’……对他的批判只是一种虚张声势的形式。那些老师并未认真对待。”

1970年（庚戌） 62岁

是年春，王度庐以退休人员身份，随李丹荃下放到辽宁省昌图县泉头公社大苇子大队，不久转到泉头大队。

按：王度庐幼子在一封信里这样回忆父母被“下放”的情景：“……我在农村‘接受再教育’，得知后立即赶回家。前往农村时，年迈的父母坐在卡车顶上，一路颠簸。爸爸当时身体就很不好，加上这一折腾，半路解手时，站了半天也解不出来。妈妈晕车，走一路吐一路。那情景我现在回忆起来都止不住要流泪。”

其女则曾在一封信里回忆到昌图看望父母的情景：“听说他们下乡了，我很急,不久就请假找去了。他们一辈子住在城里,父亲更是年老体弱,手无缚鸡之力,忽然到了农村,借住在人家的半间小屋里,怎么生活?”“我还没走到家,就远远地看见父亲坐在一棵繁茂的大树下(很像一幅中国山水画),我的心顿时平静下来了。他永远是那么心平气和,不知是怎么修炼的。”“我女儿小时候跟我父母在农村住过。有一次闹觉(困了,不睡,哭闹),我很烦,可我父亲说:‘世界多美好啊,她是舍不得去睡觉啊。’”“有时,父亲用手比成一个取景框,东照一下,西照一下,对我的小孩说:‘快来看,这边是一个景,那边也是一个景。’（父亲原本喜欢摄影，在小说《海上虹霞》中曾写到购买‘莱卡’照相机，就颇内行。）他还常让母亲下地干活回来时带些野花野草。那时父亲走路已不太方便了。”

1972年（壬子） 64岁

王度庐在昌图。其幼子考入迁至铁岭的沈阳农学院农学系。

1974年（甲寅） 66岁

1月14日，长子突然亡故，王度庐夫妇不胜哀痛。

同年，幼子毕业于迁至铁岭的沈阳农学院农学系，留校任教。李丹荃于下放人员“落实政策”时也被安排退休。

1975年（乙卯） 67岁

王度庐夫妇迁往铁岭与幼子同住。

1977年（丁巳） 69岁

2月12日，王度庐因病卒于铁岭。

按：李丹荃在回忆手稿中这样记述丈夫逝世的情景："儿子工作的学校已放了寒假，这天正是旧历年末。晚上儿子去办公室值夜，女儿远在几千里外工作。我们住在一间很小的宿舍里，暖气不热，电灯不亮，风吹得屋外树枝簌簌地响，偶然能听得到远处一声声犬吠。他病已重危，该说的话早已说完，他静静地合上双眼去了。我不愿惊动他，也不想叫别人，坐在床前陪伴着他，送他安静地走完了人生最后的旅程，时年六十八（周）岁……我遵从他的遗嘱，没有通知很多人，没有举行一切世俗的仪式，没有哀乐，没有纸花，悄然地由他的儿子和几位热情的青年同事用担架（把他）抬到离我家很近的火葬场。"

（承张元卿博士协助查阅南京《京报》并发现、提供有关陕西教育月刊、旬刊资料，特此致谢！）

2016年1月修订

《王度庐作品大系》书目一览表

武侠卷第一辑（2015年7月已出版）

1.鹤惊昆仑（上、下） 2.宝剑金钗（上、下） 3.剑气珠光（上、下） 4.卧虎藏龙（上、下） 5.铁骑银瓶（上、中、下）

武侠卷第二辑（2016年3月–7月已出版）

1.风雨双龙剑 2.彩凤银蛇传 3.纤纤剑 4.洛阳豪客 5.大漠双鸳谱 6.紫电青霜 7.紫凤镖 8.绣带银镖 9.雍正与年羹尧 10.宝刀飞 11.金刚玉宝剑

社会言情卷

1.落絮飘香 2.古城新月 3.海上虹霞 4.虞美人 5.晚香玉 6.粉墨婵娟 7.风尘四杰 8.香山侠女

早期小说与杂文卷（待出版）

1.杂文 2.早期小说: 红绫枕 鳌汉海盗 黄河游侠传 3.散佚作品精选集: 燕市侠伶 虞美人 春明小侠 春秋戟 寒梅曲